Iracema

lenda do Ceará

e

Cartas sobre **"A Confederação dos Tamoios"**

José de Alencar

Iracema

lenda do Ceará

e

Cartas sobre **"A Confederação dos Tamoios"**

Estudo crítico de Maria Aparecida Ribeiro

LIVRARIA ALMEDINA
COIMBRA – 1994

NOTA

A presente edição tomou por base, no caso de *Iracema* o texto estabelecido por M. Cavalcanti Proença (Rio de Janeiro Livraria José Olympia Editora, 1965). No caso das *Cartas* sobre "A Confederação dos Tamoios", valeu-se de um exemplar da 1.ª edição (Rio de Janeiro, Empresa Tipográfica Nacional do Diário, 1856). Em ambos os textos, foi feita apenas a adequação ortográfica aos padrões portugueses.

capa: retrato de José de Alencar e óleo "Iracema" de José Maria de Medeiros (1884), pertencente ao acervo do Museu Nacional de Belas Artes (Rio de Janeiro).

Relendo *Iracema*

Maria Aparecida Ribeiro

1. Rascunhos de um poema épico

Entre o projeto e a publicação de *Iracema* passaram-se 17 anos. Nascida, em 1848, como uma ideia difusa na imaginação de José de Alencar quando estudante de Direito em Olinda, ela foi tomando forma nas *Cartas* sobre "A Confederação dos Tamoios" (1856), ganhou contornos mais nítidos em *O Guarani* (1857), transformou-se no poema "Os Filhos de Tupã" (1863), para, finalmente, adquirir sua expressão definitiva em 1865.

Parte deste percurso é-nos contado pelo próprio Alencar em *Como e porque sou romancista*, texto publicado em 1893, mas escrito como carta em Maio de 1873 e com a finalidade última de oferecer dados biográficos a Francisco Inocêncio da Silva, para o *Dicionário Bibliográfico Português*:

[...] a inspiração do *Guarani*, por mim escrito aos 27 anos, caiu na imaginação da criança de nove, ao atravessar as matas e sertões do norte em jornada do Ceará à Bahia.
[...] Foi somente em 1848 que ressurgiu em mim a veia do romance. Acabava de passar dois meses em minha terra natal. Tinha-me repassado das primeiras e tão fagueiras recordações da infância, ali nos mesmos sítios queridos onde nascera.
Em Olinda onde eu estudava o meu terceiro ano [de Direito] e na velha biblioteca do convento de São Bento a ler os cronistas da era colonial, desenhavam-se a cada instante na tela das reminiscências as paisagens do meu pátrio Ceará. [...]
Uma coisa vaga e indecisa, que devia parecer-se com o primeiro broto do *Guarani* ou de *Iracema* flutuava-me na fantasia. (Alencar, 1987:14 e 32-33)

Ainda na carta a Inocêncio, o escritor refere que, quando estudante de Direito em São Paulo, publicou, na revista *Ensaios Literários* da qual foi um dos fundadores, uma biografia de António Filipe Camarão, o índio Poti, personagem de *Iracema*. Até hoje não foi possível encontrar nenhum exemplar da revista, mas é certo que essa biografia não deixava de ser um dos esboços de Alencar para o romance que viria a escrever.

As *Cartas* sobre "A Confederação dos Tamoios", publicadas no *Diário do Rio de Janeiro*, contra o poema de Gonçalves de Magalhães, a primeira epopeia romântica brasileira (1856), já que os quatro primeiros cantos de "Os Timbiras" de Gonçalves Dias só apareceriam em 1857. Foram escritas aos vinte e seis anos, e assinalam a estreia de Alencar como crítico.

Sob o pseudónimo de Ig. (abreviatura de Iguaçu, heroína do poema de Magalhães), Alencar não só confessa a sua intenção de escrever um dia um poema épico como também expõe suas ideias a respeito da forma que este deveria tomar.

A primeira delas é a da necessidade de uma abertura grandiosa, com um "quadro majestoso", "uma cena digna do elevado assunto de que se vai tratar" e que, em *Iracema*, resultou na invocação aos verdes mares bravios, pedindo-lhes que se acalmem para, então, focar a jangada que leva Martim, Moacir e Japi.

Na crítica ao facto de Gonçalves de Magalhães ter iniciado o seu poema por um episódio acidental, no caso a morte de "um simples guerreiro índio assassinado por dois colonos, que decide a aliança das tribos indígenas contra a colónia de S. Vicente, transparece o que será ideia-chave em *Iracema* — a fundação da nacionalidade, pois, segundo o escritor, um poema épico deve abrir-se por "um grande infortúnio, ou um sentimento poderoso como a nacionalidade e a religião, ou um acontecimento importante como a descoberta de um novo mundo" (cf. *infra*, p. 160). As histórias de conquista e de amor que informam Iracema anunciam-se na própria abertura, quando o narrador interpela a jangada:

Onde vai a afouta jangada, que deixa rápida a costa cearense, aberta ao fresco terral a grande vela?
Onde vai como branca alcíone buscando o rochedo pátrio nas solidões do oceano? [...]
O moço guerreiro, encostado ao mastro, leva os olhos presos na sombra fugitiva da terra; [...]
Que deixara ele na terra de exílio? (cf. *infra*, p. 41)

Outra preocupação de Alencar nas *Cartas* é a criação de uma heroína que possa ombrear com aquelas que a tradição consagrou ou cujo sucesso recente ainda está na memória de todos: Vénus, Helena, Astarteia, Fornarina, Armida, a Eva de Mílton, a Malvina de Ossian, a Atala de Chateaubriand. A natureza será o ponto de referência nessa imagem feminina. No texto da segunda carta, já aparece uma espécie de rascunho do perfil daquela que viria a ser chamada pelo escritor a "virgem dos lábios de mel". Alencar, lançando mão do símile, que adoptará em profusão em *Iracema*, pergunta a Gonçalves de Magalhães, para mostrar-lhe os pontos negativos do seu poema:

> Sorriu-lhe de longe a imagem graciosa de uma virgem índia, de *faces cor de jambo*, de cabelos pretos e olhos negros, com o seu talhe esbelto como a haste de uma flor agreste, com suas formas ondulosas como a verde palma que se balança indolentemente ao sopro da brisa?
> Não, meu bom amigo, não foi nada disto; foi inteiramente o contrário. (cf. *infra*, p. 172)

Lembrando que Iracema ao sair do banho, ganha semelhança não mais com o jambo, mas com a "doce mangaba que corou em manhã de chuva", vale a pena confrontar o mencionado trecho da *Carta* com aquele do romance em que a índia nos é apresentada:

> Iracema, a virgem dos lábios de mel, que tinha os cabelos mais negros que a asa da graúna e mais negros que seu talhe de palmeira.
> O favo da jati não era doce como o seu sorriso; nem a baunilha rescendia no bosque como seu hálito perfumado. (cf. *infra*, p. 42)

Se um poema épico requer um tom solene para os seus heróis, um poema épico de cariz nacionalista exigia a marca da brasilidade. Entre outras menções ao assunto, é de lembrar um trecho da sétima carta no qual Alencar refere a linguagem a ser falada pelas personagens índias, reivindicando um "estilo poético e figurado". Em *Iracema*, ele colocaria na boca de Poti, Irapuã, Andira, frases de sabedoria e bravura; na da filha de Araquém, doces ou tristes palavras. Nenhum deles, no entanto, comunicaria suas ideias de forma directa. É o caso, aliás, da fala de Batuireté, frase-chave do livro, na medida em que constitui uma profecia. Também é de notar que foi para melhor poder explorar as imagens indígenas que Alencar deixou de lado o verso, que "pela sua dignidade e nobreza não comporta certa flexibilidade", trocando-o pela prosa, mas sem abandonar a ideia de escrever um poema, conforme é possível observar na "Carta ao Dr. Jaguaribe", que serviu de posfácio à primeira edição de *Iracema* (cf. *infra*).

Observando a crítica a Gonçalves de Magalhães por não ter aproveitado "o esboço histórico dessas raças extintas, a origem desses povos desconhecidos, as tradições primitivas dos indígenas" pode-se adivinhar que, pela cabeça de José de Alencar já passavam as linhas de "Os Filhos de Tupã" e as muitas informações de cariz etnográfico que informam os gestos e as acções das personagens de *Iracema*.

Com ideias já delineadas sobre como deveria ser um poema épico brasileiro, Alencar escreveu "Os Filhos de Tupã", que não chegou a concluir. A origem da nacionalidade é o seu tema principal, como se pode depreender da "Fábula" que o antecede: Tupã, ao criar a Terra, gerou na palmeira dois filhos: Ara, de cabelos cor de sol, e Tupi, de cabelos cor de tempestade, guerreiros ambos. Por mulher, deu-lhes Abaci. No entanto, Tupi, por ciúmes, matou Ara. Em consequência, Tupã criou para Ara uma outra terra, onde ele gerou uma raça menos valente, porém mais forte que a do irmão. Além disso, amaldiçoou a descendência de Tupi, dizendo que, com o tempo ela iria enfraquecer-se; viriam então, os descendentes de Ara, em três grandes igaras (barcos) para exterminá-la.

Nessa leitura indianizada da passagem bíblica de Caim e Abel, pode-se observar a mesma ideia de raça extinta, marcante em "Os Timbiras" de Gonçalves Dias, dominante nos romances de Fenimore Cooper, leitura de Alencar, e que vai aparecer em *Iracema*, sob a forma de dor, como veremos adiante:

> Onde estão estes povos primitivos
> Que é de nossos irmãos, teus primogénitos,
> De teus filhos selvagens, minha terra?
> Extinguiram-se! Alguns dispersos vagam,
> Pelos antros se acoutam como feras,
> Escorjados, perdido o antigo lustre,
> Degêneres da pura e nobre casta.
> Poucos, dos ritos pátrios renegando
> Abraçados à cruz, à sombra dela,
> Misturaram seu sangue ao sangue estranho.
> Quase todos morreram defendendo
> O solo que dos pais guardava as cinzas [...] (Alencar, 1960: *4*, 567)

A rigor o poema conta as lutas entre as nações indígenas antes da chegada dos brancos, mas a valentia dos índios, juntamente com o cristianismo e o espírito de aventura dos portugueses, traços que marcariam as personagens de *Iracema*, já transparecem:

> Teus filhos, pátria, o sangue têm dos lusos,
> Que dum revés da espada outro hemisfério
> Talharam do infinito. Cuja lança,
> Haste da cruz, gravou a lei de Cristo
> Onde a voz não chegou de seus apóstolos.
> Povo exíguo, assinou-lhe Deus o berço
> Da cabeça da Europa, sobre o crânio;
> Donde os arcanos rasgue do futuro
> E do universo as raias descortine.
> Estreito promontório, ninho d'águia
> Prestes a desferir os largos surtos;
> Essa nesga de terra, ainda sobrava
> Para conter-lhe o reino; mas não cabe
> O grande coração da raça ilustre,

Que além, buscando espaço onde respire,
Conquista o mundo antigo, inventa o novo.

[...]

Antes que o mar, qual tigre saciado
Que a presa repudia, nesta plaga
Rejeitasse os intrépidos corsários;
Dominava teus campos soberanos
Uma raça valente, grande e forte.

[...]   (Alencar, 1960: *4*, 566-567)

A história dos "poucos" que "misturaram seu sangue ao sangue estranho" vai ser sugerida n'*O Guarani* (através do final simbólico no qual Ceci e Peri navegam em direcção ao futuro, montados numa palmeira, e dos sofrimentos de Isabel, filha de D. António de Mariz com uma índia), e narrada em *Iracema* (através da trajectória de perdas da "virgem dos lábios de mel", concluída e simbolizada em Moacir, o "filho da dor").

Uma outra relação entre "Os Filhos de Tupã" e os textos posteriores foi observada por Alceu Amoroso Lima: Ibakira e Candira são prefigurações de Iracema. A primeira simboliza o amor puro da virgem; a segunda, a maternidade.

O último esboço épico feito por Alencar antes de escrever *Iracema* foi *O Guarani*. Romance histórico, como o chamou o escritor, ele mistura personagens de existência real, como D. António de Mariz, com investigação etnográfica, para contar o contacto de brancos e índios, durante a colonização do Brasil, e denunciar a impossibilidade de sobrevivência dos nativos na sociedade colonial. Sugerindo a concretização do mito de Tamandaré, referido na "Fábula" que antecede "Os Filhos de Tupã", Alencar insinua n'*O Guarani* o advento de um brasileiro novo, diferente de Moacir, cuja dor foi, no romance de 1857, incarnada por Isabel.

2. *Iracema*, um romance histórico ou indianista?

Quem lê *Iracema* encontra nas "Notas" um "Argumento Histórico", a pouco e pouco esquecido à proporção que se é embalado pelo seu lirismo. A própria crítica deixou-se levar pela história de amor que vela a história da conquista e ignora o romance como romance histórico. Indianista — é como costumam classificá-lo, levados também, aliás, pela palavra de Alencar em *Sonhos d'Ouro*. Nele, o escritor afirma:

> [...] o período orgânico da literatura brasileira conta três fases: "a primitiva, que se pode chamar aborígene", composta das "lendas e mitos da terra selvagem e conquistada", das "tradições que embalaram a infância do povo, e ele escutava como o filho a quem a mãe acalenta no berço com as canções da pátria, que abandonou"; a segunda, "histórica", vai do período colonial à independência e "representa o consórcio do povo invasor com a terra americana", "a gestação lenta do povo americano, que devia sair da estirpe lusa, para continuar no novo mundo, as gloriosas tradições de seu progenitor", que é o período no qual se formam "outros costumes, e uma existência nova, pautada pelo novo clima"; a terceira, contemporânea do escritor, "começada com a independência política", ainda "balbuciante", que apresenta um duplo aspecto — o do Brasil interior, sem o influxo directo das influências externas e mantendo a pureza original das tradições brasileiras, como se vinham definindo desde a era colonial; e o do Brasil urbano (nomeadamente a Corte, isto é, o Rio de Janeiro), onde, por força da influência estrangeira, os costumes nacionais iam sofrendo alterações (cf.Alencar, 1960: *1*, 697-698).

Ora, o que Alencar aí faz é um cruzamento de literatura com história literária, pois se, enquanto texto ficcional, *Iracema* poderia ser — mas não é — uma lenda indígena pertencente ao período primitivo da literatura brasileira, por outro foi escrita em 1865, tendo a marcá-la a recente independência do Brasil (1822) e todos os sinais que ela veio trazer, combinados com as marcas que o Romantismo impunha. Afinal, todos os romances alencarinos são escritos sob a óptica do Romantismo, pertencendo, pese embora os diferentes momentos históricos que têm por objecto, ao mesmo período orgânico. Se *Iracema* contém algo de lendário, esse algo é forjado pelo escritor, ao transfigurar a História, calando-lhe as violências, suprindo-lhe as lacunas, dourando-lhe os contornos. *O Guarani* tem tanta base histórica quanto *Iracema,* (e cronologicamente até diz respeito ao mesmo período), mas o escritor, pela sua mistura de conceitos, enquadra-o num outro período orgânico da literatura brasileira. O único romance de Alencar que, sendo indianista não é histórico é *Ubirajara*, embora pertença ao mesmo período orgânico da literatura brasileira que informa todos as outras obras do escritor.

A raiz dessa ambiguidade quanto ao género de *Iracema* pode ser vista já nessas palavras de Alencar, quando da polémica sobre "A Confederação dos Tamoios":

> Escreveríamos um poema, mas não um poema épico; um verdadeiro poema onde tudo fosse novo, desde o pensamento até a forma, desde a imagem, até o verso.

A forma como Homero cantou os gregos não serve para cantar os índios; o verso que disse as desgraças de Tróia, e os combates mitológicos não pode exprimir as tristes endechas do Guanabara, e as tradições selvagens da América. (cf. *infra*, p. 170).

A crítica passou sempre ao largo dessa confusão de conceitos e nunca deu a importância devida ao sentido que cada um dos romances assume na obra de Alencar, de maneira específica, e no Romantismo Brasileiro, de modo geral.

Recentemente, o chamado romance histórico de Alencar recebeu a atenção de uma tese de doutoramento (De Marco, 1993) e, com ele, *O Guarani*, cuja simbologia já tivera pelo menos duas leituras (Martins, 1977 e Gama, 1991). O mesmo, no entanto, não vem acontecendo com *Iracema*. Parece que Alencar, ao subintitulá-lo *Lenda do Ceará* e ao colocá-lo na fase aborígene da literatura brasileira, apagou da memória de todos as suas relações com a História. *Iracema* ficou sendo, em termos críticos, apenas um romance indianista com fontes históricas (Schwamborn, 1987) ou um poema em prosa, ainda que em estudos recentes e por vezes interessantíssimos (Campos, 1990), ou se não um caso exemplar de questões linguísticas entre brasileiros e portugueses. Mesmo quando se pretende estudar o que o discurso do narrador encobre e se aborda a obra como narrativa mítica (Gama, 1991), deixa-se de lado a transformação sofrida pelo documental e parece ler-se o romance como obra exclusiva da imaginação.

2.1. O tempo e o espaço

Logo no primeiro capítulo o autor de *Iracema* indicia o mítico e o épico, pois assinala a obra como de carácter oral, ao gosto das antigas epopeias, uma vez que o narrador propõe transmitir "uma história que me contaram nas lindas várzeas onde nasci" (cf. *infra*, p. 41). O "Argumento Histórico" lembra que a obra não é fruto da imaginação, pois refere nomes, datas, factos e espaços reais. Alencar chama a atenção para o tempo histórico: a primeira expedição ao Ceará, da qual participa Martim Soares Moreno, que deu origem à personagem Martim, é de 1603. Também os anos de 1608 e 1611, datas-marcos na colonização daquelas terras, são referidos. O texto do romance, no entanto, ao contrário do que sucede n'*O Guarani,* que situa em 1604 a existência da casa de D. António de Mariz, não regista nenhuma data, chegando mesmo a adoptar uma contagem do tempo, por luas e sóis.

A abolição do datado permite inaugurar o passado absoluto, isto é, um passado desligado do presente, o que ajudará à construção da lenda, e que é tão caro à tradição épica mais remota. O texto do romance, porém, refere por várias vezes o tempo cronológico, sem que o leitor, mesmo conhecedor da história da conquista do Ceará, dê por isso.

A primeira vez é quando Martim, ao encontrar Iracema, se inclui entre os que "levantaram a taba nas margens do Jaguaribe" e refere o facto de seus companheiros, destroçados, terem voltado por mar às margens do Paraíba, enquanto o chefe, "desamparado dos seus", atravessava naquele momento os vastos sertões do Apodi (cf. *infra*, p. 44). Só ele, Martim, havia ficado, "porque estava entre os pitiguaras de Acaracu, na cabana do bravo Poti, irmão de Jacaúna, que plantou comigo a árvore da amizade" (cf. *infra*, p. 44).

O relato dos cronistas que subjaz às palavras da personagem oferece outros detalhes não só sobre a "taba" às margens do Jaguaribe, como sobre a retirada do chefe. Primeiramente, é preciso esclarecer que Pêro Coelho de Sousa fez duas jornadas para a conquista do Norte. Na primeira, em 1603, além de outros soldados, em número de sessenta e cinco, acompanhou-o Martim Soares Moreno, que permaneceu em terras cearenses, juntamente com o capitão Simão Nunes, num forte de taipa, o Santiago, enquanto Pero Coelho regressava à Paraíba, a fim de buscar "sua mulher e família pera se tornar a povoar aquelas terras", "pedindo juntamente ajuda e socorro pera prosseguir a conquista" (Salvador, 1954: 310-311). Na segunda, ano e meio depois de ter ido em busca de auxílio, foi abandonado pelos soldados que, já sem roupa e sem mantimentos, em Nova Lisboa, atravessaram o rio Jaguaribe e se fixaram na sua margem esquerda (forte de S. Lourenço), partindo em seguida para o Rio Grande (Porto Seguro: 1956, v. 2, 59). Por isso "determinou tornar-se pera sua casa" (Salvador, 1954: 323), numa jornada em que sofreu fome e sede, perdeu filhos e alguns dos poucos soldados que ficaram, tendo sido socorrido pelo "padre vigário do Rio Grande, o qual pelo que lhe disseram os soldados fugidos os vinha esperar com muitos índios e redes pera os levarem, muita água e mantimentos, e um crucifixo na mão, que em chegando deu a beijar o capitão e as mais, o que fizeram com muita devoção e alegria, com muitas lágrimas, não derramando menos o vigário, vendo aquele espetáculo, que não pareciam mais que caveiras sobre ossos, como sói pintar a morte" (Salvador, 1954: 324-325).

No "Argumento Histórico", Alencar refere apenas uma entrada de Pêro Coelho[1] e fala em "oitenta colonos e oitocentos índios",

---

[1] Embora refira apenas uma entrada de Pêro Coelho, Alencar dá a entender que houve mais de uma expedição (sem explicar de quem), porque, depois de falar da volta de Pêro Coelho à Paraíba, escreve: "Na primeira expe-

além de mencionar a fundação do povoado de Nova Lisboa na foz do Jaguaribe. A ideia pode ter vindo de Aires de Casal ou de Bernardo Pereira de Berredo, leituras citadas por Alencar. Ambos referem oitenta colonos e oitocentos índios bem como a fundação de Nova Lisboa. Nada impede porém que o romancista tenha lido [2] a *Jornada do Maranhão por Ordem de S. Magestade feita para o anno de 1614*: o número de índios e colonos citados e até algumas das expressões usadas no"Argumento" encontram-se no texto do relato. A própria menção ao estabelecimento de Nova Lisboa como se fora na primeira tentativa, pode ter sido decorrência de uma leitura apressada de Alencar, pois Diogo Moreno não deixa claro se Pêro Coelho foi ou não à Paraíba buscar mulher e filhos:

> [...] partio o dito Pero Coelho com oitenta homens brancos, e quasi oito centos Índios de guerra, e com outro homens praticos na lingoa da terra, e levou Provisões de Capitão Mór da dita Conquista, em virtude das quaes fez Capitães de Infantaria, e levou dois Caravelões, e hum grande Piloto da Costa Francez chamado *Otuimiri*, sem o qual não fizera nada. Nas demais coisas de provimento, não foi largo como convinha, porque as forças erão poucas, e assim marchou até o Jaguaribe, donde no Siará ajuntou a si todos aquelles Índios moradores: com os quaes por necessidade da comida, e por passar avante foi até a grande serra de Buapava, e teve grandes recontros com os Tabajares de Mel Redondo, e deu-lhe Deos grandes victorias, e taes successos, que realmente se fora sua tenção o Maranhão somente, muitos assegurão, que chegara a ver suas terras. Porém o homem obrigado de cartas de seus mandadores, e do máo provimento, e socorro que lhe derão, pois nunca foi tal que passasse de promessas, se tornou a Jaguaribe com desenho de fazer alli nova Povoação, e Colonia. Para a qual trouxe desde a Praiva sua mulher, e filhos, e deu nome à terra a nova *Lusitania*, e ao lugar a nova *Lisboa* (Moreno, 1812: 1-2) [3].

---

dição foi do Rio Grande do Norte um moço de nome Martim Soares Moreno [...]" (cf. *infra*, p. 105). O texto de Diogo Moreno pode ter induzido o escritor em erro, pois não deixa claro no seu início, como se verá, quantas entradas fez Pero Coelho. Por outro lado, fala de seguida na empresa da Companhia de Jesus, levada a cabo por Francisco Pinto e Luís Figueira, que pode ter sido entendida por Alencar como a segunda tentativa de conquista, até porque Diogo Moreno assim a refere: "Acabado este successo pareceu ao Collegio dos Padres da Companhia de Jesus, que esta empreza era delles, e da sua opinião, e doctrina, como enfim pessoas dedicadas a descer, e amparar os Índios." (Moreno, 1812: 2)

[2] O escritor não menciona as fontes nas quais recolheu datas e feitos relativos à conquista do Ceará que, aliás, aparecem reduzidos ao mínimo no "Argumento Histórico", onde apenas a propósito da terra de nascimento de Camarão e da sua tribo — a dos pitiguaras — é invocado o testemunho dos cronistas (Bernardo Pereira de Berredo, Casal, autor da *Corografia Brasílica*, Frei Manuel Calado, autor de *O Valeroso Lucidemo*, Gabriel Soares de Sousa e o conde de Pernambuco).

[3] Frei Vicente do Salvador não menciona a fundação de Nova Lisboa.

Alencar faz coincidir o momento do encontro de Martim com Iracema, criado por sua imaginação, com o do segundo e desastrado regresso de Pêro Coelho à Paraíba, que a personagem menciona e é registado pelos cronistas. Aliás, quando o guerreiro branco e a filha dos tabajaras se vêem pela primeira vez, ele já domina a linguagem dos índios, como observa a própria Iracema. Na sua *Relação*, Martim Soares declara ter ficado três anos entre os índios, "discurso de tempo" em que aprendeu "a lingoa daquelles Índios" e travou "com elles particular amizade particularmente com o principal dali chamado Jacaúna" (Moreno, 1903: XV).

Entre o encontro dos protagonistas e outro momento de recorte histórico mais evidente, a narrativa gira em torno do amor entre Iracema e Martim, o que vai diluindo a atenção do leitor para a conquista, mas não deixa de mencionar combates (que culminam no cap. XVIII) entre pitiguaras e tabajaras, estes chefiados por Irapuã — o Mel--Redondo de que falam os cronistas —, e aqueles por Poti e Jacaúna — também de existência documentada. Ainda no romance, Irapuã, que desceu da Ibiapaba, fala na presença dos emboabas (os brancos) no Jaguaribe e do seu avanço, juntamente com os pitiguaras, em direcção às terras dos tabajaras (cf. *infra*, p. 46). Seria esta uma alusão ao tempo em que Martim permaneceu no forte de taipa à espera de Pêro Coelho e dos socorros do governador? Poderia ele ter ido de facto, nesse tempo, com os seus companheiros, até os campos do Ipu, próximo à Ibiapaba. Este facto, no entanto, não aparece nos documentos. A *Relação* regista a ida de Soares Moreno, "quando era tenente do capitão mór Lourenço Peixoto servindo na fortaleza do Rio Grande" (a entrada de 1608, que o "Argumento Histórico" de *Iracema* menciona), para fazer novas amizades com os moradores daquella Costa até Seara" (Moreno, 1903: XV), mas o texto do romance não incorpora a informação.

A verdade é que um dos objectivos com que Martim Soares Moreno foi mandado ao Maranhão — para onde o Ceará era caminho — era o de combater Mel Redondo, conforme se lê na sua *Relação*:

[...] logo que cheguei a Pernambuco fui com o capitão-mór Pero Coelho de Sousa a descobrir e conquistar a Provincia de Jaguaribe e Seara e Mel Redondo, servindo de Soldado...(Moreno, 1903: XIV)

Mas essa tentativa de Pêro Coelho teve sucesso até a Ibiapaba[4], como regista Frei Vicente do Salvador:

Refere apenas a um forte de taipa, onde o capitão Simão Nunes aguardou com os soldados os socorros do Governador.

[4] Studart (1903: 8) chama a atenção para o facto de que Seara e Jaguaribe eram entendidos como sul, enquanto Ibiapaba, considerada norte da região.

Ultimamente daí a três dias veio o Mel Redondo e o Diabo-Grande com todo o seu gentio e, antes que entrasse no arraial, largaram suas armas em sinal de paz, da qual mandou o capitão-mór Pero Coelho fazer um auto por um escrivão, prometendo uns e outros de sempre e conservarem dali em diante (Salvador, 1954: 310) [5].

Uma segunda referência a combates entre pitiguaras e tabajaras aparece no texto de *Iracema*, quando Poti recebe de Jacaúna a mensagem de que "o tapuitinga [franceses] que estava no Mearim, veio pelas matas até o princípio da Ibiapaba, onde fez aliança com Irapuã" (cf. *infra*, p. 85). A luta, embora seja detonada pela presença de Martim (e dos portugueses em geral), apenas vem reforçar a valentia dos índios, traço importante já que o romance trata do nascimento de uma raça, bem como a velha inimizade entre tabajaras e pitiguaras, sintetizada por Irapuã quando diz ter Tupã dado aos tabajaras toda "esta terra", da qual eles "abandonaram" aos pitiguaras, "sempre vencidos", "as areias nuas do mar, com secos tabuleiros sem água e sem florestas" (cf. *infra*, p. 46).

Os últimos feitos de Martim que aparecem em *Iracema* remetem a documentos que permitem um balizamento cronológico da acção do romance. Depois de se ter ido na jangada com o filho e o cão, o guerreiro branco volta ao Ceará, acompanhado de "muitos guerreiros de sua raça" e de "um sacerdote de sua religião" (cf. *infra*, 98). Trata-se do regresso de Martim Soares Moreno, em 1611, por ordem do governador D. Diogo de Meneses, para conquistar definitivamente o Norte:

> Tendo sempre esta consideração me não descuidei de mandar espiar ao gentio e que se comunicassem com elles do Rio Grande, de que resultou tanta amizade com os de Jaguaribe que vindo ali portar hum navio francez este anno passado manhosamente os deixaram desembarcar, e em terra os matarão todos e lhe tomarão o pataxo em que vinhão e huma lancha e havendo que tinhão feito hum grande serviço a Vossa Magestade me mandarão aqui hum filho de um Principal daquelle districto de Jaguaribe pedindome com elle lhe mandasse Padre para a doutrina e brancos que assistisssem com elles, e porque o Tenente do Rio Grande Martim Soares foi o que andou nestes tratos e amisades com elles, e o trouxe consigo a esta Cidade a darme conta do que se passava me preceo não perder a ocasião e tornallo a mandar com o mesmo embaixador

---

[5] Martim Soares Moreno regista na sua *Relação* (1903: XIV): [...] tivemos muita guerra com aqueles Índios que erão infinitos e tinham muitos francezes em sua companhia. O que tudo ficou comquistado, e depois de seis mezes de guerra onde eu recebi muitas feridas com os demais companheiros, e vendo que não podíamos sustentar, nos retiramos a Seara para que com mais socorro fossemos a conquista do Maranhão tão desejada dos Reis passados.

acompanhado por um clerigo e dez soldados, pera que se fosse ao dito sitio do Jaguaribe e assentasse as pazes com os Indios delle e residisse com elles e fizesse uma igreja pera que o clerigo exercitasse o seu officio e os doutrinasse, e juntamente na melhor parte que lhe parecesse fizesse um reducto em que se conservasse elle e os companheiros [...] (Meneses, 1905: 309)

Ou, como continua Diogo de Campos Moreno, neste trecho da sua *Jornada*, onde a alusão à localização da taba de Jacaúna indicia mais uma vez a intertextualidade entre o relato e o romance, já que essa referência não aparece em Casal nem em Berredo:

[...] e assim despachou ao dito Martim Soares fazendo-o Capitão de Siará, e dando-lhe sós dois Soldados, a fim de que os Índios o não tivessem por hospede pezado, e vissem como não hia a lhes fazer guerra; mas antes a se fiar de suas amizades, e forças: e que assim tratasse de fazer fortaleza, e Igreja para se baptizarem, e doctrinarem os ditos Indios. Para o que lhe deu o Capellão, ornamentos, e hum sino, e outras coisas necessárias com que se partiu, e chegou a salvamento ao Siará. Donde fundou a Igreja a Nossa Senhora do Amparo, e fez hum forte capaz de duzentos homens Soldados, e moradores, e nelle com amizade, e fé de Jacaúna. O qual fez vir a alojar-se meia legoa do forte com a sua Aldêa (Moreno, 1812: 6).

A menção à floração do cajueiro por quatro vezes (cf. *infra*, p. 97) antes do regresso de Martim (1611) dá a entender que ele deixou o Ceará em 1607 ou 1608 (data da sua segunda expedição). A acção de *Iracema*, enquanto romance de amor, decorre, assim, entre 1603, o momento da primeira jornada de Pêro Coelho de Sousa, e 1608. Mas a inclusão da notícia do encontro de Martim com Jerónimo de Albuquerque, bem como a sua partida para as margens do Mearim (1613)[6], mostra que, embora apagada pela história de amor, cuja narrativa se iniciou pela consequência da solução, *in ultimas res*, Alencar tentou contar uma história de conquista, cuja narrativa começou *in medias res*.

---

[6] Diz a *Jornada*: "Com tudo não quis o Albuquerque partir-se sem muitos homens brancos, e tanto resgate, quanto pôde tirar da fazenda de S. Magestade, dizendo que além da sua fama e das dádivas se havião de abalar todos os Índios do Jaguaribe de Buapava, e os Tapuias do Parameri, chamados Teremembes: e em effeito vindo a contentar-se com o que lhe derão, que não foi pouco, se partiu e chegou ao Siará o anno de 613 donde levou consigo ao Capitão Martim Soares, que com facilidade se lhe offereceu para reconhecer tudo o que faltava da costa até o Maranhão [...]" (Moreno, 1812: 7-8). Esta versão de seu tio é confirmada por Martim Soares Moreno na *Relação do Seara*, embora nela pareça que ele foi separadamente de Albuquerque, como se poderá ver no excerto citado adiante no corpo deste artigo.

O "Tudo passa sobre a terra" que encerra o livro não é apenas uma fórmula romântica para apontar a vida como passagem e a morte como vida verdadeira, mas também uma forma de mostrar o silenciar da raça indígena: a jandaia que canta no olho do coqueiro já não repete o nome de Iracema. Mas nem só o apagar das datas despista o documental para enveredar pelo simbólico e pelo lendário. Também a toponímia caminha às vezes neste sentido. Alencar deixa para as notas[7] o que seria discussão filológica e veicula através do texto uma explicação simbólica. Para o nome da lagoa de Mecejana, por exemplo. Enquanto na nota reina a indecisão pela origem do topónimo, o narrador do romance explica, sem titubear:

> Desde então, à hora do banho, em vez de buscar a lagoa da beleza, onde outrora tanto gostara de nadar, [Iracema] caminhava para aquela que vira seu esposo abandoná-la, sentava-se junto à flecha, até que descia a noite; então recolhia à cabana.
> Tão rápida partia de manhã, como lenta voltava à tarde. Os mesmos guerreiros que a tinham visto alegre nas águas da Porangaba, agora, encontrando-a triste e só, como a garça viúva, na margem do rio, chamavam aquele sítio de Mecejana, que significa a abandonada (cf. *infra*, p. 86).

Na *Relação do Seara*, encontram-se apenas referências às localidades do Maranhão percorridas por seu autor, à excepção de algumas menções ao Jaguaribe. A *Jornada*, escrita por Campos Moreno, é pouco mais mais pródiga em relação ao Ceará: Ibiapaba, Nova Lusitânia, Nova Lisboa, o Jaguaribe, a Igreja de N.Sra. do Amparo. Também em Frei Vicente do Salvador, que fala no Apodi (fronteira entre Ceará e Rio Grande do Norte), e em Berredo, a geografia da conquista não é pormenorizada. A imaginação de Alencar lembra Aquiraz, Acarape, Maranguape, Porangaba, Mecejana, Jereraú, Jericoacoara, Mundaú, Meruoca, Uruburetama e muitos outros topónimos cuja origem lendária por vezes refere. De documental

---

[7] Vale a pena lembrar o texto: "Lagoa e povoação a duas léguas da capital. O verbo cejar significa abandonar; a desinência ana indica a pessoa que exerce a acção do verbo. Cejana significa: o que abandona. Junta à partícula mo o verbo mohang, fazer, vem a palavra a significar o que fez abandonar ou que foi lugar ou ocasião de abandonar. A opinião geral é que o nome deste povoado provém de Portugal, como Soure e Arronches. Nesse caso devia escrever-se Mesejana, do árabe masjana.
Ora, nos mais antigos documentos encontra-se Mocejana, com c, o que indicaria uma alteração pouco natural, quando o Ceará foi exclusivamente povoado de portugueses, os quais conservaram em sua pureza todos os nomes de origem lusitana." (cf. *infra*, 115-116)

ficam, assim, no romance, algumas das regiões palmilhadas por Martim Soares Moreno e os inúmeros registos dos hábitos indígenas.

2.2. As personagens

No "Argumento Histórico" Alencar discute a pátria de Camarão, o Poti, mas o texto do romance esbate a referência. O importante é que ele seja um índio valente, como o são os tabajaras cujo sangue correrá nas veias de Moacir. A forma de apresentação das personagens vai indiciar assim, heróis lendários. Iracema nasceu "além, muito além daquela serra que ainda azula no horizonte" (cf. *infra*, p. 42). Martim, não chega a ser apresentado como Martim Soares Moreno, o que o faz perder em referencialidade histórica. Embora Alencar informe em nota que Martim era natural da cidade de Natal (Rio Grande do Norte), o texto do romance — porque interessa ao escritor contar a história de uma nova raça — insinua que a sua pátria é Portugal: o narrador da lenda refere, logo no primeiro capítulo, "um jovem guerreiro cuja tez não cora o sangue americano" em oposição a "uma criança e um rafeiro", "filhos ambos da mesma terra selvagem" (cf. *infra*, p. 41); além disso, diz que Martim vira pela primeira vez a luz americana às margens do Potengi (repare-se que não é apenas ver a luz, mas a luz americana).

O texto da *Relação do Ceará*, da autoria de Moreno, porém, não cita o local do seu nascimento, mas dá a entender que ele era português:

> Sendo de pouca idade passei ao Brasil por soldado em companhia do governador Diogo Botelho, logo que cheguei a Pernambuco fui com o capitão mor Pero Coelho de Sousa [...] (Moreno, 1903: XIV)

Alencar, que certamente desconhecia a *Relação*, foi induzido em erro pela *Jornada*, pois nela Diogo de Campos Moreno diz:

> Tinha o dito Campos Moreno hum parente seu, o qual de mui pequeno havia mandado com Pero Coelho de Sousa, para que servindo naquella entrada aprendesse a lingoa dos Índios, e seus costumes, dando-se com elles, e fazendo-se mui familiar, e parente, ou compadre como elles dizem. Succedeu isto tanto à medida do desejo, que havendo-se Pero Coelho de Sousa retirado com descredito dos Índios, os padres da Companhia com pouca dita, só o moço chamado Martim Soares Moreno sustentou o crédito, e a amizade das gentes do Jaguaribe. Pela qual opinião o dito Governador D. Diogo de Menezes o fez Tenente da fortaleza do Rio Grande, donde o achou servindo Lorenço Pexoto Sirne, quando foi a ser Capitão de aquella Capitania, fazendo que em seu tempo o dito Martim Soares fosse como foi tres vezes ao Jaguaribe, cada vez confirmando mais a paz, e amizade com Jacauna, Principal de aquellas gentes, o qual lhe chamava filho; [...] (Moreno,1812: 5)

Aliás, é certamente este trecho que informa a fala de Martim no romance, ao responder a Araquém pertencer aos guerreiros brancos que levantaram a taba nas margens do Jaguaribe e o único remanescente da expedição destroçada que naquele momento atravessava o Apodi, porque estava entre os pitiguaras de Acaracu, na cabana de Poti, irmão de Jacaúna. Alencar deve ter imaginado que, por ser sobrinho de Diogo Moreno e por Diogo de Meneses o ter encontrado no Rio Grande do Norte, Martim nascera em terra brasileira, e mais precisamente em Natal. Caracteriza-o, no entanto, o mais possível como português: são os cabelos, os olhos, a sempre lembrada cor da pele, o facto de a sua raça ter vindo pelo mar, a religião do sacerdote de vestes negras, mas, principalmente, a oposição ao "branco tapuia" (francês).

Apresentado desde o início como guerreiro, Martim não poderia deixar de possuir um carácter medievalizante. Quando Iracema, assustada com o estranho homem que a contempla, lhe atira uma flecha, é assim que Alencar descreve a reacção do branco:

> De primeiro ímpeto, a mão lesta caiu sobre a cruz da espada; mas logo sorriu. O moço guerreiro aprendeu, na religião de sua mãe, onde a mulher é símbolo de ternura e amor. Sofreu mais d'alma que da ferida." (cf. *infra*, p. 42).

A atitude cortês e o cristianismo aqui se associam, mostrando não só o medievalismo romântico de Alencar, como imbuindo o leitor de que a presença portuguesa e o seu contacto com os índios foi feita de forma pacífica. O simbolismo esbate mais uma vez os contornos da História e a conquista da terra passa a ser natural. Tão natural, que Martim, apresentando-se, diz a Iracema:

> — Venho de longe, filha das florestas. Venho das terras que teus irmãos já possuíram e hoje têm os meus. (cf. *infra*, p. 43).

O que esta frase oblitera é a luta entre portugueses e franceses pelo domínio da terra, na qual, auxiliando um lado ou outro, muitos índios foram exterminados, ou capturados e submetidos ao trabalho escravo nas fazendas da Paraíba e de Pernambuco.

O massacre dos tabajaras, irmãos de Iracema, é feito pelos pitiguaras, seus inimigos e amigos de Martim. Desloca-se, assim, para uma rivalidade indígena, a rivalidade entre europeus. É o mesmo processo que usaram alguns dos cronistas portugueses para justificarem o extermínio: os índios recuperáveis e, portanto, amigos, e os indígenas irrecuperáveis, consequentemente inimigos, e que deviam ser eliminados.

A passagem de Iracema de um grupo para outro, operada através do amor por Martim, é assinalada pelo narrador. O facto de mencionar o sentimento de vergonha ajuda a conservar a aura da heroína; e a maneira breve com que é feito, um modo de afastar o que não deve ser explorado:

> Aquele sangue que enrubescia a terra, era o mesmo sangue brioso que lhe ardia nas faces de vergonha (cf. *infra*, p. 73).

Também a mancebia entre colonos e índias, fosse pela lascívia destas ou pela luxúria daqueles, factos de que se queixava o Padre Nóbrega (1955: p. 30-31, 81-82, 114) pedindo a el-rei mulheres portuguesas para casar com os colonos, desaparece sob o manto diáfano da fantasia romântica com que Alencar pinta a cena da posse. É, de facto, Iracema quem seduz Martim, o que, ao lado de manter a ideia de que eram as índias que provocavam os colonos, conserva o traço de sensualidade da heroína. No entanto, para que a imagem da índia não perca em honestidade, é Martim que insiste em manter a sedução que ela lhe provoca, pedindo-lhe que lhe dê bons sonhos. Daí que Iracema lhe prepare e lhe dê o verde licor de jurema que lhe permitirá possuí-la sem macular aquilo que seria a honra de um cavaleiro — e de um cavaleiro cristão. Honra que o lado português de Alencar defende a todo o preço: o abandono a que Martim devota Iracema depois de possuí-la — ele tão cristão, que chega a invocar o nome de Deus quando descobre que tirou dos tabajaras a sua virgem — vem justificado exactamente em nome do cristianismo e do patriotismo, uma vez que o guerreiro parte para combater os brancos tapuias, isto é os franceses.

Iracema entorpece com o licor o preconceito que n'*O Guarani* aflora várias vezes: o da inferioridade do índio, falada na repulsa que D. Lauriana e Aires Gomes sentem por Peri, no não casamento de D. António com a índia mãe de Isabel, no ódio que Isabel sente com relação a Peri por ver nele uma raça que a rebaixava; no facto de ser preciso dizer que Peri "é um cavalheiro português no corpo de um selvagem" (Alencar, 1960: 2, 70), na necessidade de o índio baptizar-se para que Ceci lhe seja confiada, na própria situação de excepcionalidade com que a personagem é pintada.

O tópico medieval do amigo, do aliado inseparável, como Gandalim o foi de Amadis, e como a aia foi de Oriana ou de Elisena, reproduz-se na amizade de Poti por Martim e na da jandaia por Iracema. E se a interacção entre a virgem dos lábios de mel e a ave representam um reforço à imagem de Iracema como filha das selvas, a aliança entre Poti e Martim representa a troca pacífica, a capacidade de integração do português aos novos mundos. Poti e Martim passam a ser, pela amizade, no canto do índio,"como a cobra que tem duas cabeças em um só corpo." (cf. *infra*, p. 83). Martim ganha um nome indígena — Coatiabo, o guerreiro pintado, o guerreiro da esposa e do amigo, nome que o cristão recebe depois de ter, segundo os costumes indígenas, adoptado as cores da nação pitiguara, com as quais Iracema lhe pinta o corpo. Desta vez, Alencar transfigura o documental, criando um nome indígena para Martim e transformando-o em amigo inseparável de Poti. O que a *Jornada* de Diogo Moreno refere é que Jacaúna, como foi citado anteriormente, transferiu sua aldeia para as proximidades do forte de N. Sra. do Amparo e que:

> Succedendo para confirmação deste bom princípio, tomou o dito Martim Soares dum navio Hollandez com ajuda dos Indios, indo elle nu entre elles, e tingido com Gimpapo, que faz a carne como negro da Guiné; matando em terra, e no dito navio 42 homens ficando senhores da nau, e do que tinha de mantimentos, armas e artilheria e munições, e com este successo augmentando-se o crédito da dita Povoação, fizerão fugir do porto de Mucuripe outra nau, matando-lhe alguns homens [...] (Moreno, 1812: 6)

A amizade e o companheirismo constantes de Poti podem dever-se a um cruzamento de informações. Frei Vicente do Salvador regista a amizade de um Camarão com os portugueses mencionando que, depois de ter entregue a Jerónimo de Albuquerque o Forte dos Reis Magos (Natal, Rio Grande do Norte), Manuel de Mascarenhas foi com sua gente dormir na aldeia de Camarão, onde estava Feliciano Coelho "com seu arraial de aposentado" (Salvador, 1954: 285). Capistrano de Abreu, porém, nos "Prolegómenos" (Salvador, 1954: 215), chama a atenção para o facto de que, desde a publicação do processo de Manuel de Morais, sabe-se que o Camarão herói da guerra holandesa nasceu aproximadamente nos fins do governo de Francisco de Sousa ou nos começos do de Diogo Botelho, ou seja, entre 1602-1603, e que isso mostra que o índio homónimo citado por Frei Vicente deve ser o pai de António Filipe e o irmão de Jacaúna. O primeiro Camarão vem, aliás, citado por Diogo de Campos Moreno, como participante da jornada de Jerónimo de Albuquerque para a conquista do Maranhão (Moreno, 1812: 18). Alencar, que tinha notícia da amizade entre um Camarão e os portugueses, fosse através de frei Vicente do Salvador, fosse através de Campos Moreno ou de outro cronista[8], e que não conhecia o processo de Manuel de Morais pensou que o herói da luta contra os

---

[8] Casal, citado por Alencar como um dos que refere o Ceará como a pátria de Camarão, também confunde o herói da guerra contra os holandeses com o aliado da conquista do Norte. Diz ele a tratar de Vila Viçosa: "He patria de Dom Antonio Filippe Camarão" (Casal, 1947: 2, 233). Aqui, também Alencar incide em erro pois diz que este autor refere Camarão ao falar de Sobral (Acaracu). Daí possivelmente a menção que o Martim personagem faz ao facto de ser hóspede de Poti em Acaracu (cf. *infra*, p. 44).

holandeses em Pernambuco e o chefe dos frecheiros, irmão de Jacaúna, que marchara desde o Rio Grande do Norte para auxiliar Albuquerque, fossem um só.

Para tornar ainda menos distintas as figuras dos dois Camarões, o Martim Soares que empreendeu a conquista do Maranhão é o mesmo que foi mestre de campo na luta contra os holandeses em Pernambuco, narrada por frei Manuel Calado no *Valeroso Lucideno*, leitura citada por Alencar no "Argumento Histórico" de *Iracema*.

Além de a confusão dos dados históricos ter sido motivadora do facto de Alencar forjar em uma só as figuras dos dois Camarões, ela pode também determinado a substituição do nome de Jacaúna pelo de Poti, na amizade de Martim. É muito provável que Alencar, tendo eleito Soares Moreno para representante de Portugal, por ser ele o que não exterminou índios, mas, antes, o que lhes grangeou a amizade, comportamento excepção entre os colonizadores, principalmente entre os do Norte[9], tivesse escolhido Poti, e não Jacaúna, referido em todos os relatos[10], para amigo inseparável do guerreiro branco, pois este foi o índio que não só se tornou cristão, como também se aliou aos portugueses a ponto de vir a ser herói da luta contra os holandeses e de receber de el-Rei a patente de capitão-mor de todos os índios juntamente com o título de Dom.

A fuga da nau que estava no Mucuripe motiva um dos episódios de *Iracema* (Cap. XXIX): Poti e Martim vêem passar um maracatim francês e seguem pela costa o seu curso. Os brancos e os tupinambás seus aliados vêm até a praia em pirogas, mas são derrotados pelas flechas pitiguaras. O maracatim foge em direcção às margens do Mearim (Maranhão). Simbolicamente, Alencar faz coincidir esta primeira vitória dos "aliados" com o nascimento de Moacir, "o primeiro filho que a raça branca gerou nessa terra de liberdade" (cf. *infra*, p. 92).

Há ainda outros momentos do romance em que a história de amor cede lugar à da conquista, de base histórica. Justificado por seu espírito de cavaleiro cristão, Martim, depois de ter deixado Iracema para vencer os franceses no Mucuripe, resolve ir reconhecer-lhes as posições no próprio Maranhão. Esta parte da história da conquista do Norte é referida por vários autores como posterior à chegada de

---

[9] É de referir que João Soromenho, enviado para auxiliar Pêro Coelho, escravizou até mesmo os índios aliados dos portugueses. O próprio Pêro Coelho de Sousa é uma figura sobre a qual há opiniões divergentes.

[10] A *Jornada do Maranhão* e a *Relação do Siara* nomeiam sempre Jacaúna dizendo que este tratara Martim como filho. O próprio Soares Moreno assim intitula-se, ao falar aos índios do Maranhão.

Jerónimo de Albuquerque (ou pelo menos à ordem do Governador Diogo de Meneses para que se conquistasse o Maranhão) e como determinada por comando superior [11]:

> De tudo avizei ao dito Governador D. Diogº de Menezes e com meu avizo escreveo ao Conselho da Índia o que passava, e os senhores do Conselho mandarão que se fizesse a jornada e conquista dos ditos rios do Maranhão e me mandou que eu fosse descubrir os ditos rios, e sendo o ano de 1613 fui em um pequeno barco a fazer o dito descubrimento levando os índios que comigo havião ido falar, os quaes erão muito praticos naquella Costa, e sendo já alguns dias de viagem, cheguei a Pereiá a primeira boca do Maranhão e dalli fui por dentro dos rios e ao dia de S, Anna cheguei à ilha chamada Tucutenduba a que puz o nome de Ilha de S, Anna, alli achei um grande porto de náos muito fundável, e nelle um armazem que alli tinhão os francezes com muito breu e com muitas cabrascamastras e muito páo de tinta cortado e polés aonde fazião muitos cabos ao que puz fogo e dalli fui a descubrir o sitio de Guaxenduba, donde depois o capitão Hyeronimo de Albuquerque situou seu campo, e teve a victoria com os inimigos, isto feito me fui em demanda da tal lha que cheguei com barco perto de terra onde desembarquei e pondo-me em cima de um penedo pregando que era filho de Jacauna todos me ouvirão e levarão galinhas e muitos legumes, alli puz uma Cruz com um letreiro que dizia aqui chegou o capitão Soares Moreno a tomar pocessão por el-Rei Catholico, e não sabendo que estavão povoados os francezes alli me confessei [...] (Moreno, 1903: XVI).

Alencar, entretanto, refere esta passagem no romance como um feito da iniciativa pessoal de Martim — o que ajuda a firmar o perfil heróico da personagem — e desligando-a da expedição de Albuquerque referida no último capítulo de *Iracema*:

> Oito luas havia que ele deixara as praias de Jacarecanga. Vencidos os guaraciabas na baía dos papagaios, o guerreiro cristão quis partir para as margens do Mearim, onde habitava o bárbaro aliado dos tupinambás.
> Poti e seus guerreiros o acompanharam. Depois que transpuseram o braço corrente do mar que vem da serra de Tauatinga e banha as várzeas onde se pesca o piau, viram enfim as praias do Mearim e a velha taba do bárbaro tapuia.
> A raça dos cabelos de sol cada vez mais ganhava a amizade dos tupinambás; crescia o número de guerreiros brancos, que já tinham levantado a grande itaocara para despedir o raio.
> Quando Martim viu o que desejava, tornou aos campos da Porangaba, que ele agora trilha. (cf. *infra*, p. 96)

---

[11] Berredo confirma esta ideia: "Daqui destacou logo a Martim Soares em hum dos quatro barcos de sua conserva, guarnecidos dos melhores soldados, com a importante diligência de reconhecer a procurada Ilha do Maranhão" (Berredo, 1747:§ 192). Já Campos Moreno dá a entender que foi Soares Moreno quem tomou a iniciativa: "E chegou o Siara o anno de 1613 e levou consigo ao capitão Martim Soares que com facilidade se lhe offereceu para reconhecer tudo o que faltara na Costa até o Maranhão" (Moreno, 1812:)

É verdade que o narrador de *Iracema* não dá muita ênfase à conquista. Em *flashback*, ela constitui no capítulo apenas uma justificação na demora de Martim que encontra Iracema a morrer. A imagem final do romance é a da vitória da expansão fé--império da forma mais pacífica possível: funda-se a mairi dos cristãos, com a presença do padre [12] e com auxílio dos índios. Poti recebe um nome cristão, o do santo do dia e o do rei, ao qual acrescenta o seu próprio, mas na língua dos "novos irmãos": António Filipe Camarão. Nessa passagem, mais uma vez, pode-se observar a confusão entre os dois índios de nome Camarão. Martim Soares refere, de facto, a cena do baptismo quando da fundação da igreja de N. Sra. do Amparo, sem mencionar nenhum índio em especial; mas o herói de Pernambuco, que adoptaria o nome do rei de Espanha, e receberia uma tença e o hábito de Cristo, pela Carta Régia de 14 de Março de 1633, não estaria, por certo, entre eles.

Quando se diz que a mairi de Martim medrou e "germinou a palavra do Deus verdadeiro na terra selvagem; e o bronze sagrado ressoou nos vales onde rugia o maracá" (cf. *infra*, p. 98), realiza-se a profecia de Batuireté, avô de Poti, de que a sua raça seria extinta pelo branco:

— Tupã quis que estes olhos vissem, antes de se apagarem, o gavião branco junto da narceja (cf. *infra*, p. 79).

Tal observação passa despercebida no texto, pois Alencar só em nota decifra o que o velho prediz [13]. Aliás, num outro momento do romance, mais exactamente o capítulo XVII, quando Iracema revela a Martim que se tornou sua esposa, Poti, antecipando a referida declaração do velho índio, já havia assumido uma postura de "tronco decepado" como que antevendo também a extinção da sua raça: não só lutariam pitiguaras e tabajaras, como, na mistura com o branco, os índios, perderiam a sua identidade. A narrativa escatológica da "Fábula" que antecedia "Os Filhos de Tupã" perseguia Alencar.

2.3. O narrador

O início do romance reafirma as palavras do avô de Poti. Apenas Martim e Moacir sobrevivem. E se Martim é o eterno sau-

---

[12] O nome do padre era Baltasar João Correia (Studart, 1903: 13).
[13] Diz a nota: "Batuireté quis significar chama assim o guerreiro branco, ao passo que trata o neto por narceja; ele profetiza nesse paralelo a destruição de sua raça pela raça branca" (cf. *infra*, p. 114).

doso (da virgem loura, da sua mãe, da sua terra, das lutas passadas e das que estão por vir), Moacir é o filho da dor: da dor física de Iracema, que abandona o seio aos filhotes da irara, por não ter com que alimentá-lo, mas, principalmente da sua dor moral, por ter perdido a identidade de filha dos tabajaras — ao deixar de guardar o segredo da jurema, ao sair dos campos do Ipu para as praias dos pitiguaras, ao ver morrer seus irmãos —, e por saber que nunca poderá manter Martim junto de si.

Contada "nas lindas várzeas onde nasci", a lenda (do Ceará) determina a terra natal do narrador. Mas quem é ele? Se "um filho ausente", como se declara o autor da epígrafe e do prefácio, é facto de pouca ou nenhuma importância, embora venha a reforçar a ligação entre narrador e autor. Mas se culturalmente homem branco, índio ou mestiço, isso, sim, releva notar.

Valorizando o branco português e o índio seu aliado, o narrador procura enobrecer de ambos os lados as raízes de Moacir. Mas a forma de narrar determinará uma mestiçagem desigual. A contagem do tempo, enfatizando o lendário, será feita à maneira indígena: "cinco sóis eram passados, quando [...]"; "o cajueiro floresceu quatro vezes, depois que [...]"; "chegara a lua das flores [...]"; "oito luas havia[...]". Também a maneira de referir o que não pertence ao mundo dos selgvagens: a fortaleza dos franceses no Maranhão é "a grande itaoca para despedir o raio" (cf. *infra*, p. 96); maracatim são as suas grandes embarcações; pirogas, as suas pequenas. canoas. Em contrapartida, há momentos em que a identidade com os índios não se faz: eles são referidos como "a gente de Tupã" (cf. *infra*, p. 73), o que vem reforçar o ponto de vista cristão do narrador, transparente no último capítulo ao afirmar verdadeiro o Deus de Martim. A esse traço português soma-se outro: chamar os franceses "bárbaro aliado dos tupinambás".

A língua em que discurso do narrador é cunhado vem a ser factor decisivo na sua origem cultural, ao revelar a sua mestiçagem em partes desiguais. Se por um lado há o uso transbordante de termos tupis, o que representa uma espécie de ficcionalidade linguística com o objectivo de resgatar as raízes indígenas, por outro existe o registo de formas sintácticas correntes no português falado no Brasil. Foi essa mistura, afirmação de uma diferença real, que Pinheiro Chagas não perdoou.

3. A inauguração de uma literatura nacional: o problema da língua

Com os ventos do Romantismo vem à baila a discussão do que seria a literatura brasileira. Bem antes de Alencar — o primeiro nacional a fazê-lo, nas *Cartas* sobre "A Confederação dos Tamoios" — estrangeiros como Garrett, Ferdinand Denis, Schilichthorst — recomendavam os pontos que deveriam torná-la diferente da portuguesa. Em 1826, Garrett lamentava que Gonzaga não pintasse Marília sentada à sombra das palmeiras, tecendo coroas de flores de maracujá ou de cafezeiro, "enquanto lhe revoavam em torno o cardeal soberbo com a púrpura dos reis, o sabiá, terno e melodioso". Fazendo "viagens em terra alheia", Garrett até queria ver a cotia saltar pelos montes (como a lebre da Europa!) e passear pela "orla da ribeira" o "escamoso tatu"[1]. Entre as recomendações feitas por Ferdinand Denis, nas suas "Considerações Gerais sobre o Carácter que a Poesia deve Assumir no Novo Mundo", publicadas também em 1826, está ainda a do canto da paisagem local. A ela, soma-se a da exploração de antigos costumes indígenas e a do índio como herói. Schilichthorst, um prussiano mercenário contratado como soldado pelo governo imperial brasileiro, falava, como os outros europeus, da necessidade de os brasileiros abandonarem a mitologia grega, "que faria um triste papel sob o céu tropical". A exuberância da natureza brasileira, a luz do nosso sol, devia, segundo ele, inspirar uma literatura diferente: "Como poderia a Aurora abrir com seus róseos dedos as portas de um dia cuja brilhante magnificência de cores faria empalidecer o próprio Apolo?"[2] — perguntava em 1829. Até aqui os que procuravam demarcar a literatura brasileira da portuguesa, em particular, e da europeia, de um modo geral, apontavam temas, motivos, e até mesmo tonalidade; nenhum deles tocou no problema da língua.

O mesmo aconteceu no Brasil, apesar de, em 1842, o publicista coimbrão José da Gama e Castro ter afirmado na imprensa do Rio de Janeiro que a literatura brasileira não possuía uma existência real ou mesmo uma existência possível[3], porque o português do Brasil não era diferente do de Portugal. A resposta de peso, que tardou a surgir, veio na palavra de Santiago Nunes Ribeiro, um chileno radicado no Brasil. Mas não só Gama e Castro já havia voltado para a Europa, como, para Nunes Ribeiro, o factor língua não era importante: a literatura era nacional, quando estivesse em perfeita harmonia com a natureza e o clima do país e, ao mesmo tempo, com a religião, os costumes, as leis e a história do povo que o habita.

Gonçalves Dias, em carta a Pedro Nunes Leal, provavelmente datada de 1857, defende que os nove milhões de brasileiros têm tanto direito quanto os quatro milhões de habitantes de Portugal de enriquecerem a língua e acomodá-la às sua necessidades. Lembra que o português falado no Brasil incorporou termos africanos e indígenas, razão pela qual um romance brasileiro, desenhando personagens nacionais como vaqueiros, mineiros, homens da navegação fluvial, deve valer-se dessas palavras. "Quando vier outro Morais, tudo ficará clássico [...] cuia virá a ser tão clássico como porcelana, ainda que não a achem tão bonita" — diz ele.

Mas para Alencar, apesar de Gonçalves Dias "ser o poeta nacional por excelência", de ninguém lhe disputar "a opulência da imaginação, no fino lavor do verso, no conhecimento da natureza brasileira e nos costumes selvagens", seus índios "falam uma linguagem clássica" (cf. *infra* "Carta ao Dr. Jaguaribe", publicada como posfácio à 1ª edição de *Iracema*). Alencar diz que "o conhecimento da língua indígena é o melhor critério para a nacionalidade da literatura", criticando, porém, os que acumulam termos sobre termos indígenas. Para ele, o emprego da língua tupi é consequência de uma necessidade; não mero ornamento. É de notar que estas observações dizem respeito apenas aos empréstimos. Quanto ao português, que Alencar emprega com as marcas do falar brasileiro, são as críticas recebidas quando da publicação de *Iracema* que irão despertá-lo para o problema.

Pinheiro Chagas critica severamente "a mania de tornar o brasileiro uma língua diferente do velho português, por meio de neologismos arrojados e injustificáveis, e de insubordinações gramaticais que (tenham cautela!) chegarão a ser risíveis se quiserem tomar as proporções duma insurreição em regra contra a tirania de Lobato" (cf. *infra*, p. 144). O emprego de palavras tupis é por ele aceito, como "uns accessórios colocados ao fundo da paisagem, que em nada diminuem a admiração que o quadro" lhe inspira (cf. *infra*, p. 143).

António Henriques Leal, escritor maranhense, acusa Alencar de não se aplicar ao estudo da língua (Leal, 1965: 208). O pernambucano Franklin Távora, associado a José Feliciano de Castilho, protegido de Pedro II, cobra de Alencar o poema épico anunciado nas *Cartas* sobre "A Confederação dos Tamoios" que suplante o texto de Magalhães e diz que "a poesia de um povo, que fazia das guerras sua principal, senão única, fonte de paixão, não podia ter essa expressão de flacidez, de langor, que faz a feição completa" de *Iracema* (cf. *infra*, p. 149).

Respondendo a Pinheiro Chagas, no "Pós-escrito à 2ª edição" de *Iracema*, saída em 1870 (cf. *infra*), o escritor retruca de modo quanto mais não seja curioso: para ele, o português no Brasil tende a modificar-se "na pronúncia" e "no mecanismo da língua", porque "o americano se acha no seio de uma natureza virgem e opulenta, sujeito a impressões novas ainda não traduzidas em outra língua, em face de magnificências para as quais não há ainda verbo humano" cf. *infra*, p. 127). Um longo artigo é este "Pós-escrito". De todos Alencar defende-se. Com mais ou com menos razão. Mas a verdade é que *Iracema* inaugura um novo tempo para a literatura e para a língua literária do Brasil.

4. O sucesso de *Iracema*

Manuel Bandeira, em 1908, bem antes de ser o São João Baptista do Modernismo, mas já ensaiando os seus primeiros passos no caminho de uma renovação dos padrões estéticos, dá a um dos seus sonetos o título de "Verdes Mares" e termina-o com esta bem--humorada chave-de-ouro:

> Fitando a vastidão magnífica do mar,
> Que ressalta e reluz: — "Verdes mares bravios..."
> Cita um sujeito que jamais leu Alencar. (Bandeira, [2]1967: 197)

Registo de uma circunstância verdadeira — a visita de Manuel Bandeira ao Ceará —, o poema incorpora neste terceto uma situação pelo menos verosímil. Consagrada como poema épico brasileiro, *Iracema*, à semelhança de *Os Lusíadas*, deixou o livro e passou à tradição oral. Saudada por escritores contemporâneos de Alencar, como Machado de Assis, ela foi perdendo foros de criação individual e, assumida como obra colectiva, passou a ser o que seu autor desejou um dia que ela fosse: uma lenda.

A escritora Rachel de Queirós, num conhecido artigo, fala nas inúmeras brasileiras — louras, negras, ruivas, morenas, com traços orientais — baptizadas Iracema sem nem saberem o porquê. Eu própria tive uma aluna cujo pai, um alemão, querendo homenagear a sua ascendência e a de sua mulher, deu à filha o nome de Kátia Iracema — Kátia Iracema Krause.

A figura de Iracema fez escola. E a pintura brasileira tentou reproduzir em óleo a aguarela que Alencar deixou no livro. No Romantismo são célebres os quadros de José Maria de Medeiros (1849-1925), cuja "Iracema" data de 1884, e António Parreiras (1860-1937), que pintou a "virgem dos lábios de mel" em 1909. Também Anita Malfatti, cujos quadros inauguraram o lado polémico do Modernismo brasileiro, ilustrou uma edição de *Iracema*, em 1952.

— Você acha que chegarei à posteridade? — perguntou um dia o escritor ao Visconde de Taunay. Quase um século depois desta frase e da polémica sobre "A Confederação dos Tamoios", o Brasil ainda falava em Alencar: coberta por uma pele de onça, como o seu criador não previra, mas como o pudor do Governo Dutra talvez exigisse, Iracema chegava às telas do cinema, atirando uma flecha no guerreiro branco, despertando-lhe a paixão e conquistando o público.

BIBLIOGRAFIA

ALENCAR, José de
(1960) *Obra Completa*, Rio de Janeiro, Ed. José Aguilar, 4 v.

ALENCAR, José de
(1987) *Como e porque Sou Romancista*, Rio de Janeiro, Academia Brasileira de Letras.

BANDEIRA, Manuel
(^{2}1967) *Poesia Completa e Prosa*, Rio de Janeiro, José Aguilar Editora.

BERREDO, Bernardo Pereira de
(1748) *Annaes Historicos do Estado do Maranhão, em que se dá notícia do seu descobrimento e tudo o mais que nelle tem succedido desde o anno em que foy descuberto até 1718,* Lisboa, Officina de Francisco Luiz Arneiro.

CAMPOS, Haroldo de
(1990) "Iracema", *Revista USP*, 5, p.67-74

CASAL, Aires de
(1947) *Corografia Brasílica* (fac-simile da edição de 1817), Rio de Janeiro, Imprensa Nacional.

CASTELLO, José Aderaldo
(1953) *A Polémica sobre "A Confederação dos Tamoios"*, São Paulo, Faculdade de Filosofia Ciências e Letras da Universidade de São Paulo.

COUTINHO, Afrânio
(1965) *A Polémica Alencar-Nabuco*, Rio de Janeiro, Edições Tempo Brasileiro.

DE MARCO, Valéria
(1993) *A Perda das Ilusões, O Romance Histórico de José de Alencar,* São Paulo, Editora da Unicamp.

GAMA, Gilza Saldanha da
(1991) *O Dito e O Feito, O Código Literário de José de Alencar*, Rio de Janeiro, Presença Edições.

LEAL, António Henriques
(1965) "A literatura brasileira contemporânea", in Alencar, José, *Iracema, lenda do Ceará*, Edição do Centenário, Rio de Janeiro, Livraria José Olympio Editora.

LEÃO, Múcio
(1955) *José de Alencar*, Rio de Janeiro, Academia Brasileira de Letras.

MARTINS, Wilson
(1978) *História da Inteligência Brasileira*, São Paulo, Cultrix-Editora da Universidade de São Paulo, v. 3.

MARTINS, Wilson
(1992) "José de Alencar", *Pontos de Vista*, São Paulo, T.A. Queirós, v. 2, p. 501-507.

MENESES, Diogo de
(1905) "Carta de Diogo de Meneses, feita em a Bahia a 1 de Março de 1612", *Annaes da Bibliotheca Nacional do Rio de Janeiro*, XXVI

MORENO, Diogo de Campos
(1812) 'Jornada do Maranhão por ordem de S. Magestade feita no anno de 1614', "Memórias para a História da Capitania do Maranhão", *Colleção de Noticias para A História e Geografia das Nações Ultramarinas que Vivem Nos Domínios Portugueses, ou Lhe São Vizinhas*, Lisboa, Academia Real das Ciências.

MORENO, Martim Soares
(1903) "Relação do Seara", in: Studart, Barão de, *Tricentenário do Ceará. Martim Soares Moreno — Documentos para A Sua História*, Ceará-Fortaleza, Typ. Minerva.

NÓBREGA, P. Manuel da
(1955) *Cartas do Brasil e mais Escritos* (intr. e notas históricas e críticas de Serafim Leite S. J.), Coimbra, por ordem da Universidade

PORTO SEGURO, Visconde de
(1956) *História Geral do Brasil, antes de Sua Separação e Independência de Portugal*, São Paulo, Cia. Melhoramentos, 6 v.

PROENÇA, M. Cavalcanti
(1965) "Transforma-se o amador na coisa amada", in José de Alencar, *Iracema, lenda do Ceará*, Edição do Centenário (1865-1965), Rio de Janeiro, Livraria José Olympio Editora.

SALVADOR, Frei Vicente do Salvador
(1954) *História do Brasil (1500-1627)*, São Paulo, Edições Melhoramentos.

SCHWAMBORN, Ingrid (1987)
Die Brasilianischen Indianerromane "O Guarani", "Iracema", "Ubirajara" von José de Alencar, Frankfurt am Main; Berni; New York; Paris; Verlag Peter Lang.

TÁVORA, Franklin
(1965) "Carta III", in Alencar, José, *Iracema, lenda do Ceará*, Edição. do Centenário (1865-1965), Rio de Janeiro, Livraria José Olympio Editora.

Iracema
lenda do Ceará

À
terra natal
um filho ausente

PRÓLOGO

(da primeira edição)

Meu amigo.

Este livro o vai naturalmente encontrar em seu pitoresco sítio da várzea, no doce lar, a que povoa a numerosa prole, alegria e esperança do casal.

Imagino que é a hora mais ardente da sesta. O sol a pino dardeja raios de fogo sobre as areias natais; as aves emudecem; as plantas languem. A natureza sofre a influência da poderosa irradiação tropical, que produz o diamante e o génio, as duas mais brilhantes expansões do poder criador.

Os meninos brincam na sombra do outão, com pequenos ossos de reses, que figuram a boiada. Era assim que eu brincava, há quantos anos, em outro sítio, não mui distante do seu. A dona da casa, terna e incansável, manda abrir o coco verde, ou prepara o saboroso creme do buriti para refrigerar o esposo, que pouco há recolheu de sua excursão pelo sítio, e agora repousa embalando-se na macia e cómoda rede.

Abra então este livrinho, que lhe chega da corte imprevisto.

Percorra suas páginas para desenfastiar o espírito das cousas graves que o trazem ocupado.

Talvez me desvaneça amor do ninho, ou se iludam as reminiscências da infância avivadas recentemente. Se não, creio que, ao abrir o pequeno volume, sentirá uma onda do mesmo aroma silvestre e bravio que lhe vem da várzea. Derrama-o, a brisa que perpassou nos espatos da carnaúba e na ramagem das aroeiras em flor.

Essa onda é a inspiração da pátria que volve a ela, agora e sempre, como volve de contínuo o olhar do infante para o materno semblante que lhe sorri.

O livro é cearense. Foi imaginado aí, na limpidez desse céu de cristalino azul, e depois vazado no coração cheio das recordações vivaces de uma imaginação virgem. Escrevi-o para ser lido lá, na varanda da casa rústica ou na fresca sombra do pomar, ao doce embalo da rede, entre os múrmuros do vento que crepita na areia, ou farfalha nas palmas dos coqueiros.

Para lá, pois que é o berço seu, o envio.

Mas assim mandado por um filho ausente, para muitos estranho, esquecido talvez dos poucos amigos, e só lembrado pela incessante desafeição, qual sorte será a do livro?

Que lhe falte hospitalidade, não há temer. As auras de nossos campos parecem tão impregnadas dessa virtude primitiva, que nenhuma raça habita aí, que não a inspire com o hálito vital. Receio, sim, que o livro seja recebido como estrangeiro e hóspede na terra dos meus.

Se porém, ao abordar às plagas do Mocoripe, for acolhido pelo bom cearense, prezado de seus irmãos ainda mais na adversidade do que nos tempos prósperos, estou certo que o filho de minha alma achará na terra de seu pai, a intimidade e conchego da família.

O nome de outros filhos enobrece nossa província na política e na ciência; entre eles o meu, hoje apagado, quando o trazia brilhantemente aquele que primeiro o criou.

Neste momento mesmo, a espada heróica de muito bravo cearense vai ceifando no campo da batalha ampla messe de glória.

Quem não pode ilustrar a terra natal, canta as suas lendas, sem metro, na rude toada de seus antigos filhos.

Acolha pois esta primeira mostra para oferecê-la a nossos patrícios a quem e dedicada.

Este pedido foi um dos motivos de lhe endereçar o livro; o outro saberá depois que o tenha lido.

Muita cousa me ocorre dizer sobre o assunto, que talvez devera antecipar à leitura da obra, para prevenir a surpresa de alguns e responder às observações ou reparos de outros.

Mas sempre fui avesso aos prólogos; em meu conceito eles fazem à obra, o mesmo que o pássaro à fruta antes de colhida; roubam as primícias do sabor literário. Por isso me reservo para depois.

Na última página me encontrará de novo: então conversaremos a gosto, em mais liberdade do que teríamos neste pórtico do livro, onde a etiqueta manda receber o público com a gravidade e reverência devida a tão alto senhor.

Rio de Janeiro — Maio de 1865.

J. de Alencar

IRACEMA

I

Verdes mares bravios de minha terra natal, onde canta a jandaia nas frondes da carnaúba;
Verdes mares, que brilhais como líquida esmeralda aos raios do sol nascente, perlongando as alvas praias ensombradas de coqueiros;
Serenai, verdes mares, e alisai docemente a vaga impetuosa, para que o barco aventureiro manso resvale à flor das águas.
Onde vai a afouta jangada, que deixa rápida a costa cearense, aberta ao fresco terral a grande vela?
Onde vai como branca alcíone buscando o rochedo pátrio nas solidões do oceano?
Três entes respiram sobre o frágil lenho que vai singrando veloce, mar em fora.
Um jovem guerreiro cuja tez branca não cora o sangue americano: uma criança e um rafeiro que viram a luz no berço das florestas, e brincam irmãos, filhos ambos da mesma terra selvagem.
A lufada intermitente traz da praia um eco vibrante, que ressoa entre o marulho das vagas:
— Iracema!
O moço guerreiro, encostado ao mastro, leva os olhos presos na sombra fugitiva da terra; a espaços o olhar empanado por ténue lágrima cai sobre o jirau, onde folgam as duas inocentes criaturas, companheiras de seu infortúnio.
Nesse momento o lábio arranca d'alma um agro sorriso.
Que deixara ele na terra do exílio?
Uma história que me contaram nas lindas várzeas onde nasci, à calada da noite, quando a lua passeava no céu argenteando os campos, e a brisa rugitava nos palmares.
Refresca o vento.
O rulo das vagas precipita. O barco salta sobre as ondas e desaparece no horizonte. Abre-se a imensidade dos mares; e a borrasca enverga, como o condor, as foscas asas sobre o abismo.
Deus te leve a salvo, brioso e altivo barco, por entre as vagas revoltas, e te poje nalguma enseada amiga. Soprem para ti as brandas auras: e para ti jaspeie a bonança mares de leite!

Enquanto vogas assim à discrição do vento, airoso barco, volva às brancas areias a saudade, que te acompanha, mas não se parte da terra onde revoa.

II

Além, muito além daquela serra, que ainda azula no horizonte, nasceu Iracema.

Iracema, a virgem dos lábios de mel, que tinha os cabelos mais negros que a asa da graúna, e mais longos que seu talhe de palmeira.

O favo da jati não era doce como seu sorriso; nem a baunilha recendia no bosque como seu hálito perfumado.

Mais rápida que a ema selvagem, a morena virgem corria o sertão e as matas do Ipu, onde campeava sua guerreira tribo, da grande nação tabajara. O pé grácil e nu, mal roçando, alisava apenas a verde pelúcia que vestia a terra com as primeiras águas.

Um dia, ao pino do sol, ela repousava em um claro da floresta. Banhava-lhe o corpo a sombra da oiticica, mais fresca do que o orvalho da noite. Os ramos da acácia silvestre esparziam flores sobre os húmidos cabelos. Escondidos na folhagem os pássaros ameigavam o canto.

Iracema saiu do banho: o aljôfar d'água ainda a roreja, como à doce mangaba que corou em manhã de chuva. Enquanto repousa, empluma das penas do gará as flechas de seu arco, e concerta com o sabiá da mata, pousado no galho próximo, o canto agreste.

A graciosa ará, sua companheira e amiga, brinca junto dela. Às vezes sobe aos ramos da árvore e de lá chama a virgem pelo nome: outras remexe o uru de palha matizada, onde traz a selvagem seus perfumes, os alvos fios do crautá, as agulhas da juçara com que tece a renda, e as tintas de que matiza o algodão.

Rumor suspeito quebra a doce harmonia da sesta. Ergue a virgem os olhos, que o sol não deslumbra; sua vista perturba-se.

Diante dela e todo a contemplá-la, está um guerreiro estranho, se é guerreiro e não algum mau espírito da floresta. Tem nas faces o branco das areias que bordam o mar; nos olhos o azul triste das águas profundas. Ignotas armas e tecidos ignotos cobrem-lhe o corpo.

Foi rápido, como o olhar, o gesto de Iracema. A flecha embebida no arco partiu. Gotas de sangue borbulham na face do desconhecido.

De primeiro ímpeto, a mão lesta caiu sobre a cruz da espada; mas logo sorriu. O moço guerreiro aprendeu na religião de sua mãe, onde a mulher é símbolo de ternura e amor. Sofreu mais d'alma que da ferida.

O sentimento que ele pôs nos olhos e no rosto, não o sei eu. Porém a virgem lançou de si o arco e a uiraçaba, e correu para o guerreiro, sentida da mágoa que causara.

A mão que rápida ferira, estancou mais rápida e compassiva o sangue que gotejava. Depois Iracema quebrou a flecha homicida; deu a haste ao desconhecido, guardando consigo a ponta farpada.

O guerreiro falou:
— Quebras comigo a flecha da paz?
— Quem te ensinou, guerreiro branco, a linguagem de meus irmãos? Donde vieste a estas matas, que nunca viram outro guerreiro como tu?
— Venho de bem longe, filha das florestas. Venho das terras que teus irmãos já possuíram, e hoje têm os meus.
— Bem-vindo seja o estrangeiro aos campos dos tabajaras, senhores das aldeias, e à cabana de Araquém, pai de Iracema.

III

O estrangeiro seguiu a virgem através da floresta.

Quando o sol descambava sobre a crista dos montes, e a rola desatava do fundo da mata os primeiros arrulhos, eles descobriram no vale a grande taba; e mais longe, pendurada no rochedo, à sombra dos altos juazeiros, a cabana do Pajé.

O ancião fumava à porta, sentado na esteira de carnaúba, meditando os sagrados ritos de Tupã. O ténue sopro da brisa carmeava, como frocos de algodão, os compridos e raros cabelos brancos. De imóvel que estava, sumia a vida nos olhos cavos e nas rugas profundas.

O Pajé lobrigou os dous vultos que avançavam; cuidou ver a sombra de uma árvore solitária que vinha alongando-o se pelo vale fora.

Quando os viajantes entraram na densa penumbra do bosque, então seu olhar como o do tigre, afeito às trevas, conheceu Iracema e viu que a seguia um jovem guerreiro, de estranha raça e longes terras.

As tribos tabajaras, dalém Ibiapaba, falavam de uma nova raça de guerreiros, alvos como flores de borrasca, e vindos de remota plaga às margens do Mearim. O ancião pensou que fosse um guerreiro semelhante, aquele que pisava os campos nativos.

Tranquilo, esperou.

A virgem aponta para o estrangeiro e diz:
— Ele veio, pai.
— Veio bem. É Tupã que traz o hóspede à cabana de Araquém.

Assim dizendo, o Pajé passou o cachimbo ao estrangeiro; e entraram ambos na cabana.

O mancebo sentou-se na rede principal, suspensa no centro da habitação.

Iracema, acendeu o fogo da hospitalidade; e trouxe o que havia de provisões para satisfazer a fome e a sede: trouxe o resto da caça, a farinha d'água, os frutos silvestres, os favos de mel, o vinho de caju e ananás.

Depois a virgem entrou com a igaçaba, que na fonte próxima enchera de água fresca para lavar o rosto e as mãos do estrangeiro.

Quando o guerreiro terminou a refeição, o velho Pajé apagou o cachimbo e falou:

— Vieste?

— Vim: respondeu o desconhecido.

— Bem-vindo sejas. O estrangeiro é senhor na cabana de Araquém. Os tabajaras têm mil guerreiros para defendê-lo, e mulheres sem conta para servi-lo. Dize, e todos te obedecerão.

— Pajé, eu te agradeço o agasalho que me deste. Logo que o sol nascer, deixarei tua cabana e teus campos aonde vim perdido; mas não devo deixá-los sem dizer-te quem é o guerreiro, que fizeste amigo.

— Foi a Tupã que o Pajé serviu, ele te trouxe, ele te levará. Araquém nada fez pelo hóspede; não pergunta donde vem, e quando vai. Se queres dormir, desçam sobre ti os sonhos alegres; se queres falar, teu hóspede escuta.

O estrangeiro disse:

— Sou dos guerreiros brancos, que levantaram a taba nas margens do Jaguaribe, perto do mar, onde habitam os pitiguaras, inimigos de tua nação. Meu nome é Martim, que na tua língua quer dizer filho de guerreiro; meu sangue, o do grande povo que primeiro viu as terras de tua pátria. Já meus destroçados companheiros voltaram por mar às margens do Paraíba, de onde vieram; e o chefe, desamparado dos seus, atravessa agora os vastos sertões do Apodi. Só eu de tantos fiquei, porque estava entre os pitiguaras de Acaracu, na cabana do bravo Poti, irmão de Jacaúna, que plantou comigo a árvore da amizade. Há três sóis partimos para a caça; e perdido dos meus, vim aos campos dos tabajaras.

— Foi algum mau espírito da floresta que cegou o guerreiro branco no escuro da mata, respondeu o ancião.

A cauã piou, além, na extrema do vale. Caía a noite.

IV

O Pajé vibrou o maracá, e saiu da cabana, porém o estrangeiro não ficou só.

Iracema voltara com as mulheres chamadas para servir o hóspede de Araquém, e os guerreiros vindos para obedecer-lhe.

— Guerreiro branco, disse a virgem, o prazer embale tua rede durante a noite; e o sol traga, luz a teus olhos, alegria à tua alma.

E assim dizendo, Iracema tinha o lábio trémulo, e húmida a pálpebra.

— Tu me deixas? perguntou Martim.

— As mais belas mulheres da grande taba contigo ficam.

— Para elas a filha de Araquém não devia ter conduzido o hóspede à cabana do Pajé.

— Estrangeiro, Iracema não pode ser tua serva. É ela que guarda o segredo da jurema e o mistério do sonho. Sua mão fabrica para o Pajé a bebida de Tupã.

O guerreiro cristão atravessou a cabana e sumiu-se na treva.

A grande taba erguia-se no fundo do vale, iluminada pelos fachos da alegria. Rugia o maracá; ao quebro lento do canto selvagem, batia a dança em torno a rude cadência. O Pajé inspirado conduzia o sagrado tripúdio e dizia ao povo crente os segredos de Tupã.

O maior chefe da nação tabajara, Irapuã, descera do alto da serra Ibiapaba, para levar as tribos do sertão contra o inimigo pitiguara. Os guerreiros do vale festejam a vinda do chefe, e o próximo combate.

O mancebo cristão viu longe o clarão da festa; passou além e olhou o céu azul sem nuvens. A estrela morta que então brilhava sobre a cúpula da floresta, guiou seu passo firme para as frescas margens do rio das garças.

Quando ele transmontou o vale e ia penetrar na mata, surgiu o vulto de Iracema. A virgem seguira o estrangeiro como a brisa subtil que resvala sem murmurejar por entre a ramagem.

— Por que, disse ela, o estrangeiro abandona a cabana hospedeira sem levar o presente da volta? Quem fez mal ao guerreiro branco na terra dos tabajaras?

O cristão sentiu quanto era justa a queixa; e achou-se ingrato.

Ninguém fez mal ao teu hóspede, filha de Araquém. Era o desejo de ver seus amigos que o afastava dos campos dos tabajaras. Não levava o presente da volta; mas leva em sua alma a lembrança de Iracema.

— Se a lembrança de Iracema estivesse n'alma do estrangeiro, ela não o deixaria partir. O vento não leva a areia da várzea, quando a areia bebe a água da chuva.

A virgem suspirou:

— Guerreiro branco, espera que Caubi volte da caça. O irmão de Iracema tem o ouvido subtil que pressente a boicininga entre os rumores da mata; e o olhar do oitibó que vê melhor nas trevas. Ele te guiará às margens do rio das garças.

— Quanto tempo se passará antes que o irmão de Iracema esteja de volta na cabana de Araquém?

— O sol, que vai nascer, tornará com o guerreiro Caubi aos campos do Ipu.

— Teu hóspede espera, filha de Araquém; mas se o sol tornando não trouxer o irmão de Iracema, ele levará o guerreiro branco à taba dos pitiguaras.

Martim voltou à cabana do Pajé.

A alva rede, que Iracema perfumara com a resina do beijoim, guardava-lhe um sono calmo e doce.

O cristão adormeceu ouvindo suspirar entre os murmúrios da floresta, o canto mavioso da virgem indiana.

V

O galo da campina ergue a poupa escarlate fora do ninho.
Seu límpido trinado anuncia a aproximação do dia.

Ainda a sombra cobre a terra. Já o povo selvagem colhe as redes na grande taba e caminha para o banho. O velho Pajé que velou toda a noite, falando às estrelas, conjurando os maus espíritos das trevas, entra furtivamente na cabana.

Eis retroa o boré pela amplidão do vale.

Travam das armas os rápidos guerreiros, e correm ao campo. Quando foram todos na vasta ocara circular, Irapuã, o chefe, soltou o grito de guerra:

— Tupã deu à grande nação tabajara toda esta terra. Nós guardamos as serras, donde manam os córregos, com os frescos ipus onde cresce a maniva e o algodão; e abandonámos ao bárbaro potiguara, comedor de camarão, as areias nuas do mar, com os secos tabuleiros sem água e sem florestas. Agora os pescadores da praia, sempre vencidos, deixam vir pelo mar a raça branca dos guerreiros de fogo, inimigos de Tupã. Já os emboabas estiveram no Jaguaribe; logo estarão em nossos campos; e com eles os potiguaras. Faremos nós, senhores das aldeias, como a pomba, que se encolhe em seu ninho, quando a serpente enrosca pelos galhos?

O irado chefe brande o tacape e o arremessa no meio do campo. Derrubando a fronte, cobre o rúbido olhar.

— Irapuã falou: disse.

O mais moço dos guerreiros avança:

— O gavião paira nos ares. Quando a nambu levanta, ele cai

das nuvens e rasga as entranhas da vítima. O guerreiro tabajara, filho da serra, é como o gavião.

— Troa e retroa a pocema da guerra.

O jovem guerreiro erguera o tacape; e por sua vez o brandiu.

Girando no ar, rápida e ameaçadora, a arma do chefe passou de mão em mão.

O velho Andira, irmão do Pajé, a deixou tombar, e calcou no chão, com o pé ágil ainda e firme.

Pasma o povo tabajara da acção desusada. Voto de paz em tão provado e impetuoso guerreiro! É o velho herói, que cresceu na sanha, crescendo nos anos, é o feroz Andira quem derrubou o tacape, núncio da próxima luta?

Incertos todos e mudos escutam.

— Andira, o velho Andira, bebeu mais sangue na guerra do que já beberam cauim nas festas de Tupã, todos quantos guerreiros alumia agora a luz de seus olhos. Ele viu mais combates em sua vida, do que luas lhe despiram a fronte. Quanto crânio de potiguara escalpelou sua mão implacável, antes que o tempo lhe arrancasse o primeiro cabelo? E o velho Andira nunca temeu que o inimigo pisasse a terra de seus pais; mas alegrava-se quando ele vinha, e sentia com o faro da guerra a juventude renascer no corpo decrépito, como a árvore seca renasce com o sopro do inverno. A nação tabajara é prudente. Ela deve encostar o tacape da luta para tanger o membi da festa. Celebra, Irapuã, a vinda dos emboabas e deixa que cheguem todos aos nossos campos. Então Andira te promete o banquete da vitória.

Desabriu, enfim, Irapuã a funda cólera:

— Fica tu, escondido entre as igaçabas de vinho, fica, velho morcego, porque temes a luz do dia, e só bebes o sangue da vítima que dorme. Irapuã leva a guerra no punho de seu tacape. O terror que ele inspira voa com o rouco som do boré. O potiguara já tremeu ouvindo rugir na serra, mais forte que o ribombo do mar.

VI

Martim vai a passo e passo por entre os altos juazeiros que cercam a cabana do Pajé.

Era o tempo em que o doce aracati chega do mar, e derrama a deliciosa frescura pelo árido sertão. A planta respira; um suave arrepio erriça a verde coma da floresta.

O cristão contempla o ocaso do sol. A sombra, que desce dos montes e cobre o vale, penetra sua alma. Lembra-se do lugar onde nasceu, dos entes queridos que ali deixou. Sabe ele se tornará a vê-los algum dia?

Em torno carpe a natureza o dia que expira. Soluça a onda trépida e lacrimosa; geme a brisa na folhagem; e o mesmo silêncio anela de opresso.

Iracema parou em face do jovem guerreiro:

— É a presença de Iracema que perturba a serenidade no rosto do estrangeiro?

Martim pousou brandos olhos na face da virgem:

— Não, filha de Araquém: sua presença alegra, como a luz da manhã. Foi a lembrança da pátria que trouxe a saudade ao coração presago.

— Uma noiva te espera?

O forasteiro desviou os olhos. Iracema dobrou a cabeça sobre a espádua, como a tenra palma da carnaúba, quando a chuva peneira na várzea.

— Ela não é mais doce do que Iracema, a virgem dos lábios de mel, nem mais formosa ! murmurou o estrangeiro.

— A flor da mata é formosa quando tem rama que a abrigue, e tronco onde se enlace. Iracema não vive n'alma de um guerreiro: nunca sentiu a frescura do seu sorriso.

Emudeceram ambos, com os olhos no chão, escutando a palpitação dos seios que batiam opressos.

A virgem falou enfim:

— A alegria voltará logo à alma do guerreiro branco; porque Iracema quer que ele veja antes da noite a noiva que o espera.

Martim sorriu do ingénuo desejo da filha do Pajé.

— Vem! disse a virgem.

Atravessaram o bosque e desceram ao vale. Onde morria a falda da colina o arvoredo era basto: densa abóbada de folhagem verde-negra cobria o ádito agreste, reservado aos mistérios do rito bárbaro.

Era de jurema o bosque sagrado. Em torno corriam os troncos rugosos da árvore de Tupã; dos galhos pendiam ocultos pela rama escura os vasos do sacrifício: lastravam o chão as cinzas de extinto fogo, que servira à festa da última lua.

Antes de penetrar no recôndito sítio, a virgem que conduzia o guerreiro pela mão, hesitou, inclinando o ouvido subtil aos suspiros da brisa. Todos os ligeiros rumores da mata tinham uma voz para a selvagem filha do sertão. Nada havia porém de suspeito no intenso respiro da floresta.

Iracema fez ao estrangeiro um gesto de espera e silêncio; logo depois desapareceu no mais sombrio do bosque. O sol ainda pairava suspenso no viso da serrania; e já noite profunda enchia aquela solidão.

Quando a virgem tornou, trazia numa folha gotas de verde e estranho licor vazadas da igaçaba, que ela tirara do seio da terra.

Apresentou ao guerreiro a taça agreste:

— Bebe!

Martim sentiu perpassar nos olhos o sono da morte; porém logo a luz inundou-lhe os seios d'alma; a força exuberou em seu coração. Reviveu os dias passados melhor do que os tinha vivido; fruiu a realidade de suas mais belas esperanças.

Ei-lo que volta à terra natal, abraça a velha mãe, revê mais lindo e terno o anjo puro dos amores infantis.

Mas por que, mal de volta ao berço da pátria, o jovem guerreiro de novo deixa o tecto paterno e demanda o sertão?

Já atravessa as florestas; já chega aos campos do Ipu. Busca na selva a filha do Pajé. Segue o rasto ligeiro da virgem arisca, soltando à brisa com o crebro suspiro o doce nome.

— Iracema! Iracema!...

Já a alcança e cinge-lhe o braço pelo talhe esbelto.

Cedendo à meiga pressão, a virgem reclinou-se ao peito do guerreiro, e ficou ali trémula e palpitante como a tímida perdiz, quando o terno companheiro lhe arrufa com o bico a macia penugem.

O lábio do guerreiro suspirou mais uma vez o doce nome, e soluçou, como se chamara outro lábio amante. Iracema sentiu que sua alma se escapava para embeber-se no ósculo ardente.

A fronte reclinara, e a flor do sorriso expandia-se como o nenúfar ao beijo do sol.

Súbito a virgem tremeu: soltando-se rápida do braço que a cingia, travou do arco.

VII

Iracema passou entre as árvores, silenciosa como uma sombra; seu olhar cintilante coava entre as folhas, qual frouxo raio de estrelas; ela escutava o silêncio profundo da noite e aspirava as auras subtis que aflavam.

Parou. Uma sombra resvalava entre as ramas; e nas folhas crepitava um passo ligeiro, se não era o roer de algum insecto.

A pouco e pouco o ténue rumor foi crescendo e a sombra avultou.

Era um guerreiro. De um salto a virgem estava em face dele, trémula de susto e mais de cólera.

— Iracema! exclamou o guerreiro recuando.

— Anhanga turbou sem dúvida o sono de Irapuã, que o trouxe perdido ao bosque da jurema, onde nenhum guerreiro penetra contra a vontade de Araquém.

— Não foi Anhanga, mas a lembrança de Iracema, que turbou o sono do primeiro guerreiro tabajara. Irapuã desceu de seu ninho de águia para seguir na várzea a garça do rio. Chegou, e Iracema fugiu de seus olhos. As vozes da taba contaram ao ouvido do chefe que um estrangeiro era vindo à cabana de Araquém.

A virgem estremeceu. O guerreiro cravou nela o olhar abrasado;

— O coração aqui no peito de Irapuã, ficou tigre. Pulou de raiva. Veio farejando a presa. O estrangeiro está no bosque, e Iracema o acompanhava. Quero beber-lhe o sangue todo; quando o sangue do guerreiro branco correr nas veias do chefe tabajara, talvez o ame a filha de Araquém.

A pupila negra da virgem cintilou na treva, e de seu lábio borbulhou, como gota do leite cáustico da eufórbia, um sorriso de desprezo:

— Nunca Iracema daria seu seio, que o espírito de Tupã habita só, ao guerreiro mais vil dos guerreiros tabajaras ! Torpe é o morcego porque foge da luz e bebe o sangue da vítima adormecida!

— Filha de Araquém, não assanha o jaguar! O nome de Irapuã voa mais longe que o goaná do lago, quando sente a chuva além das serras. Que o guerreiro branco venha, e o seio de Iracema se abra para o vencedor.

— O guerreiro branco é hóspede de Araquém. A paz o trouxe aos campos do Ipu, a paz o guarda. Quem ofender o estrangeiro, ofende o Pajé.

Rugiu de sanha o chefe tabajara:

— A raiva de Irapuã só ouve agora o grito de vingança. O estrangeiro vai morrer.

— A filha de Araquém é mais forte que o chefe dos guerreiros, disse Iracema travando da inúbia. Ela tem aqui a voz de Tupã, que chama seu povo.

— Mas não chamará ! respondeu o chefe escarnecendo.

— Não, porque Irapuã vai ser punido pela mão de Iracema. Seu primeiro passo, é o passo da morte.

A virgem retraiu dum salto o avanço que tomara, e vibrou o arco. O chefe cerrou ainda o punho do formidável tacape; mas pela vez primeira sentiu que pesava ao braço robusto. O golpe que deveria ferir Iracema, ainda não alçado, já lhe trespassava, a ele próprio, o coração.

Conheceu quanto o varão forte, é pela sua mesma fortaleza, mais cativo das grandes paixões.

— A sombra de Iracema não esconderá sempre o estrangeiro à vingança de Irapuã. Vil é o guerreiro, que se deixa proteger por uma mulher.

Dizendo estas palavras, o chefe desapareceu entre as árvores.

A virgem sempre alerta volveu para o cristão adormecido; e velou o resto da noite a seu lado. As emoções recentes, que agitaram sua alma, a abriram ainda mais a doce afeição, que iam filtrando nela os olhos do estrangeiro.

Desejava abrigá-lo contra todo o perigo, recolhê-lo em si como em um asilo impenetrável. Acompanhando o pensamento, seus braços cingiam a cabeça do guerreiro, e a apertavam ao seio.

Mas quando passou a alegria de o ver salvo dos perigos da noite, entrou-a mais viva inquietação, com a lembrança dos novos perigos que iam surgir.

— O amor de Iracema é como o vento dos areais; mata a flor das árvores: suspirou a virgem.

E afastou-se lentamente.

VIII

A alvorada abriu o dia e os olhos do guerreiro branco. A luz da manhã dissipou os sonhos da noite, e arrancou de sua alma a lembrança do que sonhara. Ficou apenas um vago sentir, como fica na mouta o perfume da flor que o vento da serra desfolha na madrugada.

Não sabia onde estava.

À saída do bosque sagrado encontrou Iracema: a virgem reclinava num tronco áspero do arvoredo; tinha os olhos no chão; o sangue fugira das faces: o coração lhe tremia nos lábios, como gota de orvalho nas folhas do bambu.

Não tinha sorrisos, nem cores, a virgem indiana: não tem borbulhas, nem rosas, a acácia que o sol crestou; não tem azul, nem estrelas, a noite que enlutam os ventos.

— As flores da mata já abriram aos raios do sol; as aves já cantaram: disse o guerreiro. Por que só Iracema curva a fronte e emudece?

A filha do Pajé estremeceu. Assim estremece a verde palma, quando a haste frágil foi abalada; rorejam do espato as lágrimas da chuva, e os leques ciciam brandamente.

— O guerreiro Caubi vai chegar à taba de seus irmãos. O estrangeiro poderá partir com o sol que vem nascendo.

— Iracema quer ver o estrangeiro fora dos campos dos tabajaras; então a alegria voltará a seu seio.

— A juriti, quando a árvore seca, foge do ninho em que nasceu. Nunca mais a alegria voltará ao seio de Iracema: ela vai ficar, como o tronco nu, sem ramas, nem sombras.

Martim amparou o corpo trémulo da virgem; ela reclinou lânguida sobre o peito do guerreiro, como o tenro pâmpano da baunilha que enlaça o rijo galho do angico.

O mancebo murmurou:

— Teu hóspede fica, virgem dos olhos negros: ele fica para ver abrir em tuas faces a flor da alegria, e para sorver, como o colibri, o mel de teus lábios.

Iracema soltou-se dos braços do mancebo, e olhou-o com tristeza:

— Guerreiro branco, Iracema é filha do Pajé, e guarda o segredo da jurema. O guerreiro que possuísse a virgem de Tupã morreria.

— E Iracema?

— Pois que tu morrias!...

Esta palavra foi como um sopro de tormenta. A cabeça do mancebo vergou e pendeu sobre o peito; mas logo se ergueu.

— Os guerreiros de meu sangue trazem a morte consigo, filha dos tabajaras. Não a temem para si, não a poupam para o inimigo. Mas nunca fora do combate eles deixarão aberto o camucim da virgem na taba de seu hóspede. A verdade falou pela boca de Iracema. O estrangeiro deve abandonar os campos dos tabajaras.

— Deve: respondeu a virgem como um eco.

Depois sua voz suspirou:

— O mel dos lábios de Iracema é como o favo que a abelha fabrica no tronco da andiroba: tem na doçura o veneno. A virgem dos olhos azuis e dos cabelos do sol guarda para seu guerreiro na taba dos brancos o mel da açucena.

Martim afastou-se rápido; mas voltou lentamente. A palavra tremia em seu lábio:

— O estrangeiro partirá para que o sossego volte ao seio da virgem.

— Tu levas a luz dos olhos de Iracema, e o flor de sua alma.

Reboa longe na selva um clamor estranho. Os olhos do mancebo alongam-se.

— É o grito de alegria do guerreiro Caubi: disse a virgem.

O irmão de Iracema anuncia que é chegado aos campos dos tabajaras.

— Filha de Araquém, guia teu hóspede à cabana. É tempo de partir.

Eles caminharam par a par, como dois jovens cervos que ao pôr do sol atravessam a capoeira recolhendo ao aprisco de onde lhes traz a brisa um faro suspeito.

Quando chegavam perto dos juazeiros, viram que passava além o guerreiro Caubi, vergando os ombros robustos ao peso da caça. Iracema caminhou para ele.

O estrangeiro entrou só na cabana.

IX

O sono da manhã pousava nos olhos do Pajé como névoas de bonança pairam ao romper do dia sobre as profundas cavernas da montanha.

Martim parou indeciso; mas o rumor de seu passo penetrou no ouvido do ancião, e abalou seu corpo decrépito.

— Araquém dorme! murmurou o guerreiro devolvendo o passo.

O velho ficou imóvel:

— O Pajé dorme porque já Tupã voltou o rosto para a terra e a luz correu os maus espíritos da treva. Mas o sono é leve nos olhos de Araquém, como o fumo do sapé no cocuruto da serra. Se o estrangeiro veio para o Pajé, fale: seu ouvido escuta.

— O estrangeiro veio, para te anunciar que parte.

— O hóspede é senhor na cabana de Araquém: todos os caminhos estão abertos para ele. Tupã o leve à taba dos seus.

Vieram Caubi e Iracema:

— Caubi voltou: disse o guerreiro tabajara. Traz a Araquém o melhor de sua caça.

— O guerreiro Caubi é um grande caçador de montes e florestas. Os olhos de seu pai gostam de vê-lo.

O velho abriu as pálpebras e cerrou-as logo:

— Filha de Araquém, escolhe para teu hóspede o presente da volta e prepara o moquém da viagem. Se o estrangeiro precisa de guia, o guerreiro Caubi, senhor do caminho, o acompanhará.

O sono voltou aos olhos do Pajé.

Enquanto Caubi pendurava no fumeiro as peças de caça, Iracema colheu sua alva rede de algodão com franjas de penas, e acomodou-a dentro do uru de palha trançada.

Martim esperava na porta da cabana. A virgem veio a ele:

— Guerreiro, que levas o sono de meus olhos, leva minha rede também. Quando nela dormires, falem em tua alma os sonhos de Iracema.

— Tua rede, virgem dos tabajaras, será minha companheira no deserto: venha embora o vento frio da noite, ela guardará para o estrangeiro o calor e o perfume do seio de Iracema.

Caubi saiu para ir à sua cabana, que ainda não tinha visto depois da volta. Iracema foi preparar o moquém da viagem.

Ficaram sós na cabana o Pajé que ressonava, e o mancebo com sua tristeza.

O sol, transmontando, já começava a declinar para o ocidente, quando o irmão de Iracema tornou da grande taba.

— O dia vai ficar triste, disse Caubi. A sombra caminha para a noite. É tempo de partir.

A virgem pousou a mão de leve no punho da rede de Araquém.

— Ele vai! murmuraram os lábios trémulos.

O Pajé levantou-se em pé no meio da cabana e acendeu o cachimbo. Ele e o mancebo trocaram a fumaça da despedida.

— Bem-ido seja o hóspede, como foi bem-vindo à cabana de Araquém.

O velho andou até à porta, para soltar o vento uma espessa baforada de tabaco: quando o fumo se dissipou no ar, ele murmurou:

— Jurupari se esconda para deixar passar o hóspede do Paje.

Araquém voltou à rede e dormiu de novo. O mancebo tomou as armas que chegando, suspendera às varas da cabana, e dispôs-se a partir.

Adiante seguiu Caubi; a alguma distância o estrangeiro; logo após, Iracema.

Desceram a colina e entraram na mata sombria. O sabiá do sertão, mavioso cantor da tarde, escondido nas moitas espessas da ubaia, soltava já os prelúdios da suave endecha.

A virgem suspirou:

— A tarde é a tristeza do sol. Os dias de Iracema vão ser longas tardes sem manhã, até que venha para ela a grande noite.

O mancebo se voltara. Seu lábio emudeceu, mas os olhos falaram. Uma lágrima correu pela face guerreira, como as humidades que durante os ardores do estio transudam da escarpa dos rochedos.

Caubi avançando sempre, sumira-se entre a densa ramagem.

O seio da filha de Araquém arfou, como o esto da vaga que se franja de espuma e soluça. Mas sua alma, negra de tristura, teve ainda um pálido reflexo para iluminar a seca flor das faces. Assim em noite escura vem um fogo-fátuo luzir nas brancas areias do tabuleiro .

— Estrangeiro, toma o último sorriso de Iracema... e foge!

A boca do guerreiro pousou na boca mimosa da virgem.

Ficaram ambos assim unidos como dois frutos gémeos do araçá, que saíram do seio da mesma flor.

A voz de Caubi chamou o estrangeiro. Iracema abraçou para não cair, o tronco de uma palmeira.

X

Na cabana silenciosa, medita o velho Pajé.

Iracema está apoiada no tronco rudo, que serve de esteio. Os grandes olhos negros, fitos nos recortes da floresta e rasos de pranto, estão naqueles olhares longos e trémulos enfiando e desfiando os aljôfares das lágrimas, que rorejam as faces.

A ará, pousada no jirau fronteiro, alonga para sua formosa senhora os verdes tristes olhos. Desde que o guerreiro branco pisou a terra dos tabajaras, Iracema a esqueceu.

Os róseos lábios da virgem não se abriram mais para que ela colhesse entre eles a polpa da fruta ou a papa do milho verde: nem a doce mão a afagara uma só vez, alisando a dourada penugem da cabeça.

Se repetia o mavioso nome da senhora, o sorriso de Iracema já não se voltava para ela, nem o ouvido parecia escutar a voz da companheira e amiga, que dantes tão suave era ao seu coração.

Triste dela! A gente tupi a chamava jandaia, porque sempre alegre estrugia os campos com seu canto fremente. Mas agora, triste e muda, desdenhada de sua senhora, não parecia mais a linda jandaia, e sim o feio urutau que somente sabe gemer.

O sol remontou a umbria das serras; seus raios douravam apenas o viso das eminências.

A surdina merencória da tarde, precedendo o silêncio da noite, começava de velar os crebros rumores do campo. Uma ave noturna, talvez iludida com a sombra mais espessa do bosque, desatou o estrídulo.

O velho ergueu a fronte calva:

Foi o canto da inhuma que acordou o ouvido de Araquém? disse ele admirado.

A virgem estremecera, e já fora da cabana, voltou-se para responder à pergunta do Pajé.

— É o grito de guerra do guerreiro Caubi!

Quando o segundo pio da inhuma ressoou, Iracema corria na mata, como a corça perseguida pelo caçador. Só respirou chegando à campina, que recortava o bosque, como um grande lago.

Quem seus olhos primeiro viram, Martim, estava tranquilamente sentado em uma sapopema, olhando o que passava ali. Contra, cem guerreiros tabajaras com Irapuã à frente, formavam arco. O bravo Caubi os afrontava a todos, com o olhar cheio de ira e as armas valentes empunhadas na mão robusta.

O chefe exigira a entrega do estrangeiro, e o guia respondera simplesmente:

— Matai Caubi antes.

A filha do Pajé passara como uma flecha; ei-la diante de Martim, opondo também seu corpo gentil aos golpes dos guerreiros. Irapuã soltou o bramido da onça atacada na furna.

— Filha do Pajé, disse Caubi em voz baixa; conduz o estrangeiro à cabana; só Araquém pode salvá-lo.

Iracema voltou-se para o guerreiro branco:

— Vem!

Ele ficou imóvel.

— Se tu não vens, disse a virgem, Iracema morrerá contigo.

Martim ergueu-se; mas longe de seguir a virgem, caminhou direito a Irapuã. Sua espada flamejou no ar.

— Os guerreiros de meu sangue, chefe, jamais recusaram combate. Se aquele que tu vês não foi o primeiro a provocá-lo, e porque seus pais lhe ensinaram a não derramar sangue na terra hospedeira.

O chefe tabajara rugiu de alegria; sua mão possante brandiu o tacape. Mas os dois campeões mal tiveram tempo de medir-se com os olhos; quando fendiam o primeiro golpe, já Caubi e Iracema estavam entre eles.

A filha de Araquém debalde rogava ao cristão, debalde o cingia nos braços buscando arrancá-lo ao combate. De seu lado Caubi em vão provocava Irapuã para atrair a si a raiva do chefe.

A um gesto de Irapuã, os guerreiros afastaram os dois irmãos; o combate prosseguiu.

De repente o rouco som da inúbia reboou pela mata; os filhos da serra estremeceram reconhecendo o estrídulo do búzio guerreiro dos pitiguaras, senhores das praias ensombradas de coqueiros. O eco vinha da grande taba, que o inimigo talvez assaltava já.

Os guerreiros precipitaram, levando por diante o chefe. Com o estrangeiro só ficou a filha de Araquém.

XI

Os guerreiros tabajaras, acorridos à taba, esperavam o inimigo diante da caiçara.

Não vindo ele, saíram a buscá-lo.

Bateram as matas em torno e percorreram os campos; nem vestígios encontraram da passagem dos pitiguaras; mas o conhecido frémito do búzio das praias tinha ressoado ao ouvido dos guerreiros da montanha; não havia duvidar.

Suspeitou Irapuã que fosse um ardil da filha de Araquém para salvar o estrangeiro, e caminhou direito à cabana do Pajé. Como trota o guará pela orla da mata, quando vai seguindo o rasto da presa escápula, assim estugava o passo o sanhudo guerreiro.

Araquém viu entrar em sua cabana o grande chefe da nação tabajara, e não se moveu. Sentado na rede, com as pernas cruzadas, escutava Iracema. A virgem referia os sucessos da tarde, avistando a figura sinistra de Irapuã, saltou sobre o arco e uniu-se ao flanco do jovem guerreiro branco.

Martim a afastou docemente de si, e promoveu o passo. A protecção, de que o cercava, a ele guerreiro, a virgem tabajara, o desgostava.

— Araquém, a vingança dos tabajaras espera o guerreiro branco; Irapuã veio buscá-lo.

— O hóspede é amigo de Tupã: quem ofender o estrangeiro ouvirá rugir o trovão.

— O estrangeiro foi quem ofendeu a Tupã, roubando sua virgem, que guarda os sonhos da jurema.

— Tua boca mente como o ronco da jibóia: exclamou Iracema.

Martim disse:

— Irapuã é vil e indigno de ser chefe de guerreiros valentes!

O Pajé falou grave e lento:

— Se a virgem abandonou ao guerreiro branco a flor de seu corpo, ela morrerá; mas o hóspede de Tupã é sagrado; ninguém o ofenderá; Araquém o protege.

Bramiu Irapuã; o grito rouco troou nas arcas do peito, como o frémito da sucuri na profundeza do rio.

— A raiva de Irapuã não pode mais ouvir-te, velho Pajé! Caia ela sobre ti, se ousares subtrair o estrangeiro à vingança dos tabajaras.

O velho Andira, irmão do Pajé, entrou na cabana: trazia no punho o terrível tacape; e nos olhos uma sanha ainda mais terrível.

— O morcego vem te chupar o sangue, Irapuã, se é que tens sangue e não lama nas veias, tu que ameaças em sua cabana o velho Pajé.

Araquém afastou o irmão:

— Paz e silêncio, Andira.

O Pajé desenvolvera a alta e magra estatura, como a caninana assanhada, que se enrista sobre a cauda, para afrontar a vítima em face. Afundaram-lhe as rugas; e repuxando as peles engelhadas, esbugalharam os dentes alvos e afilados:

— Ousa um passo mais, e as iras de Tupã te esmagarão sob o peso desta mão seca e mirrada!

— Neste momento, Tupã não é contigo! replicou o chefe.

O Pajé riu: e seu riso sinistro reboou pelo espaço como o regougo da ariranha.

— Ouve seu trovão, e treme em teu seio, guerreiro, como a terra em sua profundeza.

Araquém proferindo essa palavra terrível, avançou até o meio da cabana; ali ergueu a grande pedra e calcou o pé com força no chão: súbito abriu-se a terra. Do antro profundo saiu um medonho gemido, que parecia arrancado das entranhas do rochedo.

Irapuã não tremeu, nem enfiou de susto; mas sentiu estremecer a luz nos olhos, e a voz nos lábios.

— O senhor do trovão é por ti; o senhor da guerra será por Irapuã: disse o chefe.

O torvo guerreiro deixou a cabana; com pouco seu grande vulto mergulhou-se nas sombras do crepúsculo.

O Pajé e seu irmão travaram a prática na porta da cabana.

Ainda suspreso do que vira, Martim não tirava os olhos da funda cava, que a planta do velho Pajé abrira no chão da cabana.

Um surdo rumor, como o eco das ondas quebrando nas praias, ruidava ali.

Cismava o guerreiro cristão; ele não podia crer que o deus dos tabajaras desse a seu sacerdote tamanho poder.

Percebendo o que passava n'alma do estrangeiro, Araquém acendeu o cachimbo e travou do maracá:

— É tempo de aplacar as iras de Tupã, e calar a voz do trovão.

Disse e partiu da cabana.

Iracema achegou-se então do mancebo; levava os lábios em riso, os olhos em júbilo.

— O coração de Iracema está como o abati n'água do rio. Ninguém fará mal ao guerreiro branco na cabana de Araquém.

— Arreda-te do inimigo, virgem dos tabajaras, respondeu o estrangeiro com aspereza de voz.

Voltando brusco para o lado oposto, furtou o semblante aos olhos ternos e queixosos da virgem.

— Que fez Iracema, para que o guerreiro branco desvie seus olhos, como se ela fora o verme da terra?

As falas da virgem ressoaram docemente no coração de Martim. Assim ressoam os murmúrios da aragem nas frondes da palmeira. Teve o mancebo desgosto de si, e pena dela:

— Não ouves tu, virgem formosa? exclamou ele, apontando para o antro fremente.

— É a voz de Tupã!

— Teu deus falou pela boca do Pajé: "Se a virgem de Tupã abandonar ao estrangeiro a flor de seu corpo, ela morrerá!"

Iracema deixou pender a fronte abatida:

— Não é a voz de Tupã que ouve teu coração, guerreiro de longes terras, é o canto da virgem loura, que te chama!

O rumor estranho que saía das profundezas da terra, apagou-se de repente: fez-se na cabana tão grande silêncio, que ouvia-se pulsar o sangue na artéria do guerreiro, e tremer o suspiro no lábio da virgem.

XII

O dia enegreceu; era noite já.

O Pajé tornara à cabana; sopesando de novo a grossa laje, fechou com ela a boca do antro. Caubi chegara também da grande taba, onde com seus irmãos guerreiros se recolhera depois que bateram a floresta, em busca do inimigo pitiguara.

No meio da cabana, entre as redes armadas em quadro, estendeu Iracema a esteira da carnaúba, e sobre ela serviu os restos da caça, e a provisão de vinhos da última lua. Só o guerreiro tabajara achou sabor na ceia, porque o fel do coração que a tristeza espreme não amargurava seu lábio.

O Pajé enchia o cachimbo da erva de Tupã; o estrangeiro respirava o ar puro da noite para refrescar o sangue efervescente; a virgem destilava sua alma como o mel de um favo nos crebros soluços que Ihe estalavam entre os lábios trémulos.

Já partiu Caubi para a grande taba; o Pajé traga as baforadas do fumo, que prepara o mistério do rito sagrado.

Levanta-se no ressono da noite um grito vibrante, que remonta ao céu.

Ergue Martim a fronte e inclina o ouvido. Outro clamor semelhante ressoa. O guerreiro murmura, que o ouça a virgem e só ela:

— Escutou, Iracema, cantar a gaivota?

— Iracema escutou o grito de uma ave que ela não conhece.

— É a atiati, a garça do mar, e tu és a virgem da serra, que nunca desceu às alvas praias onde arrebentam as vagas.

— As praias são dos pitiguaras, senhores das palmeiras.

Os guerreiros da grande nação que habitava as bordas do mar, se chamavam a si mesmos pitiguaras, senhores dos vales; mas os tabajaras, seus inimigos, por escárnio os apelidavam potiguaras, comedores de camarão.

Temeu Iracema ofender o guerreiro branco; por isso falando dos pitiguaras, não lhes recusou o nome que eles haviam tomado para si.

O estrangeiro reteve por um instante a palavra no lábio prudente, enquanto reflectia:

— O canto da gaivota é o grito de guerra do valente Poti, amigo de teu hóspede!

A virgem estremeceu por seus irmãos. A fama do bravo Poti, irmão de Jacaúna, subiu das ribeiras do mar ao cimo da Ibiapaba:

rara é a cabana onde já não rugiu contra ele o grito da vingança, porque cada golpe do válido tacape deitou um guerreiro tabajara em seu camucim.

Cuidou Iracema que Poti vinha à frente de seus guerreiros para livrar o amigo. Era ele sem dúvida que fizera retroar o búzio das praias, no momento do combate. Foi com um tom misturado de doçura e tristeza que replicou:

— O estrangeiro está salvo; os irmãos de Iracema vão morrer, porque ela não falará.

— Despede essa tristeza de tua alma. O estrangeiro partindo-se de teus campos, virgem tabajara, não deixará neles rasto de sangue, como o tigre esfaimado.

Iracema tomou a mão do guerreiro branco e beijou-a.

—Teu sorriso, filha do Pajé, apagou a lembrança do mal que eles me querem.

Martim ergueu-se e caminhou para a porta.

— Onde vai o guerreiro branco?

— Ao encontro de Poti.

— O hóspede de Araquém não pode sair desta cabana, porque os guerreiros de Irapuã o matarão.

— Um guerreiro só pede protecção a Deus e a suas armas. Não carece que o defendam os velhos e as mulheres.

— Que vale um guerreiro só contra mil guerreiros? Valente e forte é o tamanduá, que mordem os gatos selvagens por serem muitos e o acabam. Tuas armas só chegam até onde mede a sombra de teu corpo; as armas deles voam alto e direito como o anajê.

— Todo o guerreiro tem seu dia.

— Não queres tu que morra Iracema, e queres que ela te deixe morrer!

Martim ficou perplexo.

— Iracema irá ao encontro do chefe pitiguara e trará a seu hóspede as falas do guerreiro amigo.

Saiu enfim o Pajé da sua contemplação. O maracá rugiu-lhe na destra; tiniram os guizos com o passo hirto e lento.

Chamou ele a filha de parte:

— Se os guerreiros de Irapuã vierem contra a cabana, levanta a pedra e esconde o estrangeiro no seio da terra.

— O hóspede não deve ficar só: espera que volte Iracema. Ainda não cantou a inhuma.

Tornou a sentar-se na rede o velho. A virgem partiu, cerrando a porta da cabana.

XIII

Avança a filha de Araquém nas trevas, pára e escuta.

O grito da gaivota terceira vez ressoa a seu ouvido; vai direito ao lugar donde partiu: chega à borda de um tanque; seu olhar investiga a escuridão, e nada vê do que busca.

A voz maviosa, débil como sussurro de colibri, murmura:

— Guerreiro Poti, teu irmão branco te chama pela boca de Iracema.

Só o eco respondeu-lhe.

— A filha de teus inimigos vem a ti, porque o estrangeiro te ama, e ela ama o estrangeiro.

Fendeu-se a lisa face do lago e um vulto se mostra, que nada para a margem, e surge fora.

— Foi Martim, quem te mandou, pois tu sabes o nome de Poti, seu irmão na guerra.

— Fala, chefe pitiguara; o guerreiro branco espera.

— Torna a ele e diz que Poti é chegado para o salvar.

— Ele sabe; e mandou-me a ti.

— As falas de Poti sairão de sua boca para o ouvido de seu irmão.

— Espera então que Araquém parta e a cabana fique deserta; eu te guiarei à presença do estrangeiro.

— Nunca, filha dos tabajaras, um guerreiro pitiguara passou a soleira da cabana inimiga, se não foi como vencedor. Conduz aqui o guerreiro do mar.

— A vingança de Irapuã fareja em roda da cabana de Araquém. Trouxe o irmão do estrangeiro bastantes guerreiros pitiguaras para o defender e salvar?

Poti reflectiu:

— Conta, virgem das serras, o que sucedeu em teus campos depois que a eles chegou o guerreiro do mar.

Referiu Iracema como a cólera de Irapuã se havia assanhado contra o estrangeiro, até que a voz de Tupã, chamado pelo Pajé, tinha acalmado seu furor.

— A raiva de Irapuã é como a andira: foge da luz e voa nas trevas.

A mão de Poti cerrou súbito os lábios da virgem; sua fala parecia um sopro:

— Suspende a voz e o respiro, virgem das florestas; o ouvido inimigo escuta na sombra.

As folhas crepitavam de manso, como se por elas passasse a fragueira nambu. Um rumor, partido da orla da mata, vinha discorrendo pelo vale.

O valente Poti, resvalando pela relva, como o ligeiro camarão, de que ele tomara o nome e a viveza, desapareceu no lago profundo. A água não soltou um murmúrio, e cerrou sobre ele sua onda límpida.

Voltou Iracema à cabana; em meio do caminho perceberam seus olhos as sombras de muitos guerreiros que rojavam pelo chão como a intanha.

Vendo-a entrar, Araquém partiu.

A virgem tabajara contou a Martim o que ouvira de Poti; o guerreiro cristão ergueu-se de um ímpeto para correr em defesa de seu irmão pitiguara. Cingiu-lhe Iracema o colo com os lindos braços:

— O chefe não carece de ti; ele é filho das águas; as águas o protegem. Mais tarde o estrangeiro escutará as falas do amigo.

— Iracema, é tempo que teu hóspede deixe a cabana do Pajé e os campos dos tabajaras. Ele não tem medo dos guerreiros de Irapuã: tem medo dos olhos da virgem de Tupã.

— Estes fugirão de ti.

— Fuja deles o estrangeiro, como o oitibó da estrela da manhã.

Martim promoveu o passo.

— Vai, guerreiro ingrato; vai matar teu irmão primeiro, depois a ti. Iracema te seguirá até aos campos alegres onde vão as sombras dos que morrem.

— Matar meu irmão, dizes tu, virgem cruel.

— Teu rasto guiará o inimigo aonde se oculta o guerreiro do vale.

O cristão estacou em meio da cabana: e ali permaneceu mudo e quedo. Iracema, receosa de fitá-lo, punha os olhos na sombra do guerreiro que a chama projectava na vetusta parede da cabana.

O cão felpudo, deitado no borralho, deu sinal de aproximar-se gente amiga. A porta entretecida dos talos da carnaúba foi aberta por fora. Caubi entrou.

— O cauim perturbou o espírito dos guerreiros; eles vêm contra o estrangeiro.

— A virgem ergueu-se de um ímpeto:

— Levanta a pedra que fecha a garganta de Tupã, para que ela esconda o estrangeiro.

O guerreiro tabajara, sopesando a laje enorme, emborcou-a no chão.

— Filho de Araquém, deita-te na porta da cabana, e nunca mais te levantes da terra, se um guerreiro passar por cima de teu corpo.

Caubi obedeceu: a virgem cerrou a porta.

Decorreu breve tracto. Ressoa perto o estrupido dos guerreiros; travam-se as vozes iradas de Irapuã e Caubi.

— Eles vêm; mas Tupã salvará seu hóspede.
Nesse instante, como se o deus do trovão ouvisse as palavras de sua virgem, o antro mudo em princípio, retroou surdamente.
— Ouve! É a voz de Tupã.
Iracema cerra a mão do guerreiro e o leva à borda do antro. Somem-se ambos nas entranhas da terra.

XIV

Os guerreiros tabajaras, excitados com as copiosas libações do espumante cauim, se inflamam à voz de Irapuã que tantas vezes os guiou ao combate, quantas à vitória.

Aplaca o vinho a sede do corpo, mas acende outra sede maior na alma feroz. Rugem vingança contra o estrangeiro audaz que afrontando suas armas, ofende o deus de seus pais, e o chefe e guerra, o primeiro varão tabajara.

Lá tripudiam de furor, e arremetem pelas sombras: a luz vermelha do ubiratã, que brilha ao longe, os guia à cabana de Araquém. De espaço em espaço erguem-se do chão os que primeiro vieram para vigiar o inimigo.

— O Pajé está na floresta! murmuraram eles.
— E o estrangeiro? pergunta Irapuã.
— Na cabana com Iracema.

Lança o grande chefe terrível salto; já é chegado à porta da cabana, e com ele seus valentes guerreiros.

O vulto de Caubi enche o vão da porta; suas armas guardam diante dele o espaço de um bote do maracajá.

— Vis guerreiros são aqueles que atacam em bando como os caititus. O jaguar, senhor da floresta, e o anajê, senhor das nuvens, combatem só o inimigo.

— Morda o pó a boca torpe que levanta a voz contra o mais valente guerrelro dos guerreiros tabajaras.

Proferidas estas palavras, ergue o braço de Irapuã o rígido tacape, mas estaca no ar: as entranhas da terra outra vez rugem como rugiram, quando Araquém acordou a voz tremenda de Tupã.

Levantam os guerreiros medonho alarido, e cercando seu chefe, o arrebatam ao funesto lugar e à cólera de Tupã, contra eles concitado.

Caubi estende-se de novo na soleira da porta: seus olhos adormecem: mas o ouvido subtil vela no sono.

Emudeceu a voz de Tupã.

Iracema e o cristão perdidos nas entranhas da terra, descem a gruta profunda. Súbito, uma voz que vinha reboando pela crasta, encheu seus ouvidos:

— O guerreiro do mar escuta a fala de seu irmão?
— É Poti, o amigo de teu hóspede: disse o cristão para a virgem.

Iracema estremeceu:
— Ele fala pela boca de Tupã.

Martim respondeu enfim ao pitiguara.
— As falas de Poti entram n'alma de seu irmão.
— Nenhum outro ouvido escuta?
— Os da virgem que duas vezes em um sol defendeu a vida de teu irmão!
— A mulher é fraca, o tabajara traidor, e o irmão de Jacaúna prudente.

Iracema suspirou e pousou a cabeça no peito do mancebo:
— Senhor de Iracema, cerra seus ouvidos para que ela não ouça.

Martim repeliu docemente a gentil fronte:
— Fale o chefe pitiguara: só o escutam ouvidos amigos e fiéis.
— Tu ordenas, Poti fala. Antes que o sol se levante na serra, o guerreiro do mar deve partir para as margens do ninho das garças: a estrela morta o guiará. Nenhum tabajara o seguirá, porque a inúbia dos pitiguaras rugirá da banda da serra.
— Quantos guerreiros pitiguaras acompanham seu chefe valente?
— Nenhum, Poti veio só. Quando os espíritos maus das florestas separaram o guerreiro do mar de seu irmão, Poti veio em seguimento do rasto. Seu coração não deixou que voltasse para chamar os guerreiros de sua taba: mas despediu o cão fiel ao grande Jacaúna.
— O chefe pitiguara está só: não deve rugir a inúbia que chamará contra si todos os guerreiros tabajaras.
—Assim é preciso para salvar o irmão branco: Poti zombará de Irapuã, como zombou quando combatiam cem contra ti.

A filha do Pajé que ouvia calada, debruçou-se ao ouvido do cristão:
— Iracema quer te salvar e a teu irmão; ela tem seu pensamento. O chefe pitiguara é valente e audaz: Irapuã é manhoso e traiçoeiro como a acauã. Antes que chegues à floresta, cairás; e teu irmão da outra banda cairá contigo.
— Que fará a virgem tabajara para salvar o estrangeiro e seu irmão? perguntou Martim.
— A lua das flores vai nascer. É o tempo da festa, em que os guerreiros tabajaras passam a noite no bosque sagrado, e recebem do Pajé os sonhos alegres. Quando estiverem todos adormecidos, o guerreiro branco deixará os campos de Ipu, e os olhos de Iracema, mas sua alma, não.

Martim estreitou a virgem ao seio: mas logo a repeliu. O toque de seu corpo, doce como a açucena da mata, e macio como o ninho do beija-flor, magoou seu coração, porque lhe recordou as palavras terríveis do Pajé.

A voz do cristão transmitiu a Poti o pensamento de Iracema: o chefe pitiguara, prudente como o tamanduá, pensou e respondeu:

— A sabedoria falou pela boca da virgem tabajara. Poti espera o nascimento da lua.

XV

Nasceu o dia e expirou.

Já brilha na cabana de Araquém o fogo, companheiro da noite. Correm lentas e silenciosas no azul do céu, as estrelas, filhas da lua, que esperam a volta da mãe ausente.

Martim se embala docemente: e como a alva rede que vai e vem, sua vontade oscila de um a outro pensamento. Lá o espera a virgem loura dos castos afectos; aqui lhe sorri a virgem morena dos ardentes amores.

Iracema recosta-se langue ao punho da rede: seus olhos negros e fúlgidos, ternos olhos de sabiá, buscam o estrangeiro, e lhe entram n'alma. O cristão sorri: a virgem palpita: como o saí, fascinado pela serpente, vai declinando o lascivo talhe, que se debruça enfim sobre o peito do guerreiro.

Já o estrangeiro a preme ao seio; e o lábio ávido busca o lábio que o espera, para celebrar nesse ádito d'alma, o himeneu do amor.

No recanto escuro o velho Pajé, imerso em funda contemplação e alheio às cousas deste mundo, soltou um gemido doloroso. Pressentira o coração o que não viram os olhos? Ou foi algum funesto presságio para a raça de seus filhos, que assim ecoou n'alma de Araquém?

Ninguém o soube.

O cristão repeliu do seio a virgem indiana. Ele não deixará o rasto da desgraça na cabana hospedeira. Cerra os olhos para não ver; e enche sua alma com o nome e a veneração de seu Deus:

— Cristo!... Cristo!...

Volta a serenidade ao seio do guerreiro branco, mas todas as vezes que seu olhar pousa sobre a virgem tabajara, ele sente correr-lhe pelas veias uma onda de ardente chama. Assim quando a criança imprudente revolve o brasido de intenso fogo, saltam as faúlhas inflamadas que lhe queimam as faces.

Fecha os olhos o cristão, mas na sombra de seu pensamento

surge a imagem da virgem, talvez mais bela. Embalde chama o sono às pálpebras fatigadas: abrem-se, mau grado seu.

Desce-lhe do céu ao atribulado pensamento uma inspiração:

— Virgem formosa do sertão, esta é a última noite que teu hóspede dorme na cabana de Araquém, onde nunca viera, para teu bem e seu. Faze que seu sono seja alegre e feliz.

— Manda; Iracema te obedece. Que pode ela para tua alegria?

O cristão falou submisso, para que não o ouvisse o velho Pajé:

— A virgem de Tupã guarda os sonhos da jurema que são doces e saborosos!

Um triste sorriso pungiu os lábios de Iracema:

— O estrangeiro vai viver para sempre à cintura da virgem branca; nunca mais seus olhos verão a filha de Araquém, e ele já quer que o sono feche suas pálpebras, e que o sonho o leve a terra de seus irmãos!

— O sono é o descanso do guerreiro, disse Martim; e o sonho a alegria d'alma. O estrangeiro não quer levar consigo a tristeza da terra hospedeira, nem deixá-la no coração de Iracema!

A virgem ficou imóvel.

— Vai, e torna com o vinho de Tupã.

Quando Iracema foi de volta, já o Pajé não estava na cabana; tirou a virgem do seio o vaso que ali trazia oculto sob a carioba de algodão entretecida de penas. Martim lho arrebatou das mãos, e libou as gotas do verde e amargo licor.

Agora podia viver com Iracema, e colher em seus lábios o beijo, que ali viçava entre sorrisos, como o fruto na corola da flor. Podia amá-la, e sugar desse amor o mel e o perfume, sem deixar veneno no seio da virgem.

O gozo era vida, pois o sentia mais forte e intenso; o mal era sonho e ilusão, que da virgem não possuía senão a imagem.

Iracema afastara-se opressa e suspirosa.

Abriram-se os braços do guerreiro adormecido e seus lábios; o nome da virgem ressoou docemente.

A juruti, que divaga pela floresta, ouve o terno arrulho do companheiro, bate as asas, e voa a conchegar-se ao tépido ninho. Assim a virgem do sertão, aninhou-se nos braços do guerreiro.

Quando veio a manhã, ainda achou Iracema ali debruçada, qual borboleta que dormiu no seio do formoso cacto. Em seu lindo semblante acendia o pejo vivos rubores; e como entre os arrebóis da manhã cintila o primeiro raio do sol, em suas faces incendidas rutilava o primeiro sorriso da esposa, aurora de fruído amor.

A jandaia fugira ao romper d'alva e para não tornar mais à cabana.

Vendo Martim a virgem unida ao seu coração, cuidou que o sonho continuava, cerrou os olhos para torná-los a abrir.

A pocema dos guerreiros, troando pelo vale, o arrancou ao doce engano: sentiu que já não sonhava, mas vivia. Sua mão cruel abafou nos lábios da virgem o beijo que ali se espanejava.

— Os beijos de Iracema são doces no sonho; o guerreiro branco encheu deles sua alma. Na vida, os lábios da virgem de Tupã, amargam e doem como o espinho da jurema.

A filha de Araquém escondeu no coração a sua ventura. Ficou tímida e inquieta, como a ave que pressente a borrasca no horizonte. Afastou-se rápida, e partiu.

As águas do rio banharam o corpo casto da recente esposa. Tupã já não tinha sua virgem na terra dos tabajaras.

XVI

O alvo disco da lua surgiu no horizonte.

A luz brilhante do sol empalideceu a virgem do céu, como o amor do guerreiro desmaia a face da esposa.

— Jaci!... Mãe nossa!... exclamaram os guerreiros tabajaras.

E brandindo os arcos, lançaram ao céu com a chuva das flechas, o canto da lua nova:

"Veio no céu a mãe dos guerreiros; já volta o rosto para ver seus filhos. Ela traz as águas, que enchem os rios e a polpa do caju.

"Já veio a esposa do sol, já sorri às virgens da terra, filhas suas. A doce luz acende o amor no coração dos guerreiros e fecunda o seio da jovem mãe".

Cai a tarde.

Folgam as mulheres e os meninos na vasta ocara; os mancebos que ainda não ganharam nome na guerra por algum feito brilhante discorrem no vale.

Os guerreiros seguem Irapuã ao bosque sagrado, onde os espera o Pajé e sua filha para o mistério da jurema. Iracema já acendeu os fogos da alegria. Araquém está imóvel e extático no seio de uma nuvem de fumo.

Cada guerreiro que chega depõe a seus pés uma oferenda a Tupã. Traz uma suculenta caça; outro a farinha d'água; aquele o saboroso piracém da traíra. O velho Pajé, para quem são estas dádivas, as recebe com desdém.

Quando foram todos sentados em torno do grande fogo, o ministro de Tupã ordena o silêncio com um gesto, e três vezes clamando o nome terrível, enche-se do deus, que o habita:

— Tupã!... Tupã!... Tupã!...

De grota em grota o eco ao longe repercutiu.

Vem Iracema com a igaçaba cheia do verde licor. Araquém decreta os sonhos a cada guerreiro, e distribui o vinho da jurema, que transporta ao céu o valente tabajara.

Este, grande caçador, sonha que os veados e as pacas correm de encontro às suas flechas para se traspassarem nelas; fatigado por fim de ferir, cava na terra o bucã, e assa tamanha quantidade de caça, que mil guerreiros em um ano não acabariam.

Outro, fogoso em amores, sonha que as mais belas virgens tabajaras deixam a cabana de seus pais e o seguem cativas de seu querer. Nunca a rede de chefe algum embalou mais voluptuosas carícias, do que ele frui naquele êxtase.

O herói, sonha tremendas lutas e horríveis combates, de que sai vencedor, cheio de glória e fama. O velho renasce na prole numerosa, e como o seco tronco, donde rebenta nova e robusta sebe, ainda cobre-se de flores.

Todos sentem a felicidade tão viva e contínua, que no espaço da noite cuidam viver muitas luas. As bocas murmuram: o gesto fala; e o Pajé, que tudo escuta e vê, colhe o segredo no íntimo d'alma.

Iracema, depois que ofereceu aos chefes o licor de Tupã, saiu do bosque. Não permitia o rito que ela assistisse ao sono dos guerreiros e ouvisse falar os sonhos.

Foi dali direito à cabana, onde a esperava Martim:

— Toma tuas armas, guerreiro branco. É tempo de partir.

— Leva-me aonde está Poti, meu irmão.

A virgem caminhou para o vale; o cristão a seguiu. Chegaram à falda do rochedo, que ia morrer à beira do tanque, em um maciço de verdura.

— Chama teu irmão!

Soltou Martim o grito da gaivota. A pedra que fechava a entrada da gruta caiu; e o vulto do guerreiro Poti apareceu na sombra.

Os dois irmãos encostaram a fronte na fronte e o peito no peito, para exprimir que não tinham ambos mais que uma cabeça e um coração.

— Poti está contente porque vê seu irmão, que o mau espírito da floresta arrebatou de seus olhos.

— Feliz é o guerreiro que tem ao flanco um amigo como o bravo Poti; todos os guerreiros o invejarão.

Iracema suspirou, pensando que a afeição do pitiguara bastava à felicidade do estrangeiro.

Os guerreiros tabajaras dormem. A filha de Araquém vai guiar os estrangeiros.

Seguiu a virgem adiante: os dois guerreiros após. Quando tinham andado o espaço que transpõe a garça de um voo, o chefe pitiguara tornou-se inquieto, e murmurou ao ouvido do cristão:

— Manda à filha do Pajé que volte à cabana de seu pai. Ela demora a marcha dos guerreiros.

Martim estremeceu: mas a voz da prudência e da amizade penetrou em seu coração. Avançou para Iracema, e tirou do seio a voz mais terna para acalentar a saudade da virgem:

— Quanto mais afunda a raiz da planta na terra, mais custa arrancá-la. Cada passo de Iracema no caminho da partida, é uma raiz que lança no coração de seu hóspede.

— Iracema quer te acompanhar até onde acabam os campos dos tabajaras, para voltar com o sossego em seu coração.

Martim não respondeu. Continuaram a caminhar, e com eles caminhava a noite: as estrelas desmaiaram, e a frescura da alvorada alegrou a floresta. As roupas da manhã, alvas como o algodão, apareceram no céu.

Poti olhou a mata e parou. Martim compreendeu e disse a Iracema:

— Teu hóspede já não pisa os campos dos tabajaras. É o instante de separar-te dele.

XVII

Iracema pousou a mão no peito do guerreiro branco:

— A filha dos tabajaras já deixou os campos de seus pais: agora pode falar.

— Que segredo guardas em teu seio, virgem formosa do sertão?

— Iracema não pode mais separar-se do estrangeiro.

—Assim é preciso, filha de Araquém. Torna à cabana de teu velho pai, que te espera.

— Araquém já não tem filha.

Martim tornou com gesto rudo e severo:

— Um guerreiro de minha raça jamais deixou a cabana do hóspede, viúva de sua alegria. Araquém abraçará sua filha, para não amaldiçoar o estrangeiro ingrato.

Curvou a virgem a fronte, velando-se com as longas tranças negras que se espargiam pelo colo, cruzando ao grémio os lindos braços, recolheu em seu pudor. Assim o róseo cacto, que já desabrochou em linda flor, cerra em botão o seio perfumado.

— Iracema te acompanhará, guerreiro branco; porque ela já é tua esposa.

Martim estremeceu.

— Os maus espíritos da noite turbaram o espírito de Iracema.
— O guerreiro branco sonhava, quando Tupã abandonou sua virgem. A filha do Pajé traiu o segredo da jurema.
O cristão escondeu as faces à luz.
— Deus!... clamou seu lábio trémulo.
Permaneceram ambos mudos e quedos.
Afinal disse Poti:
— Os guerreiros tabajaras despertam.

O coração da virgem, como o do estrangeiro, ficou surdo à voz da prudência. O sol levantou-se no horizonte: e o seu olhar majestoso desceu dos montes à floresta. Poti de pé, mudo e quedo, como um tronco decepado esperou que seu irmão quisesse partir.

Foi Iracema quem primeiro falou:
—Vem: enquanto não pisares as praias dos pitiguaras, tua vida corre perigo.

Martim seguiu silencioso a virgem, que fugia entre as árvores como a selvagem cutia. A tristeza lhe confrangia o coração; mas a onda de perfumes que deixava na brisa a passagem da formosa tabajara, açulava o amor no seio do guerreiro. Seu passo era tardo, o peito lhe ofegava.

Poti cismava. Em sua cabeça de mancebo morava o espírito de um abaeté. O chefe pitiguara pensava que o amor é como o cauim, o qual bebido com moderação, fortalece o guerreiro, e tomado em excesso, abate a coragem do herói. Ele sabia quanto era veloz o pé do tabajara: e esperava o momento de morrer defendendo o amigo.

Quando as sombras da tarde entristeciam o dia, o cristão parou no meio da mata. Poti acendeu o fogo da hospitalidade.

A virgem desdobrou a alva rede de algodão franjada de penas de tucano, e suspendeu-a aos ramos da árvore:
— Esposo de Iracema, tua rede te espera.

A filha de Araquém foi sentar-se longe, na raiz de uma árvore como a cerva solitária, que o ingrato companheiro afugentou do aprisco. O guerreiro pitiguara desapareceu na espessura da folhagem.

Martim ficou mudo e triste, semelhante ao tronco d'árvore a que o vento arrancou o lindo cipó que o entrelaçava. A brisa perpassando levou um murmúrio:
— Iracema!

Era o balido do companheiro; a cerva arrufando-se ganhou o doce aprisco.

A floresta destilava suave fragrância e exalava arpejos harmomosos: os suspiros do coração se difundiram nos múrmuros do deserto. Foi a festa do amor e o canto do himeneu.

Já a luz da manhã coou na selva densa. A voz grave e sonora de Poti repercutiu no sussurro da mata:

— O povo tabajara caminha na floresta!

Iracema arrancou-se dos braços que a cingiam e do lábio que a tinha cativa: saltando da rede como a rápida zabelê, travou das armas do esposo e levou-o através da mata.

De espaço a espaço, o prudente Poti escutava as entranhas da terra; sua cabeça movia-se pesada de um a outro lado, como a nuvem que se balança no cocuruto do rochedo, aos vários lufos da próxima borrasca.

— O que escuta o ouvido do guerreiro Poti?

— Escuta o passo veloz do povo tabajara. Ele vem como o tapir rompendo a floresta.

— O guerreiro pitiguara é a ema que voa sobre a terra; nós o seguiremos como suas asas: disse Iracema.

O chefe sacudiu de novo a fronte:

— Enquanto o guerreiro do mar dormia, o inimigo correu. Os que primeiro partiram já avançam além com as pontas do arco.

A vergonha mordeu o coração de Martim:

— Fuja o chefe Poti e salve Iracema. Só deve morrer o guerreiro mau, que não escutou a voz de seu irmão e o pedido de sua esposa.

Martim arrepiou o passo:

— Não foi a alma do guerreiro do mar, que falou. Poti e seu irmão só têm uma vida.

O lábio de Iracema não falou: sorriu.

XVIII

Treme a selva com o estrupido da carreira do povo tabajara.

O grande Irapuã, primeiro, assoma entre as árvores. Seu olhar rúbido viu o guerreiro branco entre nuvens de sangue: o ronco bravio do tigre rompe de seu peito cavernoso.

O chefe tabajara e seu povo iam precipitar sobre os fugitivos, como a vaga encapelada que arrebenta no Mocoripe.

Eis late o cão selvagem.

O amigo de Martim solta o grito da alegria:

— O cão de Poti guia os guerreiros de sua taba em socorro teu.

O rouco búzio dos pitiguaras estruge pela floresta. O grande Jacaúna, senhor das praias do mar, chegava do rio das garças com seus melhores guerreiros.

Os pitiguaras recebem o primeiro ímpeto do inimigo nas pontas irriçadas de suas flechas, que eles despedem do arco aos molhos, como o cuandu os espinhos do seu corpo. Logo após soa a pocema, estreita-se o espaço, e a luta se trava face a face.

Jacaúna atacou Irapuã. Prossegue o horrível combate que bastara a dez bravos, e não esgotou ainda a força dos grandes chefes. Quando os dois tacapes se encontram, a batalha toda estremece, como um só guerreiro, até as entranhas.

O irmão de Iracema veio direito ao estrangeiro, que arrancara a filha de Araquém à cabana hospitaleira; o faro da vingança o guia: a vista da irmã assanha a raiva em seu peito. O guerreiro Caubi assalta com furor o inimigo.

Iracema, unida ao flanco de seu guerreiro e esposo, viu de longe Caubi e falou assim:

— Senhor de Iracema, ouve o rogo de tua escrava; não derrama o sangue do filho de Araquém. Se o guerreiro Caubi tem de morrer, morra ele por esta mão, não pela tua.

Martim pôs no rosto da virgem olhos de horror:

— Iracema matará seu irmão?

— Iracema antes quer que o sangue de Caubi tinja sua mão que a tua: porque os olhos de Iracema vêem a ti, e a ela não.

Travam a luta os guerreiros. Caubi combate com furor; o cristão defende-se apenas: mas a seta embebida no arco da esposa guarda a vida do guerreiro contra os botes do inimigo.

Poti já prostrou o velho Andira e quantos guerreiros topou na luta seu válido tacape. Martim lhe abandona o filho de Araquém e corre sobre Irapuã:

— Jacaúna é um grande chefe, seu colar de guerra dá três voltas ao peito. O tabajara pertence ao guerreiro branco.

— A vingança é a honra do guerreiro, e Jacaúna preza o amigo de Poti.

O grande chefe pitiguara levou além o formidável tacape. Renhiu-se o combate entre Irapuã e Martim. A espada do cristão batendo na clava do selvagem, fez-se em pedaços. O chefe tabajara avançou contra o peito inerme do adversário.

Iracema silvou como a boicininga: e arrojou-se contra a fúria do guerreiro tabajara. A arma rígida tremeu na destra possante do chefe e o braço caiu-lhe desfalecido.

Soava a pocema da vitória. Os guerreiros pitiguaras conduzidos por Jacaúna e Poti varriam a floresta. Fugindo, os tabajaras arrebataram seu chefe ao ódio da filha de Araquém que o podia abater, como a jandaia abate o prócero coqueiro roendo-lhe o cerne.

Os olhos de Iracema, estendidos pela floresta, viram o chão juncado de cadáveres de seus irmãos, e longe o bando dos guerreiros tabajaras que fugia em nuvem negra de pó. Aquele sangue que enrubescia a terra, era o mesmo sangue brioso que lhe ardia nas faces de vergonha. O pranto orvalhou seu lindo semblante. Martim afastou-se para não envergonhar a tristeza de Iracema.

XIX

Poti voltou de perseguir o inimigo. Seus olhos se encheram de alegria, vendo salvo o guerreiro branco.

O cão fiel o seguia de perto, lambendo ainda nos pelos do focinho a marugem do sangue tabajara, de que se fartara; o senhor o acariciava satisfeito de sua coragem e dedicação. Fora ele quem salvara Martim, trazendo ali com tanta diligência os guerreiros de Jacaúna.

— Os maus espíritos da floresta podem separar outra vez o guerreiro branco de seu irmão pitiguara. O cão te seguirá daqui em diante, para que mesmo de longe Poti acuda a teu chamado.

— Mas o cão é teu companheiro e amigo fiel.

— Mais amigo e companheiro será de Poti, servindo a seu irmão que a ele. Tu o chamarás Japi; e será o pé ligeiro com que de longe corramos um para o outro.

Jacaúna deu o sinal da partida.

Os guerreiros pitiguaras caminharam para as margens alegres do rio onde bebem as garças; ali se erguia a grande taba dos senhores das várzeas.

O sol deitou-se e de novo se levantou no céu. Os guerreiros chegaram aonde a serra quebrava para o sertão: já tinham passado aquela parte da montanha, que por ser despida de arvoredo e tosquiada como a capivara, a gente de Tupã chamava Ibiapina.

Poti levou o cristão aonde crescia um frondoso jatobá, que afrontava as árvores do mais alto píncaro da serrania, e quando batido pela rajada, parecia varrer o céu com a imensa copa.

— Neste lugar nasceu teu irmão: disse o pitiguara.

Martim estreitou ao peito o tronco amigo:

— Jatobá, que viste nascer meu irmão Poti, o estrangeiro te abraça.

— O raio te decepe, árvore do guerreiro Poti, quando seu irmão o abandonar.

Depois o chefe assim falou:

— Ainda Jacaúna não era um guerreiro, Jatobá, o maior chefe, conduzia os pitiguaras à vitória. Logo que as grandes águas correram, ele caminhou para a serra. Aqui chegando, mandou levantar a taba, para estar perto do inimigo e vencê-lo mais vezes. A mesma lua que o viu chegar, alumiou a rede onde Saí, sua esposa, lhe deu mais um guerreiro de seu sangue. O luar passava entre as folhas do jatobá; e o sorriso pelos lábios do varão possante, que tomara seu nome e robustez.

Iracema aproximou-se.

A rola, que marisca na areia, se afasta-se o companheiro, adeja inquieta de ramo em ramo e arrulha para que lhe responda o ausente amigo. Assim a filha das florestas errara pelas encostas, modulando o singelo canto mavioso.

Martim a recebeu com a alma no semblante: e levando a esposa do lado do coração e o amigo do lado da força, voltou ao rancho dos pitiguaras.

XX

A lua cresceu.

Três sóis havia que Martim e Iracema estavam nas terras dos pitiguaras, senhores das margens do Camucim e Acaracu. Os estrangeiros tinham sua rede na vasta cabana de Jacaúna. O valente chefe guardou para si o prazer de hospedar o guerreiro branco.

Poti abandonou sua taba para acompanhar seu irmão de guerra na cabana de seu irmão de sangue, e gozar dos instantes que sobejavam para a amizade, no coração do guerreiro do mar.

A sombra já se retirou da face da terra: e Martim viu que ela não se retirara ainda de face da esposa, desde o dia do combate.

— A tristeza mora n'alma de Iracema!

A alegria para a esposa só vem de ti; quando teus olhos a deixam, as lágrimas enchem os seus.

— Porque chora a filha dos tabajaras?

— Esta é a taba dos pitiguaras, inimigos de seu povo. A vista de Iracema já conheceu o crânio de seus irmãos espetado na caiçara; seu ouvido já escutou o canto de morte dos cativos tabajaras; a mão já tocou as armas tintas do sangue de seus pais.

A esposa pousou as duas mãos nos ombros do guerreiro, e reclinou ao peito dele:

— Iracema tudo sofre por seu guerreiro e senhor. A ata é doce e saborosa; mas quando a machucam, azeda. Tua esposa quer que seu amor encha teu coração das doçuras do mel.

— Volte o sossego ao seio da filha dos tabajaras; ela vai deixar a taba dos inimigos de seu povo.

O cristão caminhou para a cabana de Jacaúna. O grande chefe alegrou-se vendo seu hóspede; mas a alegria fugiu logo de sua fronte guerreira. Martim dissera:

— O guerreiro branco parte de tua cabana, grande chefe.
— Alguma cousa te faltou na taba de Jacaúna?
— Nada faltou a teu hóspede. Ele era feliz aqui: mas a voz do coração o chama a outros sítios.
— Então parte e leva o que é preciso para a viagem. Tupã te fortaleça, e traga outra vez à cabana de Jacaúna, para que ele festeje tua boa-vinda.

Poti chegou; sabendo que o guerreiro do mar ia partir, disse:
— Teu irmão te acompanha.

Os guerreiros de Poti precisam de seu chefe.

Se tu não queres que eles vão com Poti, Jacaúna os conduzirá à vitória.

A cabana de Poti ficará deserta e triste.
— Deserto e triste será o coração de teu irmão longe de ti.

O guerreiro do mar deixa as margens do rio das garças, e caminha para as terras onde o sol se deita. A esposa e o amigo seguem sua marcha.

Passou além da fértil montanha, onde a abundância dos frutos criava grande quantidade de mosca, de que lhe veio o nome de Meruoca.

Atravessam os campos que banha o rio das garças, e avistam longe no horizonte uma alta serrania. Expira o dia; nuvem negra voa das bandas do mar: são os urubus que pastaram nas praias a carniça, e com a noite tornam ao ninho.

Os viajantes dormem aí, em Uruburetama. Com o segundo sol chegaram às margens do rio, que nasce na quebrada da serra e desce a planície enroscando-se como uma cobra. Suas voltas contínuas enganam a cada passo o peregrino, que vai seguindo o tortuoso curso; por isso foi chamado Mundaú.

Perlongando as frescas margens, viu Martim no seguinte sol os verdes mares e alvas praias, onde as ondas murmurosas soluçam às vezes e outras raivam de fúria, rebentando em frocos de espuma.

Os olhos do guerreiro branco se dilataram pela vasta imensidade: seu peito suspirou. Esse mar beijava também as brancas areias de Potengi, seu berço natal, onde ele vira a luz americana.

Arrojou-se nas ondas e pensou banhar seu corpo nas águas da pátria, como banhara sua alma nas saudades dela.

Iracema sentiu que lhe chorava o coração; mas não tardou que o sorriso de seu guerreiro o acalentasse.

Entretanto Poti do alto da rocha, fisgava o saboroso camoropim que brincava na pequena baía do Mundaú; e preparava o moquém para a refeição.

XXI

Já descia o sol das alturas do céu.

Chegam os viajantes à foz do rio onde se criam em grande abundância as saborosas traíras: suas praias são povoadas pela tribo dos pescadores, da grande nação dos pitiguaras.

Eles receberam os estrangeiros com a hospitalidade generosa, que era uma lei de sua religião: e Poti com o respeito que merecia tão grande guerreiro, irmão de Jacaúna, maior chefe da forte gente pitiguara.

Para repousar os viajantes, e acompanhá-los na despedida, o chefe da tribo tomou Poti, Martim e Iracema na jangada, e abrindo a vela à brisa, levou-os até muito longe na costa.

Os pescadores em suas jangadas seguiam o chefe e atroavam os ares com o canto de saudade, e os múrmuros do uraçá, que imita os soluços do vento.

Além da barra da Piroquara estava mais entrada para as serras a tribo dos caçadores. Eles ocupavam as margens do Soipé cobertas de matas, onde os veados, as gordas pacas e os macios jacus abundavam. Assim os habitadores dessas margens lhes deram o nome de país da caça.

O chefe dos caçadores, Jaguaraçu, tinha sua cabana à beira do lago, que forma o rio perto do mar. Aí acharam os viajantes o mesmo agasalho que haviam recebido dos pescadores.

Depois que partiram do Soipé, os viajantes atravessaram o rio Taíba, em cujas margens vagavam bandos de porcos-de-mato; mais longe corria o Cauípe, onde se fabricava excelente vinho de caju.

No outro sol viram um lindo rio que surdia no mar cavando uma bacia na rocha viva.

Além assomava no horizonte um alto morro de areia que tinha a alvura da espuma do mar. O cabo sobranceiro parece a cabeça calva do condor, esperando ali a borrasca, que vem dos confins do oceano.

— Poti conhece o grande morro das areias? perguntou o cristão.

— Poti conhece toda a terra que têm os pitiguaras, desde as margens do grande rio, que forma um braço do mar, até a margem do rio onde habita o jaguar. Ele já esteve no alto do Mocoripe, e de lá viu correr no mar as grandes igaras dos guerreiros brancos, teus inimigos, que estão no Mearim.

Por que chamas tu Mocoripe, ao grande morro das areias?

— O pescador da praia, que vai na jangada, lá onde voa a ati, fica triste, longe da terra e de sua cabana, em que dormem os filhos de seu sangue. Quando ele torna e seus olhos primeiro avistam o morro das areias, o prazer volta a seu coração. Por isso ele diz que o morro das areias dá alegria.

— O pescador diz bem; porque teu irmão ficou contente como ele, vendo o monte das areias.

Martim subiu com Poti ao cimo do Mocoripe. Iracema seguindo com os olhos o esposo, divagava como a jaçanã em torno do lindo seio, que ali fez a terra para receber o mar.

De passagem ela colhia os doces cajus, que aplacam a sede nos guerreiros, e apanhava conchas mimosas para ornar seu colo.

Os viajantes estiveram em Mocoripe três sóis. Depois Martim levou seus passos além. A esposa e o amigo tornaram à embocadura do rio cujas margens eram alagadas e cobertas de mamgue. O mar entrando por ele, formava uma bacia cheia de agua cristalina, e cavada na pedra como um camucim.

O guerreiro cristão percorrendo essa paragem, começou de cismar. Até ali ele caminhava sem destino, movendo seus passos ao acaso, não tinha outra intenção mais que afastar-se das tabas dos pitiguaras para arrancar a tristeza do coração de Iracema. O cristão sabia por experiência que a viagem acalenta a saudade, porque a alma dorme enquanto o corpo caminha. Agora sentado na praia, pensava.

Veio Poti:

— O guerreiro branco pensa, o seio do irmão está aberto para receber seu pensamento.

— Teu irmão pensa que este lugar é melhor do que as margens do Jaguaribe para a taba dos guerreiros de sua raça. Nestas águas as grandes igaras que vêm de longes terras, se esconderiam do vento e do mar: daqui elas iriam ao Mearim destruir os brancos tapuias, aliados dos tabajaras, inimigos de tua nação.

O chefe pitiguara meditou e respondeu:

— Vai buscar teus guerreiros. Poti plantará sua taba junto da mairi de seu irmão.

Aproximava-se Iracema. O cristão com um gesto ordenou silêncio ao chefe pitiguara.

— A voz do esposo se cala, e seus olhos se baixam, quando chega Iracema. Queres tu que ela se afaste?

Quer teu esposo, que chegues mais perto, para que sua voz e seus olhos penetrem mais dentro de tua alma.

A formosa selvagem desfez-se em risos, como se desfaz a flor do fruto que desponta, e foi debruçar-se na espádua do guerreiro.

— Iracema te escuta.

— Estes campos são alegres, e ainda mais serão quando Iracema neles habitar. Que diz teu coração?

— O coração da esposa está sempre alegre junto de seu guerreiro e senhor.

Seguindo pela margem do rio, o cristão escolheu um lugar para levantar a cabana. Poti cortou esteios dos troncos da carnaúba; a filha de Araquém ligava os leques da palmeira para vestir o tecto e as paredes; Martim cavou a terra e fabricou a porta das fasquias da taquara.

Quando veio a noite, os dous esposos armaram a rede em sua nova cabana, e o amigo no copiar que olhava para o nascente.

XXII

Poti saudou o amigo e falou assim:

— "Antes que o pai de Jacaúna e Poti, o valente guerreiro Jatobá, mandasse sobre todos os guerreiros pitiguaras, o grande tacape da nação estava na destra de Batuireté, o maior chefe, pai de Jatobá. Foi ele que veio pelas praias do mar até o rio do jaguar, e expulsou os tabajaras para dentro das terras, marcando a cada tribo seu lugar; depois entrou pelo sertão até a serra que tomou seu nome.

"Quando suas estrelas eram muitas, e tantas que seu camucim já não cabia as castanhas que marcavam o número; o corpo vergou para a terra, o braço endureceu como o galho do ubiratã que não verga; a luz dos olhos escureceu.

"Chamou então o guerreiro Jatobá e disse: — Filho, toma o tacape da nação pitiguara. Tupã não quer que Batuireté o leve mais à guerra, pois tirou a força de seu corpo, o movimento do seu braço e a luz de seus olhos Mas Tupã foi bom para ele, pois lhe deu um filho como o guerreiro Jatobá.

"Jatobá empunhou o tacape dos pitiguaras Batuireté tomou o bordão de sua velhice e caminhou. Foi atravessando os vastos sertões, até os campos viçosos onde correm as águas que vêm das bandas da noite. Quando o velho guerreiro arrastava o passo pelas margens, e a sombra de seus olhos não lhe deixava que visse mais os frutos nas árvores ou os pássaros no ar, ele dizia em sua tristeza: — Ah! meus tempos passados!

"A gente que o ouvia chorava a ruína do grande chefe; e desde então passando por aqueles lugares, repetia suas palavras; donde veio, chamar-se o rio e os campos Quixeramobim.

"Batuireté veio pelo caminho das garças até aquela serra que tu vês longe, e onde primeiro habitou. Lá no píncaro, o velho guerreiro fez seu ninho alto como o gavião, para encher o resto de seus dias, conversando com Tupã. Seu filho já dorme embaixo da terra, e ele ainda na outra lua cismava na porta de sua cabana, esperando a noite que traz o grande sono. Todos os chefes pitiguaras, quando acordam à voz da guerra, vão pedir ao velho que lhes ensine a vencer, porque nenhum outro guerreiro jamais soube como ele combater. Assim as tribos não o chamam mais pelo nome, senão o grande sabedor da guerra, Maranguab.

"O chefe Poti vai à serra ver seu grande avô; mas antes que o dia morra, ele estará de volta na cabana de seu irmão. Tens tu outra vontade?"

— O guerreiro branco te acompanha para abraçar o grande chefe dos pitiguaras, avô de seu irmão, e dizer ao ancião que ele renasceu no filho de seu filho.

Martim chamou Iracema; e partiram ambos guiados pelo pitiguara para a serra do Maranguab, que se levantava no horizonte. Foram seguindo o curso do rio ate onde nele entrava o ribeiro de Pirapora.

A cabana do velho guerreiro estava junto das formosas cascatas, onde salta o peixe no meio dos borbotões de espuma. As águas ali são frescas e macias, como a brisa do mar, que passa entre as palmas dos coqueiros, nas horas da calma.

Batuireté estava sentado sobre uma das lapas da cascata; e o sol ardente caía sobre sua cabeça, nua de cabelos e cheia de rugas como o jenipapo. Assim dorme o jaburu na borda do lago.

Poti é chegado à cabana do grande Maranguab, pai de Jatobá, e trouxe seu irmão branco para ver o maior guerreiro das nações.

O velho soabriu as pesadas pálpebras, e passou do neto ao estrangeiro um olhar baço. Depois o peito arquejou e os lábios murmuraram:

— Tupã quis que estes olhos vissem antes de se apagarem, o gavião branco junto da narceja.

O abaeté derrubou a fronte aos peitos, e não falou mais, nem mais se moveu.

Poti e Martim juraram que ele dormia e se afastaram com respeito para não perturbar o repouso de quem tanto obrara na longa vida. Iracema, que se banhava na próxima cachoeira, veio-lhes ao encontro, trazendo na folha da taioba favos de mel puríssimo.

Discorreram os amigos pelas floridas encostas até que as sombras da montanha se estenderam pelo vale Tornaram então ao lugar onde tinham deixado o Maranguab.

O velho ainda lá estava na mesma atitude, com a cabeça derrubada ao peito e os joelhos encostados à fronte. As formigas subiam-lhe pelo corpo; e os tuins adejavam em torno e pousavam-lhe na calva.

Poti pôs a mão no crânio do ancião e conheceu que era finado; o guerreiro morrera de velhice. Então o chefe pitiguara entoou o canto da morte; e foi à cabana buscar o camucim que transbordava com as castanhas do caju. Martim contou cinco vezes cinco mãos.

Entanto Iracema colhia na floresta a andiroba, para ungir o corpo do velho que a mão piedosa do neto encerrou no camucim. O vaso fúnebre ficou suspenso ao tecto da cabana.

Depois que plantou urtiga à porta, para defender contra os animais a oca abandonada, Poti despediu-se triste daqueles sítios, e tornou com seus companheiros à borda do mar.

A serra onde estava outrora a cabana tomou o nome de Maranguape, assim chamada porque aí repousa o sabedor da guerra.

Quatro luas tinham alumiado o céu depois que Iracema deixara os campos do Ipu, e três depois que ela habitava nas praias do mar a cabana de seu esposo.

A alegria morava em sua alma. A filha dos sertões era feliz, como a andorinha, que abandona o ninho de seus pais, e peregrina para fabricar novo ninho no país onde começa a estação das flores. Também Iracema achara ali nas praias do mar um ninho de amor, nova pátria para seu coração.

Como o colibri borboleteando entre as flores da acácia, ela discorria as amenas campinas. A luz da manhã já a encontrava suspensa ao ombro do esposo e sorrindo, como a enrediça que entrelaça o tronco robusto, e todas as manhãs o coroa de nova grinalda.

Martim partia para a caça com Poti. A virgem separava-se dele então, para sentir ainda mais ardente o desejo de vê-lo.

Perto havia uma formosa lagoa no meio de verde campina. Para lá volvia a selvagem o ligeiro passo. Era a hora do banho da manhã; atirava-se à água, e nadava com as garças brancas e as vermelhas jaçanãs.

Os guerreiros pitiguaras, que apareciam por aquelas paragens, chamavam essa lagoa Porangaba, ou lagoa da beleza, porque nela se banhava Iracema, a mais bela filha da raça de Tupã.

E desde esse tempo as mães vinham de longe mergulhar suas filhas nas águas da Porangaba, que tinha a virtude de dar formosura às virgens e fazê-las amadas pelos guerreiros.

Depois do banho, Iracema divagava até as faldas da serra do Maranguab, onde nascia o ribeiro das marrecas, o Jereraú. Ali cresciam na frescura e na sombra as frutas mais saborosas de todo o país; delas fazia a virgem copiosa provisão, e esperava, embalando-se nas ramas do maracujá, que Martim tornasse da caça.

Outras vezes não era a Jereraú que a levava sua vontade, mas do oposto lado, a Sapiranga, cujas águas inflamavam os olhos, como diziam os pajés. Cerca daí havia um bosque frondoso de muritis, que formavam no meio do tabuleiro uma grande ilha de formosas palmeiras.

Iracema gostava do Muritiapuá, onde o vento suspirava docemente; ali espolpava ela o vermelho coco, para fabricar a bebida refrigerante, adoçada com o mel da abelha; e enchia dela a igaçaba, destinada a estancar a sede dos guerreiros durante a maior calma do dia.

Uma manhã Poti guiou Martim à caça. Caminharam para uma serra, que se levanta ao lado da outra do Maranguab, sua irmã. O alto cabeço se curva à semelhança do bico adunco da arara; pelo que os guerreiros a chamaram Aratanha. Eles subiram pela encosta da Guaiúba por onde as águas descem para o vale, e foram até o córrego habitado pelas pacas.

Só havia sol no bico da arara, quando os caçadores desceram de Pacatuba ao tabuleiro. De longe viram Iracema, que viera esperá-los à margem de sua lagoa da Porangaba. Caminhava para eles com o passo altivo da garça que passeia à beira d'água: por cima da carioba trazia uma cintura das flores da maniva, que era o símbolo da fecundidade. Colar das mesmas cingia-lhe o colo e ornava os rijos seios palpitantes.

Travou da mão do esposo, e a impôs no regaço:

— Teu sangue já vive no seio de Iracema. Ela será mãe de teu filho.

— Filho, dizes tu? exclamou o cristão em júbilo.

Ajoelhou ali e cingindo-a com os braços, beijou o seio fecundo da esposa.

Quando ele ergueu-se, Poti falou:

— A felicidade do mancebo é a esposa e o amigo: a primeira dá alegria, o segundo dá força. O guerreiro sem a esposa, é como a árvore sem folhas nem flores: nunca ela verá o fruto. O guerreiro sem amigo, é como a árvore solitária que o vento açouta no meio do campo: o fruto dela nunca amadurece. A felicidade do varão é a prole, que nasce dele e faz seu orgulho; cada guerreiro que sai de suas veias é mais um galho que leva seu nome às nuvens, como a grimpa do cedro. Amado de Tupã, é o guerreiro que tem uma esposa, um amigo e muitos filhos; ele nada mais deseja senão a morte gloriosa.

Martim uniu o peito ao peito de Poti:

— O coração do esposo e do amigo falou por tua boca. O guerreiro branco é feliz, chefe dos pitiguaras, senhores das praias do mar; a felicidade nasceu para ele na terra das palmeiras, onde recende a baunilha; e foi gerada no sangue de tua raça, que tem no rosto a cor do sol. O guerreiro branco não quer mais outra pátria, senão a pátria de seu filho e de seu coração.

Ao romper d'alva, Poti partiu para colher as sementes de crajuru que dão a bela tinta vermelha, e a casca do angico de onde se extrai a cor negra mais lustrosa. De caminho sua flecha certeira abateu o pato selvagem que plainava nos ares. O guerreiro arrancou das asas as longas penas, e subindo ao Mocoripe, rugiu a inúbia. A refega que vinha do mar levou longe, bem longe, o rouco som. O búzio dos pescadores do Trairi, e a trombeta dos caçadores do Soipé, responderam.

Martim banhou-se n'água do rio, e passeou na praia para secar o corpo ao vento e ao sol. Ao seu lado ia Iracema e apanhava o âmbar amarelo, que o mar arrojava. Todas as noites a esposa perfumava seu corpo e a alva rede, para que o amor do guerreiro se deleitasse nela.

Voltou Poti.

XXIV

— Foi costume da raça, filha de Tupã, que o guerreiro trouxesse no corpo as cores de sua nação.

Traçavam em princípio negras riscas sobre o corpo, à semelhança do pêlo do quati de onde procedeu o nome dessa arte da pintura guerreira. Depois variaram as cores, e muitos guerreiros costumavam escrever os emblemas de seus feitos.

O estrangeiro tendo adoptado a pátria da esposa e do amigo, devia passar por aquela cerimónia, para tornar-se um guerreiro vermelho, filho de Tupã. Nessa intenção fora Poti se prover dos objectos necessários.

Iracema preparou as tintas. O chefe, embebendo as ramas da pluma, traçou pelo corpo os riscos vermelhos e pretos, que ornavam a grande nação pitiguara. Depois pintou na fronte uma flecha e disse:

— Assim como a seta traspassa o duro tronco, assim o olhar do guerreiro penetra n'alma dos povos.

No braço pintou um gavião:

— Assim como o anajê cai das nuvens, assim cai o braço do guerreiro sobre o inimigo.

No pé esquerdo pintou a raiz do coqueiro:

— Assim como a pequena raiz agarra na terra o alto coqueiro, o pé firme do guerreiro sustenta seu corpo robusto.

No pé direito pintou uma asa:

— Assim como a asa do majoí rompe os ares. o pé veloz do guerreiro não tem igual na corrida.

Iracema tomou a rama da pena e pintou uma abelha sobre folha de árvore; sua voz ressoou entre sorrisos:

— Assim como a abelha fabrica o mel no coração negro do jacarandá, a doçura está no peito do mais valente guerreiro.

Martim abriu os braços e os lábios para receber corpo e alma da esposa.

— Meu irmão é um grande guerreiro da nação pitiguara: ele precisa de um nome na língua de sua nação.

— O nome de teu irmão está em seu corpo, onde o pôs tua mão.

— Coatiabo! exclamou Iracema.

— Tu disseste; eu sou o guerreiro pintado: o guerreiro da esposa e do amigo.

Poti deu a seu irmão o arco e o tacape, que são as armas nobres do guerreiro. Iracema havia tecido para ele o cocar e a araçóia, ornatos dos chefes ilustres.

A filha de Araquém, foi buscar à cabana as iguarias do festim e os vinhos de jenipapo e mandioca. Os guerreiros beberam copiosamente e trançaram as danças alegres. Durante que volviam em torno dos fogos da alegria, ressoavam as canções.

Poti cantava:

— Como a cobra que tem duas cabeças em um só corpo, assim é a amizade de Coatiabo e Poti.

Acudiu Iracema:

— Como a ostra que não deixa o rochedo, ainda depois de morta, assim é Iracema junto a seu esposo.

Os guerreiros disseram:

— Como o jatobá na floresta, assim é o guerreiro Coatiabo entre o irmão e a esposa: seus ramos abraçam os ramos do ubiratã, e sua sombra protege a relva humilde.

Os fogos da alegria arderam até que veio a manhã; e com eles durou o festim dos guerreiros.

XXV

A alegria ainda morou na cabana, todo o tempo que as espigas de milho levaram a amarelecer.

Uma alvorada, caminhava o cristão pela borda do mar. Sua alma estava cansada.

O colibri sacia-se de mel e perfume; depois adormece em seu branco ninho de cotão, até que volta no outro ano a lua das flores. Como o colibri, a alma do guerreiro também satura-se de felicidade, e carece de sono e repouso.

A caça e as excursões pela montanha em companhia do amigo, as carícias da terna esposa que o esperavam na volta, e o doce carbeto no copiar da cabana, já não acordavam nele as emoções de outrora. Seu coração ressonava.

Quando Iracema brincava pela praia, os olhos do guerreiro retiravam-se dela para se estenderem pela imensidade dos mares.

Viram umas asas brancas, que adejavam pelos campos azuis. Conheceu o cristão que era uma grande igara de muitas velas, como construíam seus irmãos; e a saudade da pátria apertou-lhe no seio.

Alto ia o sol; e o guerreiro na praia seguia com os olhos as asas brancas que fugiam. Debalde a esposa o chamou à cabana, debalde ofereceu a seus olhos, as graças dela e os frutos melhores do campo. Não se moveu o guerreiro, senão quando a vela sumiu-se no horizonte.

Poti voltou da serra, onde pela primeira vez fora só. Tinha deixado a serenidade na fronte de seu irmão e achava ali a tristeza. Martim saiu-lhe ao encontro:

— A igara grande do branco tapuia passou no mar. Os olhos de teu irmão a viram, que voava para as margens do Mearim, aliados dos tupinambás, inimigos de tua e minha raça.

— Poti é senhor de mil arcos; se é teu desejo ele te acompanhará com seus guerreiros às margens do Mearim, para vencer o tapuitinga e seu amigo, o pérfido tupinambá.

— Quando for tempo, teu irmão te dirá.

Os guerreiros entraram na cabana, onde estava Iracema. A maviosa canção nesse dia tinha emudecido nos lábios da esposa. Ela tecia suspirando a franja da rede materna, mais larga e espessa que a rede do himeneu.

Poti, que a viu tão ocupada, falou:

— Quando a sabiá canta é o tempo do amor; quando emudece, fabrica o ninho para sua prole: é o tempo do trabalho.

— Meu irmão fala como a rã quando anuncia a chuva; mas a sabiá que faz seu ninho, não sabe se dormirá nele.

A voz de Iracema gemia. Seu olhar buscou o esposo. Martim pensava: as palavras de Iracema passaram por ele, como a brisa pela face lisa da rocha, sem eco nem rumores.

O sol brilhava sempre sobre as praias do mar, e as areias reflectiam os raios ardentes; mas nem a luz que vinha do céu, nem a luz que reflectia da terra, espancaram a sombra n'alma do cristão. Cada vez o crepúsculo era maior em sua fronte.

Chegou das margens do rio das garças um guerreiro pitiguara, mandado por Jacaúna a seu irmão Poti. Ele veio seguindo o rasto dos viajantes até o Trairi, onde os pescadores o guiaram à cabana.

Poti estava só no copiar; ergueu-se e abaixou a fronte para

escutar com respeito e gravidade as palavras que lhe mandava seu irmão pela boca do mensageiro:

— O tapuitinga, que estava no Mearim, veio pelas matas até o princípio da Ibiapaba, onde fez aliança com Irapuã, para combater a nação pitiguara. Eles vão descer da serra às margens do rio em que bebem as garças, e onde tu levantaste a taba de teus guerreiros. Jacaúna te chama para defender os campos de nossos pais: teu povo carece de seu rnaior guerreiro.

— Volta às margens do Acaracu, e teu pé não descanse enquanto não pisar o chão da cabana de Jacaúna. Quando aí estiveres, dize ao grande chefe: — "Teu irmão é chegado à taba de seus guerreiros." — E tu não mentirás.

O mensageiro partiu.

Poti vestiu suas armas, e caminhou para a várzea, guiado pelo passo de Coatiabo. Ele o encontrou muito além, vagando entre os canaviais que bordam as margens de Aquiraz.

— O branco tapuia está na Ibiapaba para ajudar os tabajaras a combater contra Jacaúna. Teu irmão corre a defender a terra de seus filhos, e a taba onde dorme o camucim de seu pai. Ele saberá vencer depressa para voltar à tua presença.

— Teu irmão parte contigo. Nada separa dois guerreiros amigos quando troa a inúbia da guerra.

— Tu és grande como o mar e bom como o céu.

Abraçaram-se; e partiram com o rosto para as bandas do nascente.

XXVI

Caminhando, caminhando, chegaram os guerreiros à margem de um lago, que havia nos tabuleiros.

O cristão parou de repente e voltou o rosto para as bandas do mar: a tristeza saiu de seu coração e subiu à fronte.

— Meu irmão, disse o chefe, teu pé criou raiz na terra do amor; fica: Poti voltará breve.

— Teu irmão te acompanha; ele disse, e sua palavra é como a seta de teu arco: quando soa, é chegada.

— Queres tu que Iracema te acompanhe às margens do Acaracu?

Nós vamos combater seus irmãos. A taba dos pitiguaras não terá para ela mais que tristeza e dor. A filha dos tabajaras deve ficar.

— Que esperas então?

— Teu irmão se aflige porque a filha dos tabajaras pode ficar triste e abandonar a cabana, sem esperar por sua volta. Antes de partir ele queria sossegar o espírito da esposa.

Poti reflectiu:

— As lágrimas da mulher amolecem o coração do guerreiro, como o orvalho da manhã amolece a terra.

— Meu irmão é um grande sabedor. O esposo deve partir sem ver Iracema.

O cristão avançou, Poti mandou-lhe que esperasse: da aljava de setas que Iracema emplumara de penas vermelhas e pretas e suspendera aos ombros do esposo, tirou uma.

O chefe pitiguara vibrou o arco; a seta rápida atravessou um goiamum que discorria pelas margens do lago; só parou onde a pluma não a deixou mais entrar.

Fincou o guerreiro no chão a flecha, com a presa atravessada e tornou para Coatiabo:

— Podes partir. Iracema seguirá teu rasto: chegando aqui, verá tua seta, e obedecerá à tua vontade.

Martim sorriu; e quebrando um ramo do maracujá, a flor da lembrança, o entrelaçou na haste da seta, e partiu enfim seguido por Poti.

Breve desapareceram os dois guerreiros entre as árvores. O calor do sol já tinha secado seus passos na beira do lago. Iracema inquieta veio pela várzea, seguindo o rasto do esposo até o tabuleiro. As sombras doces vestiam os campos quando ela chegou à beira do lago.

Seus olhos viram a seta do esposo fincada no chão, o goiamum trespassado, o ramo partido, e encheram-se de pranto.

— Ele manda que Iracema ande para trás, como o goiamum, e guarde sua lembrança, como o maracujá guarda sua flor todo o tempo até morrer.

A filha dos tabajaras retraiu os passos lentamente, sem volver o corpo, nem tirar os olhos da seta de seu esposo; depois tornou à cabana. Aí sentada à soleira, com a fronte nos joelhos esperou, até que o sono acalentou a dor em seu peito.

Apenas alvorou o dia, ela moveu o passo rápido para a lagoa, e chegou à margem. A flecha lá estava como na véspera: o esposo não tinha voltado.

Desde então à hora do banho, em vez de buscar a lagoa da beleza, onde outrora tanto gostara de nadar, caminhava para aquela, que vira seu esposo abandoná-la. Sentava-se junto à flecha, até que descia a noite: então recolhia à cabana.

Tão rápida partia de rnanhã, como lenta voltava à tarde. Os mesmos guerreiros que a tinham visto alegre nas águas da Porangaba, agora encontrando-a triste e só, como a garça viúva, na margem do rio, chamavam aquele sítio de Mecejana, que significa a abandonada.

Uma vez que a formosa filha de Araquém, se lamentava à beira da lagoa da Mecejana, uma voz estridente gritou seu nome do alto da carnaúba:

— Iracema!... Iracema!...

Ergueu ela os olhos e viu entre as folhas da palmeira sua linda jandaia, que batia as asas, e arrufava as penas com o prazer de vê-la.

A lembrança da pátria, apagada pelo amor, ressurgiu em seu pensamento. Viu os formosos campos do Ipu, as encostas da serra onde nascera, a cabana de Araquém, e teve saudades; mas naquele instante, ainda não se arrependeu de os ter abandonado.

Seu lábio gazeou um canto. A jandaia abrindo as asas, esvoaçou-lhe em torno e pousou no ombro. Alongando fagueira o colo, com o negro bico alisou-lhe os cabelos e beliscou a boca mimosa e vermelha como a pitanga.

Iracema lembrou-se que tinha sido ingrata para a jandaia, esquecendo-a no tempo da felicidade; mas a jandaia vinha para a consolar agora no tempo da desventura.

Essa tarde não voltou só à cabana. Durante o dia seus dedos ágeis teceram o formoso uru de palha, que forrou da felpa macia da monguba, para agasalhar sua companheira e amiga.

Na seguinte alvorada foi a voz da jandaia que a despertou. A linda ave, não deixou mais sua senhora; ou porque depois da longa ausência não se fartasse de a ver, ou porque adivinhasse que ela tinha necessidade de quem a acompanhasse em sua triste solidão.

XXVII

Uma tarde Iracema viu de longe dois guerreiros que avançavam pelas praias do mar. Seu coração palpitou mais apressado.

Instante depois ela esquecia nos braços do esposo tantos dias de saudade e abandono, que passara na solitária cabana.

Martim e seu irmão haviam chegado à taba de Jacaúna, quando soava a inúbia: eles guiaram ao combate os mil arcos de Poti. Ainda dessa vez os tabajaras, apesar da aliança dos brancos tapuias do Mearim, foram levados de vencida pelos valentes pitiguaras.

Nunca tão disputada vitória e tão renhida pugna, se pelejou nos campos que regam o Acaracu e o Camucim; o valor era igual de parte a parte, e nenhum dos dois povos fora vencido, se o Deus da guerra, o torvo Aresqui, não tivesse decidido dar estas plagas à raça do guerreiro branco. aliada dos pitiguaras.

Logo após a vitória o cristão tornara às praias do mar, onde havia construído sua cabana e onde o esperava a terna esposa. De novo sentiu em sua alma a sede do amor; e tremia de pensar que Iracema houvesse partido, deixando ermo aquele sítio tão povoado outrora pela felicidade.

Como a seca várzea, com a vinda do inverno reverdece e se matiza de flores, a formosa filha do sertão com a volta do esposo reanimou-se; e sua beleza esmaltou-se de meigos e ternos sorrisos.

Outra vez sua graça encheu os olhos do cristão, e a alegria voltou a habitar em sua alma.

O cristão amou a filha do sertão, como nos primeiros dias, quando parece que o tempo nunca poderá estancar o coração. Mas breves sóis bastaram para murchar aquelas flores de uma alma exilada da pátria.

O imbu, filho da serra, se nasce na várzea porque o vento ou as aves trouxeram a semente, vinga, achando boa terra e fresca sombra; talvez um dia cope a verde folhagem e enflore. Mas basta um sopro do mar, para tudo murchar. As folhas lastram o chão; as flores, leva-as a brisa.

Como o imbu na várzea, era o coração do guerreiro branco na terra selvagem. A amizade e o amor o acompanharam e fortaleceram durante algum tempo, mas agora longe de sua casa e de seus irmãos, sentia-se no ermo. O amigo e a esposa não bastavam mais à sua existência, cheia de grandes desejos e nobres ambições.

Passava os já tão breves, agora longos sóis, na praia, ouvindo gemer o vento e soluçar as ondas. Com os olhos engolfados na imensidade do horizonte, buscava, mas embalde, descobrir no azul diáfano a alvura de uma vela perdida nos mares.

Distante da cabana, se elevava à borda do oceano um alto morro de areia; pela semelhança com a cabeça do crocodilo o chamavam os pescadores Jacarecanga. Do seio das brancas areias escaldadas pelo ardente sol, manava uma água fresca e pura assim destila a alma do seio da dor lágrimas doces de alívio e consolo.

A esse monte subia o cristão; e lá ficava cismando em seu destino. As vezes lhe vinha à mente a ideia de tornar à sua terra e aos seus; mas ele sabia que Iracema o acompanharia; e essa lembrança lhe remordeu o coração. Cada passo mais que afastasse dos campos nativos a filha dos tabajaras, agora que ela não tinha o ninho de seu coração para abrigar-se, era uma porção da vida que lhe roubava.

Poti conhece que Martim deseja estar só, e afasta-se discreto. O guerreiro sabe o que aflige a alma do seu irmão; e tudo espera do tempo, porque só o tempo endurece o coração do guerreiro, como o cerne do jacarandá.

Iracema também foge dos olhos do esposo, porque já percebeu que esses olhos tão amados se turbam com a vista dela, e em vez de se encherem de sua beleza como outrora, a despedem de si. Mas seus olhos dela não se cansam de acompanhar à parte e de longe o guerreiro senhor, que os fez cativos.

  Ai da esposa!... Sentiu já o golpe no coração e como a copaíba ferida no âmago, destila as lágrimas em fio.

XXVIII

  Uma vez o cristão ouviu dentro em sua alma o soluço de Iracema: seus olhos buscaram em torno e não a viram.

  A filha de Araquém estava além, entre as verdes moitas de ubaia, sentada na relva. O pranto desfiava de seu belo semblante; e as gotas que rolavam a uma e uma caíam sobre o regaço, onde já palpitava e crescia o filho do amor. Assim caem as folhas da árvore viçosa antes que amadureça o fruto.

  — O que espreme as lágrimas do coração de Iracema?

  — Chora o cajueiro quando fica tronco seco e triste. Iracema perdeu sua felicidade, depois que te separaste dela.

  — Não estou eu junto de ti?

  — Teu corpo está aqui; mas tua alma voa à terra de teus pais, e busca a virgem branca, que te espera.

  Martim doeu-se. Os grandes olhos negros que a indiana pousara nele o tinham ferido no íntimo.

  — O guerreiro branco é teu esposo; ele te pertence.

  Sorriu em sua tristeza a formosa tabajara:

  — Quanto tempo há que retiraste de Iracema teu espírito? Dantes, teu passo te guiava para as frescas serras e alegres tabuleiros: teu pé gostava de pisar a terra da felicidade, e seguir o rasto da esposa. Agora só buscas as praias ardentes, porque o mar que lá murmura vem dos campos em que naceste; e o morro das areias, porque do alto se avista a igara que passa.

  — É a ânsia de combater o tupinambá que volve o passo do guerreiro para as bordas do mar: respondeu o cristão.

  Iracema continuou:

  — Teu lábio secou para a esposa; assim a cana, quando ardem os grandes sóis, perde o mel, e as folhas murchas não podem mais cantar quando passa a brisa. Agora só falas ao vento da praia para que ele leve tua voz à cabana de teus pais.

  — A voz do guerreiro branco chama seus irmãos para defender a cabana de Iracema e a terra de seu filho, quando o inimigo vier.

  A esposa meneou a cabeça:

  — Quando tu passas no tabuleiro, teus olhos fogem do fruto do jenipapo e buscam a flor do espinheiro; a fruta é saborosa, mas tem a cor dos tabajaras; a flor tem a alvura das faces da virgem branca. Se cantam as aves, teu ouvido não gosta já de escutar o canto mavioso da graúna, mas tua alma se abre para o grito do japim. porque ele tem as penas douradas como os cabelos daquela que tu amas!

— A tristeza escurece a vista de Iracema, e amarga seu lábio. Mas a alegria há de voltar à alma da esposa, como volta à árvore a verde rama.

— Quando teu filho deixar o seio de Iracema, ela morrerá, como o abati depois que deu seu fruto. Então o guerreiro branco não terá mais quem o prenda na terra estrangeira.

— Tua voz queima, filha de Araquém, como o sopro que vem dos sertões do Icó, no tempo dos grandes calores. Queres tu abandonar teu esposo?

— Não vêem teus olhos lá o formoso jacarandá, que vai subindo às nuvens? A seus pés ainda está a seca raiz da murta frondosa, que todos os invernos se cobria de rama e bagos vermelhos, para abraçar o tronco irmão. Se ela não morresse, o jacarandá não teria sol para crescer tão alto. Iracema é a folha escura que faz sombra em tua alma; deve cair, para que a alegria alumie teu seio.

O cristão cingiu o talhe da formosa índia e a estreitou ao peito. Seu lábio pousou no lábio da esposa um beijo, mas áspero e morno.

XXIX

Poti voltou do banho.

Segue na areia o rasto de Coatiabo, e sobe ao alto da Jacarecanga. Aí encontra o guerreiro em pé no cabeço do monte, com os olhos alongados e os braços estendidos para os largos mares.

Volve o pitiguara as vistas e descobre uma grande igara, que vem sulcando os verdes mares, impelida pelo vento:

— É a grande igara dos irmãos de meu irmão que vem buscá-lo?

O cristão suspirou:

— São os guerreiros brancos inimigos de minha raça, que buscam as praias da valente nação pitiguara, para a guerra da vingança: eles foram derrotados com os tabajaras nas margens do Camucim; agora vêm com seus amigos, os tupinambás, pelo caminho do mar.

— Meu irmão é um grande chefe. Que pensa ele que deve fazer seu irmão Poti?

— Chama os caçadores de Soipé e os pescadores do Trairi. Nós iremos a seu encontro.

Poti acordou a voz da inúbia; e os dois guerreiros partiram ambos para o Mocoripe. Pouco além viram os guerreiros de Jaguaraçu e Camoropim que corriam ao grito de guerra. O irmão de Jacaúna os avisou da vinda do inimigo.

A grande igara corre nas ondas, ao longo da terra que se dilata até às margens do Parnaíba. A lua começava a crescer quando ela deixou as águas do Mearim; ventos contrários a tinham arrastado para os altos mares, muito além de seu destino.

Os guerreiros pitiguaras, para não espantarem o inimigo, se ocultam entre os cajueiros; e vão seguindo pela praia a grande igara: durante o dia avultam as brancas velas; de noite os fogos atravessam a negrura do mar, como vaga-lumes perdidos na mata.

Muitos sóis caminharam assim. Passam além do Camucim, e afinal pisam as lindas ribeiras da enseada dos papagaios.

Poti manda um guerreiro ao grande Jacaúna e se prepara para o combate. Martim, que subiu ao morro de areia, conhece que o maracatim vem abrigar-se no seio do mar; e avisa seu irmão.

O sol já nasceu; os guerreiros guaraciabas e os tupinambás, seus amigos, correm sobre as ondas nas ligeiras pirogas e pojam na praia. Já formam o grande arco, e avançam como o cardume do peixe quando corta a correnteza do rio.

No centro estão os guerreiros do fogo, que trazem o raio; nas asas os guerreiros do Mearim que brandem o tacape.

Mas nação alguma jamais vibrou o arco certeiro, como a grande nação pitiguara; e Poti é o maior chefe, de quantos chefes empunharam a inúbia guerreira. A seu lado caminha o irmão, tão grande chefe como ele, e sabedor das manhas da raça branca dos cabelos do sol.

Durante a noite os pitiguaras fincam na praia a forte caiçara de espinho, e levantam contra ela um muro de areia, onde o raio esfria e se apaga. Aí esperam o inimigo. Martim manda que outros guerreiros subam à copa dos mais altos coqueiros; ali defendidos pelas largas palmas, esperam o momento do combate.

A seta de Poti foi a primeira que partiu, e o chefe dos guaraciabas o primeiro herói que mordeu o pó na terra estrangeira. Rugem os trovões na destra dos guerreiros brancos; mas os raios que desferem mergulham-se na areia, ou se perdem nos ares.

As setas dos pitiguaras, já caem do céu, já voam da terra, e se embebem todas no seio do inimigo. Cada guerreiro tomba crivado de muitas flechas, como a presa que as piranhas disputam nas águas do lago.

Os inimigos embarcam outra vez nas pirogas, e voltam ao maracatim em busca dos grandes e pesados trovões, que um homem só, nem dois, podem manejar.

Quando voltam, o chefe dos pescadores, que corre nas águas do mar como o veloz camoropim, de que tomou o nome, se arroja nas ondas, e mergulha. Ainda a espuma não se apagara, e já a piroga inimiga se afundou, parecendo que a tragara uma baleia.

Veio a noite, que trouxe o repouso.

Ao romper d'alva, o maracatim fugia no horizonte para as margens do Mearim. Jacaúna chegou, não mais para o combate e só para o festim da vitória.

Nessa hora em que o canto guerreiro dos pitiguaras celebrava a derrota dos guaraciabas, o primeiro filho que o sangue da raça branca, gerou nessa terra da liberdade, via a luz nos campos da Porangaba.

XXX

Iracema sentindo que se lhe rompia o seio, buscou a margem do rio, onde crescia o coqueiro.

Estreitou-se com a haste da palmeira. A dor lacerou suas entranhas; porém logo o choro infantil inundou sua alma de júbilo.

A jovem mãe, orgulhosa de tanta ventura, tomou o tenro filho nos braços e com ele arrojou-se às águas límpidas do rio.

Depois suspendeu-o à teta mimosa; seus olhos o envolviam de tristeza e amor.

— Tu és Moacir, o nascido de meu sofrimento.

A ará, pousada no olho do coqueiro, repetiu Moacir; e desde então a ave amiga unia em seu canto ao nome da mãe, o nome do filho.

O inocente dormia; Iracema suspirava:

— A jati fabrica o mel no tronco cheiroso do sassafrás; toda a lua das flores voa de ramo em ramo, colhendo o suco para encher os favos; mas ela não prova sua doçura, porque a irara devora em uma noite toda a colmeia. Tua mãe também, filho de minha angústia, não beberá em teus lábios o mel de teu sorriso.

A jovem mãe passou aos ombros a larga faixa de macio algodão, que fabricara para trazer o filho sempre unido ao flanco; e seguiu pela areia o rasto do esposo, que há três sóis se partira. Ela caminhava docemente para não despertar a criancinha, adormecida como o passarinho sob a asa materna.

Quando chegou junto ao grande morro das areias. viu que o rasto de Martim e Poti seguia ao longo da praia: e adivinhou que eles eram partidos para a guerra. Seu coração suspirou; mas seus olhos secos buscaram o semblante do filho.

Volve o rosto para o Mocoripe:

— Tu és o morro da alegria; mas para Iracema não tens senão tristeza.

Tornando, a recente mãe pousou a criança adormecida na rede de seu pai, viúva e solitária em meio da cabana; e deitou-se ao chão, na esteira onde repousava, desde que os braços do esposo se não tinham mais aberto para recebê-la.

A luz da manhã entrava pela cabana, e Iracema viu entrar com ela a sombra de um guerreiro.

Caubi estava em pé na porta.

A esposa de Martim ergueu-se de um ímpeto e saltou avante para proteger o filho. Seu irmão levantou da rede a ela uns olhos tristes, e falou com a voz ainda mais triste:

— Não foi a vingança que arrancou o guerreiro Caubi aos campos dos tabajaras; ele já perdoou. Foi a vontade de ver Iracema, que trouxe consigo toda a sua alegria.

— Então bem-vindo seja o guerreiro Caubi na cabana de seu irmão: respondeu a esposa abraçando-o.

— O nascido de teu seio dorme nesta rede; os olhos de Caubi gostariam de vê-lo.

Iracema abriu a franja de penas; e mostrou o lindo semblante da criança. Caubi depois que o contemplou por muito tempo, entre risos, disse:

— Ele chupou tua alma.

E beijou nos olhos da jovem mãe, a imagem da criança, que não se animava a tocar, receoso de ofendê-la.

A voz trêmula da filha ressoou:

— Ainda vive Araquém sobre a terra?

— Pena ainda; depois que tu o deixaste, sua cabeça vergou para o peito e não se ergueu mais.

— Tu lhe dirás que Iracema já morreu, para que ele se console.

A irmã de Caubi preparou a refeição para o guerreiro, e armou no copiar a rede da hospitalidade para que ele repousasse das fadigas da jornada. Quando o viajante satisfez o apetite, ergueu-se com estas palavras:

— Diz onde está teu esposo e meu irmão, para que o guerreiro Caubi lhe dê o abraço da amizade.

Os lábios suspirosos da mísera esposa se moveram, como as pétalas do cacto que um sopro amarrota, e ficaram mudos. Mas as lágrimas debulharam dos olhos, e caíram em bagas.

O rosto de Caubi anuviou-se:

— Teu irmão pensava que a tristeza ficara nos campos que abandonaste; porque trouxeste contigo todo o riso dos que te amavam!

Iracema enxugou os olhos:

— O esposo de Iracema partiu com o guerreiro Poti para as praias do Acaracu. Antes que três sóis tenham alumiado a terra ele voltará, e com ele a alegria à alma da esposa.

— O guerreiro Caubi o espera para saber o que ele fez do sorriso que morava em teus lábios.

A voz do tabajara enrouquecera; seu passo inquieto volveu a esmo pela cabana.

XXXI

Iracema cantava docemente, embalando a rede para acalentar o filho.

A areia da praia crepitou sob o pé forte e rijo do guerreiro tabajara, que vinha das bordas do mar depois da abundante pesca.

A jovem mãe cruzou as franjas da rede, para que as moscas não inquietassem o filho acalentado, e foi ao encontro do irmão:

— Caubi vai tornar às montanhas dos tabajaras! disse ela com brandura.

O guerreiro anuviou-se:

— Tu despedes teu irmão da cabana para que ele não veja a tristeza que a enche.

— Araquém teve muitos filhos em sua mocidade; uns a guerra levou e morreram como valentes; outros escolheram uma esposa, e geraram por sua vez numerosa prole; filhos de sua velhice, Araquém só teve dois. Iracema é a rola que o caçador tirou do ninho. Só resta o guerreiro Caubi ao velho Pajé, para suster seu corpo vergado, e guiar seu passo trêmulo.

— Caubi partirá quando a sombra deixar o rosto de Iracema.

— Como a estrela que só brilha de noite, vive Iracema em sua tristeza. Só os olhos do esposo podem apagar a sombra em seu rosto. Parte, para que eles não se turvem com tua vista.

— Teu irmão parte para te fazer a vontade; mas ele voltará todas as vezes que o cajueiro florescer, para sentir em seu coração o filho de teu ventre.

Entrou na cabana. Iracema tirou da rede a criança; e ambos, mãe e filho, palpitaram sobre o peito do guerreiro tabajara. Depois, Caubi passou a porta, e sumiu-se entre as árvores.

Iracema, arrastando o passo trêmulo, o acompanhou de longe até que o perdeu de vista na orla da mata. Aí parou: quando o grito da jandaia de envolta com o choro infantil, a chamou à cabana, a areia fria onde esteve sentada, guardou o segredo do pranto que embebera.

A jovem mãe suspendeu o filho à teta; mas a boca infantil não emudeceu. O leite escasso não apojava o peito.

O sangue da infeliz diluía-se todo nas lágrimas incessantes que não lhe estancavam nos olhos; pouco chegava aos seios, onde se forma o primeiro licor da vida.

Ela dissolveu a alva carimã e preparou ao fogo o mingau para nutrir o filho. Quando o sol dourou a crista dos montes, partiu para a mata, levando ao colo a criança adormecida.

Na espessura do bosque estava o leito da irara ausente os tenros cachorrinhos, grunhem enrolando-se uns sobre os outros. A formosa tabajara aproxima-se de manso. Prepara para o filho um berço da macia rama do maracujá: e senta-se perto.

Põe no regaço um por um os filhos da irara e lhes abandona os seios mimosos, cuja teta rubra como a pitanga ungiu do mel da abelha. Os cachorrinhos famintos sugam os peitos avaros de leite.

Iracema curte dor, como nunca sentiu: parece que lhe exaurem a vida: mas os seios vão-se intumescendo. apojaram afinal, e o leite, ainda rubro do sangue de que se formou, esguicha.

A feliz mãe arroja de si os cachorrinhos, e cheia de júbilo mata a fome ao filho. Ele é agora duas vezes filho de sua dor, nascido dela e também nutrido.

A filha de Araquém sentiu afinal que suas veias se estancavam: e contudo o lábio amargo de tristeza recusava o alimento que devia restaurar-lhe as forças. O gemido e o suspiro tinham crestado o sorriso e o sabor em sua boca formosa.

XXXII

Descamba o sol.

Japi sai do mato e corre para a porta da cabana.

Iracema sentada com o filho no colo, banha-se nos raios do sol e sente o frio arrepiar-lhe o corpo. Vendo o anirnal, fiel mensageiro do esposo, a esperança reanima seu coração; quer erguer-se para ir ao encontro de seu guerreiro senhor, mas os membros débeis se recusam à sua vontade.

Caiu desfalecida contra o esteio. Japi lambia-lhe a mão fria, e pulava travesso para fazer sorrir a criança, soltando uns doces latidos de prazer. Por vezes, afastava-se para correr até a orla da mata e latir chamando o senhor; logo tornava à cabana para festejar a mãe e o filho.

Por esse tempo pisava Martim os campos amarelos do Tauape; seu irmão Poti, o inseparável, caminhava a seu lado.

Oito luas havia que ele deixara as praias da Jacarecanga. Vencidos os guaraciabas, na baía dos papagaios, o guerreiro cristão quis partir para as margens do Mearim, onde habitava o bárbaro aliado dos tupinambás.

Poti e seus guerreiros o acompanharam. Depois que transpuseram o braço corrente do mar que vem da serra de Tauatinga e banha as várzeas onde se pesca o piau, viram enfim as praias do Mearim, e a velha taba do bárbaro tapuia.

A raça de cabelos do sol cada vez ganhava mais a amizade dos tupinambás: crescia o número dos guerreiros brancos, que já tinham levantado na ilha a grande itaoca, para despedir o raio.

Quando Martim viu o que desejava, tornou aos campos da Porangaba, que ele agora trilha. Já ouve o ronco do mar nas praias do Mocoripe; já lhe bafeja o rosto o sopro vivo das vagas do oceano.

Quanto mais seu passo o aproxima da cabana, mais lento se torna e pesado. Tem medo de chegar; e sente que sua alma vai sofrer, quando os olhos tristes e magoados da esposa entrarem nela.

Há muito que a palavra desertou seu lábio seco; o amigo respeita este silêncio, que ele bem entende. E o silêncio do rio quando passa nos lugares profundos e sombrios.

Tanto que os dois guerreiros tocaram as margens do rio, ouviram o latir do cão, a chamá-los e o grito da ará, que se lamentava. Estavam mui próximos à cabana, apenas oculta por uma língua de mato. O cristão parou calcando a mão no peito para sofrear o coração, que saltava como o poraquê.

— O latido de Japi é de alegria: disse o chefe.

— Porque chegou; mas a voz da jandaia é de tristeza. Achará o guerreiro ausente a paz no seio da esposa solitária, ou terá a saudade matado em suas entranhas o fruto do amor?

O cristão moveu o passo vacilante. De repente, entre os ramos das árvores, seus olhos viram, sentada à porta da cabana, Iracema com o filho no regaço, e o cão a brincar. Seu coração o arrojou de um ímpeto, e a alma lhe estalou nos lábios:

— Iracema!...

A triste esposa e mãe soabriu os olhos, ouvindo a voz amada. Com esforço grande, pôde erguer o filho nos braços, e apresentá-lo ao pai, que o olhava extático em seu amor.

— Recebe o filho de teu sangue. Era tempo; meus seios ingratos já não tinham alimento para dar-lhe!

Pousando a criança nos braços paternos, a desventurada mãe desfaleceu, como a jetica se lhe arrancam o bulbo. O esposo viu então como a dor tinha consumido seu belo corpo; mas a formosura ainda morava nela, como o perfume na flor caída do manacá.

Iracema não se ergueu mais da rede onde a pousaram os aflitos braços de Martim. O terno esposo, em quem o amor renascera com o júbilo paterno, a cercou de carícias que encheram sua alma de alegria, mas não a puderam tornar à vida: o estame de sua flor se rompera.

— Enterra o corpo de tua esposa ao pé do coqueiro que tu amavas. Quando o vento do mar soprar nas folhas, Iracema pensará que é tua voz que fala entre seus cabelos.

O doce lábio emudeceu para sempre; o último lampejo despediu-se dos olhos baços.

Poti amparou o irmão na grande dor. Martim sentiu quanto um amigo verdadeiro é precioso na desventura: é como o outeiro que abriga do vendaval o tronco forte e robusto do ubiratã, quando o cupim lhe broca o âmago.

O camucim, que recebeu o corpo de Iracema, embebido de resinas odoríferas, foi enterrado ao pé do coqueiro, à borda do rio. Martim, quebrou um ramo de murta, a folha da tristeza, e deitou-o no jazido de sua esposa.

A jandaia pousada no olho da palmeira repetia tristemente:
— Iracema!

Desde então os guerreiros pitiguaras, que passavam perto da cabana abandonada e ouviam ressoar a voz plangente da ave amiga, afastavam-se, com a alma cheia de tristeza, do coqueiro onde cantava a jandaia.

E foi assim que um dia veio a chamar-se Ceará o rio onde crescia o coqueiro, e os campos onde serpeja o rio.

XXXIII

O cajueiro floresceu quatro vezes depois que Martim partiu das praias do Ceará, levando no frágil barco o filho e o cão fiel. A jandaia não quis deixar a terra onde repousava sua amiga e senhora.

O primeiro cearense, ainda no berço, emigrava da terra da pátria. Havia aí a predestinação de uma raça?

Poti levantava a taba de seus guerreiros na margem do rio e esperava o irmão que lhe prometera voltar. Todas as manhãs subia ao morro das areias e volvia os olhos ao mar, para ver se branqueava ao longe a vela amiga.

Afinal volta Martim de novo às terras, que foram de sua felicidade, e são agora de amarga saudade. Quando seu pé sentiu o calor das brancas areias, em seu coração derramou-se um fogo, que o requeimou: era o fogo das recordações que ardiam como a centelha sob as cinzas.

Só aplacou essa chama quando ele tocou a terra, onde dormia sua esposa; porque nesse instante seu coração transudou, como o tronco do jetaí nos ardentes calores, e orvalhou sua tristeza de lágrimas abundantes.

Muitos guerreiros de sua raça acompanharam o chefe branco, para fundar com ele a mairi dos cristãos. Veio também um sacerdote de sua religião, de negras vestes, para plantar a cruz na terra selvagem.

Poti foi o primeiro que ajoelhou aos pés do sagrado lenho; não sofria ele que nada mais o separasse de seu irmão branco. Deviam ter ambos um só deus, como tinham um só coração.

Ele recebeu com o baptismo o nome do santo, cujo era o dia: e o do rei, a quem ia servir, e sobre os dous o seu, na língua dos novos irmãos. Sua fama cresceu e ainda hoje é o orgulho da terra, onde ele primeiro viu a luz.

A mairi que Martim erguera à margem do rio, nas praias do Ceará, medrou. Germinou a palavra do Deus verdadeiro na terra selvagem; e o bronze sagrado ressoou nos vales onde rugia o maracá.

Jacaúna veio habitar nos campos da Porangaba para estar perto de seu amigo branco; Camarão erguera a taba de seus guerreiros nas margens da Mecejana.

Tempo depois, quando veio Albuquerque, o grande chefe dos guerreiros brancos, Martim e Camarão partiram para as margens do Mearim a castigar o feroz tupinambá e expulsar o branco tapuia.

Era sempre com emoção que o esposo de Iracema revia as plagas onde fora tão feliz, e as verdes folhas a cuja sombra dormia a formosa tabajara.

Muitas vezes ia sentar-se naquelas doces areias, para cismar e acalentar no peito a agra saudade.

A jandaia cantava ainda no olho do coqueiro; mas não repetia já o mavioso nome de Iracema.

Tudo passa sobre a terra.

FIM

CARTA

(Da 1.ª edição)

Eis-me de novo, conforme o prometido.
Já leu o livro e as notas que o acompanham; conversemos pois.
Conversemos sem cerimónia, em toda familiaridade, como se cada um estivesse recostado em sua rede, ao vaivém do lânguido balanço, que convida à doce prática.
Se algum leitor curioso se puser à escuta, deixá-lo. Não havemos por isso de mudar o tom rasteiro da intimidade pela frase garrida das salas.
Sem mais.
Há de recordar-se você de uma noite que entrando em minha casa, quatro anos a esta parte, achou-me rabiscando um livro.
Era isso em uma quadra importante, pois que uma nova legislatura, filha de nova lei, fazia sua primeira sessão; e o país tinha os olhos nela, de quem esperava iniciativa generosa para melhor situação.
Já estava eu meio descrido das cousas, e mais dos homens e por isso buscava na literatura diversão à tristeza que me infundia o estado da pátria entorpecida pela indiferença. Cuidava eu porém que você, político de antiga e melhor têmpera, pouco se preocupava com as cousas literárias, não por menospreço, sim por vocação.
A conversa que tivemos então revelou meu engano; achei um cultor e amigo da literatura amena; e juntos lemos alguns trechos da obra, que tinha, e ainda não as perdeu, pretensões a um poema.
E como viu e como então lhe esbocei a largos traços, uma heróida que tem por assunto as tradições dos indígenas brasileiros e seus costumes. Nunca me lembrava eu de dedicar-me a esse género de literatura, de que me abstive sempre, passados que foram os primeiros e fugaces arroubos da juventude. Suporta-se uma prosa medíocre. e até estima-se pelo quilate da ideia; mas o verso medíocre é a pior triaga que se possa impingir ao pio leitor.
Cometi a imprudência quando escrevia algumas cartas sobre a *Confederação dos Tamoios* de dizer: "as tradições dos indígenas dão matéria para um grande poema que talvez um dia alguém apresente sem ruído nem aparato, como modesto fruto de suas vigílias".

Tanto bastou para que supusessem que o escritor se referia a si, e tinha já em mão o poema; várias pessoas perguntaram-me por ele.

Meteu-me isto em brios literários; sem calcular das forças mínimas para empresa tão grande, que assoberbou dois ilustres poetas, tracei o plano da obra, e a comecei com tal vigor que a levei quase de um fôlego ao quarto canto.

Esse fôlego, susteve-se cerca de cinco meses, mas amorteceu; e vou lhe confessar o motivo.

Desde cedo, quando começaram os primeiros pruridos literários, uma espécie de instinto me impelia a imaginação para a raça selvagem indígena. Digo instinto, porque não tinha eu então estudos bastantes para apreciar devidamente a nacionalidade de uma literatura; era simples prazer que movia-me à leitura das crónicas e memórias antigas.

Mais tarde, discernindo melhor as cousas, lia as produções que se publicavam sobre o tema indígena; não realizavam elas a poesia nacional, tal como me aparecia no estudo da vida selvagem dos autóctones brasileiros. Muitas pecavam pelo abuso dos termos indígenas acumulados uns sobre outros, o que não só quebrava a harmonia da língua portuguesa, como perturbava a inteligência do texto. Outras eram primorosas no estilo e ricas de belas imagens; porém faltava-lhes certa rudez ingénua de pensamento e expressão, que devia ser a linguagem dos indígenas.

Gonçalves Dias é o poeta nacional por excelência; ninguém lhe disputa na opulência da imaginação, no fino lavor do verso, no conhecimento da natureza brasileira e dos costumes selvagens. Em suas poesias americanas aproveitou muitas das mais lindas tradições dos indígenas; e em seu poema não concluído dos *Timbiras*, propôs--se a descrever a epopeia brasileira.

Entretanto, os selvagens de seu poema falam uma linguagem clássica, o que lhe foi censurado por outro poeta de grande estro, o Dr. Bernardo Guimarães; eles exprimem ideias próprias do homem civilizado, e que não é verosímil tivessem no estado da natureza.

Sem dúvida que o poeta brasileiro tem de traduzir em sua língua as ideias, embora rudes e grosseiras, dos índios; mas nessa tradução está a grande dificuldade; é preciso que a língua civilizada se molde quanto possa à singeleza primitiva da língua bárbara; e não represente as imagens e pensamentos indígenas senão por termos e frases que ao leitor pareçam naturais na boca do selvagem.

O conhecimento da língua indígena é o melhor critério para a nacionalidade da literatura. Ele nos dá não só o verdadeiro estilo, como as imagens poéticas do selvagem, os modos de seu pensamento, as tendências de seu espírito, e até as menores particularidades de sua vida.

É nessa fonte que deve beber o poeta brasileiro; é dela que há de sair o verdadeiro poema nacional, tal como eu o imagino.

Cometendo portanto o grande arrojo, aproveitei o ensejo de realizar as ideias que me flutuavam no espírito, e não eram ainda plano fixo; a reflexão consolidou-as e robusteceu.

Na parte escrita da obra foram elas vazadas em grande cópia. Se a investigação laboriosa das belezas nativas feita sobre imperfeitos e espúrios dicionários, exauria o espírito; a satisfação de cultivar essas flores agrestes da poesia brasileira, deleitava. Um dia porém fatigado da contínua e aturada meditação, para descobrir a etimologia de algum vocábulo, assaltou-me um receio.

Todo este ímprobo trabalho que às vezes custava uma só palavra, me seria levado à conta? Saberiam que esse escrúpulo d'ouro fino tinha sido desentranhado da profunda camada, onde dorme uma raça extinta? Ou pensariam que fora achado na superfície e trazido ao vento da fácil inspiração?

E sobre esse, logo outro receio.

A imagem ou pensamento com tanta fadiga esmerilhados, seriam apreciados em seu justo valor, pela maioria dos leitores? Não os julgariam inferiores a qualquer das imagens em voga, usadas na literatura moderna?

Ocorre-me um exemplo tirado deste livro. Guia, chamavam os indígenas, senhor do caminho, *piguara*. A beleza da expressão selvagem em sua tradução literal e etimológica, me parece bem saliente. Não diziam sabedor, embora tivessem termo próprio, *couab*, porque essa frase não exprimiria a energia de seu pensamento. O caminho no estado selvagem não existe; não é cousa de saber; faz-se na ocasião da marcha através da floresta ou do campo, e em certa direcção; aquele que o tem e o dá, é realmente senhor do caminho.

Não é bonito? Não está aí uma jóia da poesia nacional?

Pois haverá quem prefira a expressão rei do caminho, embora os brasis não tivessem rei, nem ideia de tal instituição. Outros se inclinaram à palavra guia, como mais simples e natural em português, embora não corresponda ao pensamento do selvagem.

Ora, escrever um poema que devia alongar-se para correr o risco de não ser entendido, e quando entendido não apreciado, era para desanimar o mais robusto talento, quanto mais a minha mediocridade. Que fazer? Encher o livro de grifos que o tornariam mais confuso e de notas que ninguém lê? Publicar a obra parcialmente para que os entendidos proferissem o veredito literário? Dar leitura dela a um círculo escolhido, que emitisse juízo ilustrado?

Todos estes meios tinham seu inconveniente, e todos foram repelidos: o primeiro afeava o livro; o segundo o truncava em pedaços; o terceiro não lhe aproveitaria pela cerimoniosa benevolência dos censores. O que pareceu melhor e mais acertado foi desviar o espírito dessa obra e dar-lhe novos rumos.

Mas não se abandona assim um livro começado, por pior que ele seja; aí nessas páginas cheias de rasuras e borrões dorme a larva do pensamento, que pode ser ninfa de asas douradas, se a inspiração fecundar o grosseiro casulo. Nas diversas pausas de suas preocupações o espírito volvia pois ao livro, onde estão ainda incubados e estarão cerca de dois mil versos heróicos.

Conforme a benevolência ou severidade de minha consciência, às vezes os acho bonitos e dignos de verem a luz; outras me parecem vulgares, monótonos, e somenos a quanta prosa charra tenho eu estendido sobre o papel. Se o amor de pai abranda afinal esse rigor, não desvanece porém nunca o receio de "perder inutilmente meu tempo a fazer versos para caboclos".

Em um desses volveres do espírito à obra começada, lembrou-me de fazer uma experiência em prosa. O verso pela sua dignidade e nobreza não comporta certa flexibilidade de expressão que entretanto não vai mal à prosa a mais elevada. A elasticidade da frase permitiria então que se empregassem com mais clareza as imagens indígenas, de modo a não passarem desapercebidas. Por outro lado conhecer-se-ia o efeito que havia de ter o verso pelo efeito que tivesse a prosa.

O assunto para a experiência, de antemão estava achado. Quando em 1848 revi nossa terra natal, tive a idéia de aproveitar suas lendas e tradições em alguma obra literária. Já em São Paulo tinha começado uma biografia do Camarão. Sua mocidade, a heróica amizade que o ligava a Soares Moreno, a bravura e lealdade de Jacaúna, aliado dos portugueses, e suas guerras contra o célebre Mel Redondo; aí estava o tema. Faltava-lhe o perfume que derrama sobre as paixões do homem a alma da mulher.

Sabe você agora o outro motivo que eu tinha de lhe endereçar o livro; precisava dizer todas estas cousas, contar o como e por que escrevi *Iracema*. E com quem melhor conversaria sobre isso do que com uma testemunha de meu trabalho, a única, das poucas, que respira agora as auras cearenses?

Este livro é pois um ensaio ou antes mostra. Verá realizadas nele minhas ideias a respeito da literatura nacional; e achará aí poesia inteiramente brasileira, haurida na língua dos selvagens. A etimologia dos nomes das diversas localidades, e certos modos de dizer tirados da composição das palavras, são de cunho original.

Compreende você que não podia eu derramar em abundâncias essas riquezas no livrinho agora publicado, porque elas ficariam desfloradas na obra de maior vulto, a qual só teria a novidade da fábula. Entretanto há aí de sobra para dar matéria à crítica e servir de base ao juízo dos entendidos.

Se o público ledor gostar dessa forma literária que me parece ter algum atrativo, então se fará um esforço para levar ao cabo o começado poema, embora o verso tenha perdido muito de seu primitivo encanto. Se porém o livro for acoimado de cediço, e *Iracema* encontrar a usual indiferença que vai acolhendo o bom e o mau com a mesma complacência, quando não é silêncio desdenhoso e ingrato; nesse caso o autor se desenganará de mais este género de literatura, como já se desenganou do teatro, e os versos, como as comédias, passarão para a gaveta dos papéis velhos, relíquias autobiográficas.

Depois de concluído o livro e quando o reli já apurado na estampa, conheci que me tinham escapado senões que se devem corrigir; noto algum excesso de comparações, repetição de certas imagens, desalinho no estilo dos últimos capítulos. Também me parece que devia conservar nos nomes das localidades sua actual versão, embora corrompida.

Se a obra tiver segunda edição será escoimada destes e outros defeitos, que lhe descubram os entendidos.

Agosto, 1865.

NOTAS

(da 1.ª Edição)

Argumento histórico — Em 1603, Pêro Coelho, homem nobre da Paraíba, partiu como capitão-mor de descoberta, levando uma força de 80 colonos e 800 índios. Chegou à foz do Jaguaribe e aí fundou o povoado que teve nome de *Nova Lisboa*. Foi esse o primeiro estabelecimento colonial do Ceará.

Como Pero Coelho se visse abandonado dos sócios, mandaram-lhe João Soromenho com socorros. Esse oficial, autorizado a fazer cativos para indemnização das despesas, não respeitou os próprios índios do Jaguaribe, amigos dos portugueses.

Tal foi a causa da ruína do nascente povoado. Retiraram-se os colonos pelas hostilidades dos indígenas; e Pêro Coelho ficou ao desamparo, obrigado a voltar à Paraíba por terra, com sua mulher e filhos pequenos.

Na primeira expedição foi do Rio Grande do Norte um moço de nome Martim Soares Moreno, que se ligou de amizade com Jacaúna, chefe dos índios do litoral e seu irmão Poti. Em 1608, por ordem de D. Diogo de Meneses, voltou a dar princípio à regular colonização daquela capitania, o que levou a efeito, fundando o presídio de Nossa Senhora do Amparo em 1611.

Jacaúna, que habitava as margens do Acaracu, veio estabelecer-se com sua tribo nas proximidades do recente povoado, para o proteger contra os índios do interior e os franceses que infestavam a costa.

Poti recebeu no baptismo o nome de António Filipe Camarão, que ilustrou na guerra holandesa. Seus serviços foram remunerados com o foro de fidalgo, a comenda de Cristo e o cargo de capitão-mor dos índios.

Martim Soares Moreno chegou a mestre-de-campo e foi um dos excelentes cabos portugueses que libertaram o Brasil da invasão holandesa. O Ceará deve honrar sua memória como a de um varão prestante e seu verdadeiro fundador, pois que o primeiro povoado à foz do rio Jaguaribe não passou de uma tentativa frustrada.

Este é o argumento histórico da lenda; em notas especiais se indicarão alguns outros subsídios recebidos dos cronistas do tempo.

Há uma questão histórica relativa a este assunto; falo da pátria do Camarão, que um escritor pernambucano quis pôr em dúvida, tirando a glória ao Ceará para a dar à sua província.

Este ponto, aliás somente contestado nos tempos modernos pelo Sr. Comendador Melo em suas *Biografias*, me parece suficientemente elucidado já, depois da erudita carta do Sr. Basílio Quaresma Torreão, publicada no *Mercantil* n.° 26, de 26 de janeiro de 1860, 2.ª página.

Entretanto farei sempre uma observação.

Em primeiro lugar, a tradição oral é uma fonte importante da história, e às vezes a mais pura e verdadeira. Ora, na província de Ceará, em Sobral, não só referiam-se entre gente do povo notícias do Camarão, como existia uma velha mulher que se dizia dele sobrinha. Essa tradição foi colhida por diversos escritores, entre eles o conspícuo autor da *Corografia Brasílica*.

O autor do *Valeroso Lucideno* é dos antigos o único que positivamente afirma ser Camarão filho de Pernambuco; mas além de encontrar este asserto a versão de outros escritores de nota, acresce que Berredo explica perfeitamente o dito daquele escritor, quando fala da expedição de Pêro Coelho de Sousa a Jaguaribe, *sítio naquele tempo e também no de hoje da jurisdição de Pernambuco.*

Outro ponto é necessário esclarecer para que não me censurem de infiel à verdade histórica. E a nação de Jacaúna e Camarão, que alguns pretendem ter sido a tabajara.

Há nisso manifesto engano.

Em todas as crónicas se fala das tribos de Jacaúna e Camarão como habitantes do litoral, e tanto que auxiliam a fundação do Ceará, como já haviam auxiliado a da Nova Lisboa em Jaguaribe. Ora, a nação que habitava o litoral entre o Parnaíba e o Jaguaribe ou Rio Grande, era a dos pitiguaras, como atesta Gabriel Soares. Os tabajaras habitavam a serra de Ibiapaba, e portanto o interior.

Como chefes dos tabajaras são mencionados Mel-Redondo no Ceará e Grão Diabo em Piauí. Esses chefes foram sempre inimigos irreconciliáveis e rancorosos dos portugueses e aliados dos franceses do Maranhão, que penetraram até Ibiapaba. Jacaúna e Camarão são conhecidos por sua aliança firme com os portugueses.

Mas o que solve a questão é o seguinte texto. Lê-se nas *Memórias diárias* da guerra brasílica do Conde de Pernambuco:

— "1634*, janeiro 18: "Pelo bom procedimento com que havia servido A. F. Camarão, o fez El-rei capitão-mor de todos os índios não somente de *sua nação, que era Pitiguar*, mas das outras residentes em várias aldeias".

Esta autoridade, além de contemporânea, testemunhal, não

pode ser recusada, especialmente quando se exprime tão positiva e intencionalmente a respeito do ponto duvidoso.

I.1. Onde canta a jandaia. Diz a tradição que Ceará significa na língua indígena *canto de jandaia*.
Aires do Casal, *Corografia Brasílica*, refere essa tradição. O Senador Pompeu, em seu excelente dicionário topográfico, menciona uma opinião, nova para mim, que pretende vir *Siará* da palavra *suia* — caça, em virtude da abundância da caça que se encontrava nas margens do rio. Essa etimologia é forçada. Para designar quantidade, usava a língua tupi da desinência iha, a desinência *ára* junta aos verbos, designa o sujeito que exercita a acção actual; junta aos nomes, o que tem actualmente o objecto; ex.: *Coatiara* — o que pinta, *Juçara* — o que tem espinhos.

Ceará é nome composto de *cemo* — cantar forte, clamar; e *ára* — pequena arara ou periquito. Essa é a etimologia verdadeira; não só é conforme à tradição, como às regras da língua tupi.

2. Iracema em guarani significa lábios de mel de ira, mel e *tembe* — lábios. *Tembe* na composição altera-se em *ceme*, como na palavra *ceme iba*.

3. Jirau — Na jangada é uma espécie de estrado onde acomodam os passageiros; às vezes o cobrem com tecto de palha. Em geral é qualquer estiva elevada do solo e suspensa em forquilhas.

II. 1. Graúna — É o pássaro conhecido de cor negra luzidia. Seu nome vem por corrupção de guira pássaro; e *una*, abreviação de *pixuna* preto.

2. Jati — Pequena abelha que fabrica delicioso mel.

3. Ipu — Chamam ainda hoje no Ceará certa qualidade de terra muito fértil, que forma grandes coroas ou ilhas no meio dos tabuleiros e sertões, e é de preferência procurada para a cultura. Daí se deriva o nome dessa comarca da província.

4. Tabajara — Senhor das aldeias, de *taba* — aldeia, e *jara* — senhor. Essa nação dominava o interior da província, especialmente a Serra da Ibiapaba.

5. Oiticica — Árvore frondosa, apreciada pela deliciosa frescura que derrama sua sombra.

6. Gará — Ave paludal, muito conhecida pelo nome de *guará*. Penso eu que esse nome anda corrompido de sua verdadeira origem, que é *ig* — água, e *ará* — arara: arara d'água, assim chamada pela bela cor vermelha.

7. Ará — Periquito. Os indígenas como aumentativo usavam repetir a última sílaba da palavra e às vezes toda a palavra, como *murémuré*.

Muré —*frauta, murémuré* — grande frauta. *Arárá* vinha a ser, pois, o aumentativo de *ará*, e significaria a espécie maior do género.
8. Uru — Cestinho que servia de cofre às selvagens para guardar seus objectos de mais preço e estimação.
9. Crautá — Bromélia vulgar, de que se tiram fibras tanto ou mais finas do que as do linho.
10. Juçara — Palmeira de grandes espinhos, dos quais servem-se ainda hoje para dividir os fios de renda.
11. Uiraçaba — Aljava, de uira — seta, e a desinência çaba — coisa própria.
12. Quebrar a flecha — Era entre os indígenas a maneira simbólica de estabelecerem a paz entre as diversas tribos, ou mesmo entre dois guerreiros inimigos. Desde já advertimos que não se estranhe a maneira por que o estrangeiro se exprime falando com os selvagens; ao seu perfeito conhecimento dos usos e língua dos indígenas, e sobretudo a ter-se conformado com eles ao ponto de deixar os trajes europeus e pintar-se, deveu Martim Soares Moreno a influência que adquiriu entre os índios do Ceará.

III. 1. Ibiapaba — Grande serra que se prolonga ao Norte da província e a estrema com Piauí. Significa terra aparada. O Dr. Martius em seu *Glossário* lhe atribui outra etimologia. *Iby* — terra, e *pabe* — tudo. A primeira, porém, tem a autoridade de Vieira.
2. Igaçaba — Vaso, pote, de *ig* — água, e a desinência *çaba* — coisa própria.
3. Vieste — A saudação usual da hospitalidade era esta: *Ere iobê* — tu vieste? *Pa-aiotu* — vim, sim. *Auge-be* — bem dito. Veja-se Lery.
4. Jaguaribe — Maior rio da província; tirou o nome da quantidade de onças que povoavam suas margens. *Jaguar* — onça, *iba* — desinência para exprimir cópia, abundância.
5. Pitiguaras — Grande nação de índios que habitava o litoral da província e estendia-se desde o Parnaíba até o Rio Grande do Norte. A ortografia do nome anda mui viciada nas diferentes versões, pelo que se tornou difícil conhecer a etimologia. *Iby* significava terra; *iby--tira* veio a significar serra ou terra alta. Aos vales chamavam os indígenas *iby-tira-cua* cintura das montanhas. A desinência *jara* — senhor, acrescentada, formou a palavra *Ibiticuara*, que por corrupção deu *Pitiguara* — senhores dos vales.
6. Martim — Da origem latina de seu nome, procedente de Marte, deduz o estrangeiro a significação que lhe dá.
7. Acaracu — O nome do rio vem de *acará* — garça, *co* — buraco, toca, ninho e *y*—som dúbio entre *i* e *u*, que os portugueses ora expri-

miam de um, ora de outro modo, significando água. Rio do ninho das garças é, pois, a tradução de *Acaracu*.

8. **Mau espírito da floresta** — Os indígenas chamavam a esses espíritos *caa-pora*, habitantes da mata, donde por corrupção veio a palavra caipora, introduzida na língua portuguesa em sentido figurado.

IV. 1. **As mais belas mulheres** — Este costume da hospitalidade americana é atestado pelos cronistas. A ele se atribui o belo rasgo de virtude de Anchieta que, para fortalecer a sua castidade, compunha nas praias de Iperoig o poema da *Virgindade de Maria*, cujos versos escrevia nas areias húmidas, para melhor os polir.

2. **Jurema** — Árvore meã, de folhagem espessa; dá um fruto excessivamente amargo, de cheiro acre, do qual juntamente com as folhas e outros ingredientes, preparavam os selvagens uma bebida, que tinha o efeito do haxixe, de produzir sonhos tão vivos e intensos, que a pessoa sentia com delícias e como se fossem realidade as alucinações agradáveis da fantasia excitada pelo narcótico. A fabricação desse licor era um segredo, explorado pelos Pajés, em proveito de sua influência. *Jurema* é composto de *ju* — espinho, e *rema* — cheiro desagradável.

3. **Irapuã** — De *ira* — mel, e *apuam* — redondo; é o nome dado a uma abelha virulenta e brava, por causa da forma redonda de sua colmeia. Por corrupção reduziu-se esse nome actualmente a *arapuá*. O guerreiro de que se trata aqui é o célebre Mel-Redondo, [assim chamado pelos cronistas do tempo, que traduziam seu nome ao pé da letra. Mel-Redondo, chefe dos tabajaras da serra Ibiapaba, foi encarniçado inimigo dos portugueses e amigo dos franceses.

4. **Estrela morta** — A estrela polar, por causa da sua imobilidade; orientavam-se por ela os selvagens durante a noite.

5. **Boicininga** — É a cascavel, de *bóia* — cobra, e *cininga* — chocalho.

6. **Oitibó** — É uma ave noturna, espécie de coruja. Outros dizem *noitibó*.

V. 1. **Espírito da treva** — A esses espíritos chamavam os selvagens *curupira*, meninos maus, de *curumim* — menino, e *pira* — mau.

2. **Boré** — Frauta de bambu, o mesmo que muré.

3. **Ocara** — Praça circular que ficava no centro da taba, cercada pela estacada, e para a qual abriam todas as casas. Composto de *oca* — casa, e desinência *ara* — que tem; aquilo que tem a casa, ou onde a casa está.

4. **Potiguara** — Comedor de camarão; de *poty* e *uara*. Nome que por desprezo davam os inimigos aos pitiguaras, que habitavam as praias

e viviam em grande parte de pesca. Este nome dão alguns escritores aos pitiguaras, porque o receberam de seus inimigos.

5. Pocema — Grande alarido que faziam os selvagens nas ocasiões da alegria; é palavra adotada já na língua portuguesa e inserida no dicionário de Morais. Vem de *po* — mão, e *cemo* — clamar: clamor das mãos, porque os selvagens acompanhavam o vozear com o bater das palmas e das armas.

6. Andira — Morcego; é em alusão a seu nome que Irapuã dirige logo palavras de desprezo ao velho guerreiro.

VI. 1. Aracati — Significa este nome bom tempo — de *ara* e *catu*. Os selvagens do sertão assim chamavam as brisas do mar que sopram regularmente ao cair da tarde e, correndo pelo vale do Jaguaribe, se derramam pelo interior e refrigeram da calma abrasadora do verão. Daí resultou chamar-se *Aracati* o lugar de onde vinha a monção. Ainda hoje no Icó o nome é conservado à brisa da tarde, que sopra do mar.

VII. 1. Aflar — A respeito desta palavra lia-se na 1.ª edição desta obra a nota seguinte:

Sobre este verbo que introduzi na língua portuguesa do latim *afflo*, já escrevi o que entendi em nota de uma segunda edição da *Dira*, que brevemente há de vir à luz".

Completo equívoco de minha parte; pois o verbo foi usado por Mousinho e o Padre Bernardes.

2. Anhanga — Davam os indígenas este nome ao espírito do mal; compõe-se de *anho* — só, e *anga* — alma. Espírito só, privado de corpo, fantasma.

VIII. 1. Camucim — Vaso onde encerravam os indígenas os corpos dos mortos e que lhes servia de túmulo; outros dizem *camolim*, e talvez com melhor ortografia, porque, se não me engano, o nome é corrupção da frase co — buraco, *ambira* — defunto, *anholim* — enterrar; buraco para enterrar o defunto: *c'am'olim*. O nome dava-se também a qualquer pote.

2. Andiroba – Árvore que dá um azeite amargo.

3. Cabelos do sol. Em tupi, guaraciaba. Assim chamavam os indígenas aos europeus que tinham os cabelos louros.

4. Capoeira — Corruptela de *caa-apuam-era*, que significa ilha de mato já cortado uma vez.

IX. 1. Moquém — Do verbo *mocáem* — assar na labareda. Era a maneira por que os indígenas conservavam a caça para não apodrecer, quando a levavam em viagem. Nas cabanas a tinham no fumeiro.

2. Senhor do caminho — Assim designavam os indígenas ao guia, de *py* — caminho, e *guara* — senhor.
3. O dia vai ficar triste Os tupis chamavam a tarde caruca, segundo o dicionário. Segundo Lery, *che caruc acy* significa "estou triste". Qual destes era o sentido figurado da palavra? Tiraram a imagem da tristeza, da sombra da tarde, ou imagem do crepúsculo, do torvamento do espírito?
4. Jurupari — Demónio; de *juru* — boca, e *apara* — torto, aleijado. O boca torta.
5. Ubaia — Fruta conhecida da espécie eugénia. Significa fruta saudável; de *uba* — fruta, e *aia* — saudável.

X. 1. Jandaia — Este nome que anda escrito por diversas maneiras, *nhendaia, nhandaia*, e em todas alterado, é apenas um adjectivo qualificativo do substantivo *ará*. Deriva-se ele das palavras *nheng* — falar, *anlan* — duro, forte, áspero, e *ara* — desinência verbal que exprime o agente: *nh' anl' ara*, substituído o *t* por *d* e o *r* por *i*, tornou-se nhandaia, donde jandaia, que se traduzirá por periquito grasnador. Do canto desta ave, como se viu, é que vem o nome de Ceará, segundo a etimologia que lhe dá a tradição.
2. Inhuma — Ave noturna palamédea. A espécie de que se fala aqui é a palamédea chavaria, que canta regularmente à meia-noite. A ortografia melhor creio ser *anhuma*, talvez de *anho* — só, e *anum* — ave agoureira conhecida. Significaria então anum solitário, assim chamado pela tal ou qual semelhança do grito desagradável.
3. Inúbia — Trombeta de guerra. Os indígenas, segundo Léry, as tinham tão grandes que mediam muitos palmos no diâmetro da abertura.

XI. 1. Guará — Cão selvagem, lobo brasileiro. Provém esta palavra do verbo *u* — comer, do qual se forma com o relativo *g* e a desinência ara o verbal *g-u-ára* — comedor. A sílaba final longa e a partícula propositiva à que serve para dar força à palavra. *G-u-ára-á* — realmente comedor, voraz.
2. Jibóia — Cobra conhecida; de *gi* — machado, e *bóia* — cobra. O nome foi tirado da maneira por que a serpente lança o bote, semelhante ao golpe do machado; pode traduzir-se bem: cobra de arremesso.
3. Sucuri — A serpente gigante que habita nos grandes rios e engole um boi. De *suu* — animal, e *cury* ou *curu* — roncador. Animal roncador, porque de feito o ronco da sucuri é medonho.
4. Se é que tens sangue e não mel — Alusão que faz o velho Andira ao nome de Irapuã, o qual, como se disse, significa mel redondo.

5. Ouve seu trovão — Todo esse episódio do rugido da terra é uma astúcia, como usavam os pajés e os sacerdotes dessa nação selvagem para fascinar a imaginação do povo. A cabana estava assentada sobre um rochedo, onde havia uma galeria subterrânea que comunicava com a várzea por estreita abertura; Araquém tivera o cuidado de tapar com grandes pedras as duas aberturas, para ocultar a gruta dos guerreiros. Nessa ocasião a fenda inferior estava aberta, e o Pajé o sabia; abrindo a fenda superior, o ar encanou-se pelo antro espiral com estridor medonho, e de que pode dar uma ideia o sussurro dos caramujos. — O fato é, pois, natural; a aparência sim, é maravilhosa.
6. Maracá — Pendão de guerra; de mara—combate, e *aca* — chifre, ponta. O maracá servia de estandarte aos tupis.
7. Abati n'água — *Abati* é o nome tupi do arroz; Iracema serve-se da imagem do arroz que só viça no alagado, para exprimir sua alegria.

XIV. 1. Ubiratã — *Pau-ferro*; de *ubira* — pau, e *antan* — duro.
2. Maracajá — Gato selvagem, de pele mosqueada.
3. Caititus — Porco-do-mato, espécie de javali brasileiro. De *caeté* — mato grande e virgem, e *suu* — caça, mudado o *s* em *t* na composição pela eufonia da língua. Caça do mato virgem.
4. Jaguar — Vimos que guará significa voraz. Jaguar tem inquestionavelmente a mesma etimologia; é o verbal guara e o pronome *já* — nós. Jaguar era, pois, para os indígenas todos os animais que os devoravam. *Jaguareté* — o grande devorador.
5. Anajê — Gavião.
6. Acauã — Ave inimiga das cobras; de *caa* —*pau*, e *uan*, do verbo *u* — *comer*. Diz Aires do Casal que lhe vem o nome do grito que solta.

XV. 1. Saí — Lindo pássaro, do qual há várias espécies, sendo a mais graciosa a do *saixê*, tanto pela plumagem como pelo canto.
2. À cintura da virgem — Os indígenas chamavam a amante possuída *aguaçaba*; de *aba* — homem, *cua* — cintura, *çaba* — coisa própria; a mulher que o homem cinge ou traz à cintura. Fica, pois, claro o pensamento de Iracema.
3. Carioba — Camisa de algodão; de *cary* — branco e *oba* — roupa. Tinha também a *araçóia*, de *arara* e *aba* — vestido de penas de arara.

XVI. 1. Jaci — A lua. Do pronome *ja* — nós, e *cy* — mãe. A lua exprimia o mês para os selvagens; e seu nascimento era sempre por eles festejado.

2. Fogos da alegria — Chamavam os selvagens *tory* — os fachos ou fogos; e *toryba* — alegria, festa, grande cópia de fachos.
3. Bucã — Significa uma espécie de grelha que os selvagens faziam para assar a caça; daí vem o verbo francês *boucaner*. A palavra provém da língua tupi ou guarani.

XVII. 1. Abaeté — Varão abalizado; de *aba* — homem, e *etê* — forte, egrégio.

XVIII. 1. Jacaúna — Jacarandá preto, de *jaca* — abreviação de jacarandá, e *una* — preto. Este Jacaúna é o célebre chefe, amigo de Martim Soares Moreno.
2. Cuandu — Porco-espinho.
3. Seu colar de guerra — O colar que os selvagens faziam dos dentes dos inimigos vencidos, era um brasão e troféu de valentia.

XIX. 1. Japi — Significa nosso pé: do pronome *já* — nós, *py* — pé.
2. Ibiapina — De iby — terra, e apino — tosquiar.
3. Jatobá — Grande árvore real. O lugar da cena é o sítio da hoje Vila Viçosa, onde diz a tradição ter nascido Camarão.

XX. 1. Meruoca — De *meru* — mosca e *oca* — casa. Serra junto de Sobral, fértil em mantimentos.
2. Uruburetama — Pátria ou ninho de urubus: serra bastante alta.
3. Mundaú — Rio muito tortuoso, que nasce na serra de Uruburetama. *Mundé* — cilada, e *hu* — rio.
4. Potengi — Rio que rega a cidade do Natal, donde era filho Soares Moreno.

XXI. 1. As saborosas traíras — É o rio Trairi, trinta léguas ao Norte da capital. De *traíra* — peixe, e *y* — rio. Hoje é povoação e distrito de paz.
2. Piroquara — De *pira* — peixe, e *coara* — toca.
3. Soipé — País da caça. De *sôo* — caça, e *ipé* — lugar onde. Diz-se hoje Siupé, rio e povoação pertencente à freguesia e termo da Fortaleza, situada à margem dos alagados chamados Jaguaruçu, na embocadura do rio.
4. Cauípe — De *cauim* — vinho de caju, e *ipe* — lugar onde.
5. Rio que forma um braço do mar — É o Parnaíba, rio de Piauí. Vem de *pará* — mar, *nhanhe* — correr, e *hyba* — braço; braço corrente do mar. Geralmente se diz que *pará* significa rio e *paraná* mar; é inteiramente o contrário.

6. Mocoripe — Morro de areia na enseada do mesmo nome a uma légua da Fortaleza. Vem de *Corib* — alegrar, e *mo*, partícula ou abreviatura do verbo *monhang* — fazer, que se junta aos verbos neutros e mesmo activos para dar-lhes significação passiva: ex.: *caneon* — afligir-se, *mocaneon* — fazer alguém aflito.
7. Brancos tapuias — Em tupi — *tapuitinga*. Nome que os pitiguaras davam aos franceses para diferençá-los dos tupinambás. *Tapuia* significa bárbaro, inimigo. De *taba* — aldeia, e *puir* — fugir: os fugidos da aldeia.
8. Mairi — Cidade. Talvez provenha o nome de mair — estrangeiro, e fosse aplicado aos povoados dos brancos em oposição às tabas dos índios.

XXII. 1. Batuireté — Narceja — ilustre: de *batuira* e *eté*. Apelido que tomara o chefe pitiguara, e que na linguagem figurada valia tanto como valente nadador. É o nome de uma serra fertilíssima e da comarca que ela ocupa.
2. Suas estrelas eram muitas — Contavam os indígenas os anos pelo nascimento das Plêiades no Oriente; e também costumavam guardar uma castanha de cada estação de caju, para marcar a idade.
3. Jatobá — Árvore frondosa, talvez de *jetahy*, oba — folha, e *a*, aumentativo: jetaí de grande copa. É o nome de um rio e de uma serra em Santa Quitéria.
4. Quixeramobim — Segundo o Dr. Martius traduz-se por essa exclamação de saudade. Compõe-se de Qui — ah!, *xere* — meus, amôbinhê — outros tempos.
5. Caminho das garças — Em tupi *Acalape*, povoação na freguesia de Baturité a nove léguas da capital.
6. Maranguab — A serra de Maranguape, distante cinco léguas da capital, é notável pela sua fertilidade e formosura. O nome indígena compõe-se de *maran* — guerrear e *couab* — sabedor; *maran* talvez seja abreviação de *maramonhang* — fazer guerra, se não é, como eu penso, o substantivo simples guerra, de que se fez o verbo composto. O Dr. Martius traz etimologia diversa. *Mara* — árvore, *angai* — de nenhuma maneira, *guabe* — comer. Esta etimologia nem me parece própria do objecto, que é uma serra, nem conforme com os preceitos da língua.
7. Pirapora — Rio de Maranguape, notável pela frescura de suas águas e excelência dos banhos chamados de Pirapora, no lugar das cachoeiras. Provém o nome de *Pira* — peixe, *pore* — salto; salto do peixe.
8. O gavião branco — Batuireté chama assim o guerreiro branco, ao passo que trata o neto por narceja; ele profetiza nesse paralelo a destruição de sua raça pela raça branca.

XXIII. 1. Porangaba — Significa beleza. É uma lagoa distante da cidade uma légua em sítio aprazível. Hoje a chamam Arronches; em suas margens está a decadente povoação do mesmo nome. (p. 110).
2. Jereraú — Rio das marrecas; de jerere ou irere — marreca, e *hu* — água. Este lugar ainda hoje é notável pela excelência da fruta, com especialidade as belas laranjas conhecidas por *laranjas* de *Jereraú*.
3. Sapiranga — Lagoa no sítio Alagadiço Novo, a cerca de duas léguas da capital. O nome indígena significa olhos vermelhos, de *ceça* — olhos, e *piranga* — vermelhos. Esse mesmo nome dão usualmente no Norte a certa oftalmia.
4. Muritiapuá — De *muriti* — nome da palmeira mais vulgarmente conhecida por buriti, e *apuã* — ilha. Lugarejo no mesmo sítio referido.
5. Aratanha — De *arara* — ave, e *tanha* — bico. Serra mui fértil e cultivada, em continuação da de Maranguape.
6. Guaiúba — De *goaia* — vale, *y* — água, *jur* — vir, *be* — por onde: por onde vêm as águas do vale. Rio que nasce na serra da Aratanha e corta a povoação do mesmo nome a seis léguas da capital.
7. Pacatuba — De *paca* e tuba, leito ou couto das pacas. Recente, mas importante povoação, em um belo vale da serra da Aratanha.
8. Âmbar — As praias do Ceará eram nesse tempo muito abundantes de âmbar que o mar arrojava. Chamavam-lhe os indígenas *pira repot* — esterco de peixe.

XXIV. 1. Coatiabo — A história menciona esse fato de Martim Soares Moreno se ter coatiado quando vivia entre os selvagens do Ceará. — *Coatiá* significa pintar. A desinência *abo* significa o objecto que sofreu a acção do verbo, e sem dúvida provém de *aba* — gente, criatura.

XXV. 1. Colibri — Desse letargo do colibri no inverno fala Simão de Vasconcelos.
2. Carbeto — Espécie de serão que faziam os índios à noite em uma cabana maior, onde todos se reuniam para conversar. Leia-se Ives d'Evreux, *Viagem ao Norte do Brasil*.

XXVI. 1. Mecejana — Lagoa e povoação a duas léguas da capital. O verbo *cejar* significa — abandonar; a desinência *ana* indica a pessoa que exercita a acção do verbo. Cejana significa — o que abandona. Junta à partícula mo do verbo *monhang* — fazer, vem a palavra a significar — o que fez abandonar ou que foi lugar e ocasião de abandonar. A opinião geral é que o nome deste povoado provém de Portugal, como Soure e Arronches. Nesse caso devia escrever-se *Mesejana*, do árabe *masjana*.

Ora, nos mais antigos documentos encontra-se *Mecejana*, com *c*, o que indicaria uma alteração pouco natural, quando o Ceará foi exclusivamente povoado por portugueses, os quais conservaram em sua pureza, todos os outros nomes de origem lusitana.

2. Monguba — Árvore que dá um fruto cheio de cotão, semelhante ao da sumaúna, com a diferença de ser escuro. Daí veio o nome de uma parte da serra de Maranguape.

XXVII. 1. Imbu — Fruta da serra do Araripe que não vem no litoral. É saborosa e semelhante ao cajá.

2. Jacarecanga — Morro de areia na praia do Ceará, afamado pela fonte de água fresca puríssima. Vem o nome de Jacaré — crocodilo e *acanga* — cabeça.

XXVIII. 1. Japim — Pássaro cor de ouro com encontros pretos e conhecido vulgarmente pelo nome de *sofrê*.

2. Folha escura — a murta, que os indígenas chamavam capixuna, de *caa* — rama, folhagem, e *pixuna* — escuro. Daí vem a figura de que usa Iracema para exprimir a tristeza que ela produz no esposo.

XXIX. 1. Tupinambás — Nação formidável, ramo primitivo da grande raça tupi. Depois de uma resistência heróica, não podendo expulsar os portugueses da Bahia, emigraram até o Maranhão, onde fizeram aliança com os franceses, que já então infestavam aquelas paragens. O nome que eles se davam significa — gente parente dos tupis, de *tupi —anama —aba*.

2. Baía dos papagaios — E a baía da Jericoacoara, de jeru — papagaio, *cua* — várzea, *coara* — buraco ou seio: enseada da várzea dos papagaios. E um dos bons portos do Ceará.

3. Maracatim — Grande barco que levava na proa — *tim* — um *maracá*. Aos barcos menores ou canoas chamavam igara, de ig — água, e *jára* — senhor; senhora d'água.

4. Caiçara — De *cai* — pau queimado e desinência *çara*, coisa que tem, ou se faz; o que se faz de pau queimado. Era uma forte estacada de pau-a-pique.

XXX. 1. Moacir — Filho do sofrimento: de *moacy* — dor, e *ira* — desinência que significa — saído de .

2. Chupou tua alma — Criança em tupi é pitanga, de piter — chupar, e anga — alma; chupa alma. Seria porque as crianças atraem e deleitam aos que as vêem? ou porque absorvem uma porção d'alma dos pais? Caubi fala nesse último sentido.

XXXI. 1. Carimã — Uma conhecida preparação de mandioca. Caric — correr, *mani* — mandioca: — mandioca escorrida.

XXXII. 1. Tauape — Lugar do barro amarelo: de *tauá* e *ipé*. Fica no caminho de Maranguape.
2. Piau — peixe que deu o nome ao rio Piauí.
3. Velha taba — tradusão de Tapui-tapera. Assim chamava-se um dos estabelecimentos dos tupinambás no Maranhão.
4. Itaoca — Casa de pedra, fortaleza.
5. Manacá — Linda flor. Veja-se o que diz a respeito o Sr. Gonçalves Dias em seu dicionário.
6. Cupim — Insecto conhecido. O nome compõe-se de *co* — buraco, e *pim* — ferrão.

XXXIII. 1. Albuquerque — Jerónimo de Albuquerque, chefe da expedição ao Maranhão em 1612.

PÓS-ESCRITO

(à 2.ª Edição)

I

Sai esta edição escoimada de alguns defeitos que na primeira abundaram; porém, a respeito de erros de imprensa, sem dúvida mais correcta.

Nossas tipografias em geral não têm bons revisores; e o autor é o mais impróprio para esse árduo mister. Inteiramente preocupado da ideia ou do estilo, pouca atenção lhe sobra para dar à parte ortográfica do livro. Além de que muitas vezes o pensamento, profundamente gravado na memória, não deixa perceber no papel as infidelidades de sua reprodução.

A incerteza que reina sobre a ortografia da língua portuguesa, achaque herdado do latim, ainda mais concorre para a incorrecção dos livros. Sucede muitas vezes que o autor, para não multiplicar emendas nas provas, aceita um sistema adoptado pelo compositor, que, entretanto, logo depois o altera e substitui por outro.

Facilmente escapam essas anomalias, sobretudo ao escritor, que não faz das letras uma profissão, porém mero passatempo.

Chegam-lhe as provas tardias, muitas vezes no meio de outras e graves preocupações, que absorvem seu espírito. Apenas tem ele tempo de lançar-lhes um olhar distraído.

Nesta segunda edição há-de o leitor encontrar exemplos de todas as faltas a que me refiro, sem contar o número não pequeno das que devem correr exclusivamente por conta da inadvertência do compositor.

1.º — A sílaba, *-ão*, quando breve, costumam alguns escrever sem o til, *-am*, sistema este que me parece muito conveniente por sua clareza e afinidade etimológica. Entretanto, nesta edição aparecem os dois modos simultaneamente. Culpa do autor, sem dúvida; mas principalmente do revisor, que devia conservar a uniformidade da ortografia primeiro adoptada.

A propósito desta regra ortográfica, convém fazer uma observação com respeito ao que diz o Sr. Sotero dos Reis em sua *Gramá-*

tica Portuguesa: "Muitos escritores modernos, a maior parte sem dúvida, escrevem *amáram, amarám*, ao passo que escrevem ao mesmo tempo *quinhão, questão, oração, frangão, golfão*, etc.; mas não vejo fundamento plausível para esta alteração quando a natureza do ditongo é a mesma, quer nos nomes, quer nos verbos. Uma tal novidade só serve para dificultar a pronúncia do Português aos estrangeiros, visto como a terminação *am* não representa efectivamente o ditongo *ão*, peculiar à língua e corrupção de *on*".

A crítica é justa a respeito da arbitrária distinção entre verbo e nome, embora não me pareça tão vulgarizado como pretende o autor esse uso de escrever os futuros dos verbos com *am*; creio que isto se observa antes nos antigos clássicos do que nos bons autores modernos, onde não me lembro, talvez por inadvertência, de ter visto *ham, seram, daram*, por *hão, serão, darão*, a não ser na obra do Sr. Leoni, *Génio da Língua Portuguesa*.

O critério para a distinção na forma de escrever o ditongo nasal deve ser a quantidade da sílaba e não a natureza da palavra. Embora seja o som o mesmo, a maior ou menor prolação da voz o modifica sensivelmente, tornando o nasal áspero ou brando, como se vê em *facção* e *façam, vazão* e *vazam*.

A forma *am* presta-se melhor a exprimir o som nasal brando, além de conformar-se até certo ponto com a etimologia. As palavras de origem latina derivam aquela terminação das desinências *unt, ant* e outras, como *amaverunt, amaverant* e *orphanus*. Entretanto que a terminação longa *ão* provém do nasal *on* contracção de *onis*, que geralmente predominava nessa desinência latina como *rationis, sermonis, orationis*, etc.

Finalmente, o ditongo, pela regra de nossa gramática, é longo; portanto, sempre que o nasal for breve, cumpre tirar-lhe o carácter de ditongo para evitar a anomalia e restituir-lhe o carácter de sílaba, elidindo a vogal e substituindo o til pela consoante.

2.º — A preposição *a* entendem os gramáticos que só pede acento quando absorve o artigo definido[1] do género feminino; porque neste caso substitui *aa*, como escreviam nossos clássicos à imitação dos primitivos autores latinos, que usavam dobrar a vogal para indicar a maior quantidade da sílaba.

Não me conformo com aquela regra, que tenho por avessa à índole de nossa língua, e muito inconveniente pelas repetidas ambiguidades a que dá lugar, confundindo duas partículas tão distintas pelo sentido e pela pronúncia, como são o artigo e a preposição.

Na língua portuguesa, como na latina, os sinais (—) e (⌣), que exprimem a quantidade das sílabas, não passam de meios didácticos, adoptados apenas nas escolas e sem emprego na escritura usual.

Os sinais de prosódia admitidos no português, bem como nos outros dialectos derivados do romano ou latim bárbaro, são, além do trema, do apóstrofo e do nosso til, os três acentos grave (à), agudo (á) e circunflexo (â), que indicam as variações do som de cada vogal. Destes caiu em completo desuso o grave, que é indicado em português pela ausência de qualquer acento; e com muito bom fundamento, pois o som médio e natural da letra fica melhor expresso pelo carácter alfabético, nu e simples, do que por um sinal.

Os dous outros acentos agudo e circunflexo ainda estão em uso, não como regra, mas apenas como excepção, para discriminar pela variação do som a diversa natureza e significação de palavras idênticas na forma alfabética. Assim distingue-se de primeira vista *e* de *é*, *se* de *sé* ou de *sê*, *fora* de *fôra*, *para* de *pára*, *começo* de *começo*.

Prestam os dois sinais referidos na língua portuguesa outro serviço: o de marcarem a sílaba predominante, a que os gramáticos chamam acento tónico.

A prosódia das línguas modernas diverge da prosódia dos gregos e romanos a respeito da quantidade das sílabas, como justamente observaram o sábio professor, o Dr. Madvig, em sua *Gramática Latina*, e o erudito filólogo brasileiro, o Sr. Sotero dos Reis, em sua *Gramática Portuguesa*. A pronúncia daqueles povos antigos feria tão claramente e com tanta amplidão as vogais, que percebia-se perfeitamente pela maior ou menor pausa a quantidade da sílaba.

Nas línguas modernas, ao contrário, a voz percorre mui rapidamente os diversos membros da palavra, pelo que apenas se destaca de uma maneira saliente a sílaba que serve de ponto de apoio à voz e onde ela repousa. As outras, sejam embora longas, ficam absorvidas naquela quantidade maior.

Para designar essa prolação, não inventaram os gramáticos ainda um sinal próprio; recorreram aos antigos acentos latinos.

Mas também neste mister não se pode considerar o emprego destes sinais como regra geral, pois só há necessidade deles para o mesmo fim de evitar as ambiguidades entre palavras uniformes.

Quando a prolação recai sobre uma vogal aberta, usa-se do acento agudo; e quando recai sobre uma vogal fechada, usa-se do acento circunflexo. Assim escreve-se *cúmulo, estímulo, anúncio, férvido*, e *amára* para distinguir de *cumulo, estimulo, anuncio, fervido*, e *amará*. Mas não há necessidade de acento nas outras palavras, sejam elas graves, como *verdade, chama*, ou esdrúxulas, como *halito, profugo e sofrego*.

Nas palavras agudas que terminam em *a, e, o*, como elas aberram da índole da língua, serve o sinal de característico especial do vocábulo. Assim é uso escrever *cajú, alvará, guará, mercê, libré, galé, enxó, bilhó, mocó.*

Estabelecidos estes princípios, que sem contestação formam o espírito de nossa língua em matéria de acentuação, não resta a menor dúvida sobre a exactidão do meu asserto que a regra dos gramáticos relativa ao modo de escrever a preposição *à* carece de bom fundamento.

O sinal ortográfico tem neste caso a virtude de evitar a ambiguidade, a principal das duas razões do emprego do acento na língua portuguesa. É a mesma razão que predomina em outros monossílabos, como *é, ó, dá, sé*, etc.

Não obsta o facto de muitas vezes ser impossível a ambiguidade, por se tornar clara a natureza do vocábulo em virtude de sua colocação no discurso, como sucede nestas frases: *a medo, a jorro, veio a correr,* etc. Aqui, sem dúvida, a preposição revela-se com a maior clareza, independente do acento; porém o mesmo sucede com os verbos *é* e *dá*, o vocativo *ó* e outros monossílabos, como *só, sé, vê*, etc. Nas frases *O que e?* —*Ele da esmola. Correi, o minhas lágrimas! Tocava o sino da Se* —, para conhecer a natureza dos monossílabos homógrafos não se há mister do acento, e entretanto não se dispensa em tais casos.

Parece-me óbvio e lógico o motivo. Não só a regularidade da ortografia o requer assim, como releva notar que o fim da escritura é reproduzir o pensamento com a maior brevidade possível. Ora, por mais inteligente e erudito que seja o leitor, não pode ele do primeiro lanço conhecer a natureza especial da palavra homógrafa. Eis um exemplo: *A tarde, derramando o seu doce hálito perfumado pelo vale sombrio e melancólico, a brisa do mar enredava-se pelos bosques de laranjeiras em flor.*

A falta do acento na preposição *a* deixa o espírito na dúvida do sentido do primeiro trecho da oração. Pode o leitor julgar que a é artigo, e *tarde* o sujeito da oração. Prestando-se a acção subordinada à regência daquele sujeito, a ilusão prolonga-se até que se destaca o sujeito real que é *a brisa*. Produzir-se-á necessariamente uma vacilação no espírito, que terá de retroceder para bem apreender o sentido exacto da oração. Se nas pessoas esclarecidas essa operação intelectual se opera com extrema rapidez, fatiga não obstante. Quanto ao indivíduo de compreensão medíocre, pode-se bem imaginar o efeito que sobre ele exercerão semelhantes anfibologias. Ora, não formam os filólogos e gramáticos a classe mais numerosa dos leitores, para que a eles se sacrifique a clareza do discurso, por mero capricho de pedagogia.

É portanto minha regra acentuar a preposição *à* sempre que ela entra no discurso isolada de qualquer outra partícula; seja embora seguida de nome masculino, de verbo ou pronome pessoal. Só quando essa preposição adere a outra palavra, como por exemplo — ao, torna-se inútil o sinal ortográfico.

Nos dialectos, derivados como o Português da língua romana, conservou-se na preposição *a* o acento que tinha em latim, embora com alguma modificação. Os franceses usam do acento grave, que tem valor do agudo entre nós, e dizem — *aller à Bordeaux, à l'avenir*, etc. Da mesma forma os italianos; seus melhores clássicos escreviam: *propinqui à Bolsena, à frenar Giacopo, à trattare, à gli apparati*. Modernamente parece que o acento vai caindo em desuso, pela razão muito natural de não haver outra partícula homógrafa, com que se confunda a preposição. Os espanhóis, entretanto, apesar de estarem nestas condições, não dispensam em caso algum o acento agudo e escrevem — *á manos llenas, vamo á pasear*, etc.

Qual, pois, o princípio por que o Português há de fazer excepção à regra geral predominante na língua mãe e nas línguas irmãs? Será pelo terror pânico do *galicismo*, que se apodera de certos gramáticos a ponto de lobrigarem francesia até nos arcaísmos trazidos da mais pura latinidade? Não sei realmente o que é mais nocivo à nossa língua, se a prodigalidade daqueles que emprestam sem medida e sem critério quanta palavra de origem estranha aprendem nas calçadas e botequins; se a tacanha avareza dos outros, que defendem o seu português quinhentista, aliás a adolescência, como um jardim das Hespérides onde não pode penetrar um termo ou frase profana.

Se o emprego constante do acento na preposição à conforma-se com a índole da língua, por outro lado a regra arbitrária estabelecida pelos gramáticos, além de uma aberração, não tem motivo sério que a justifique.

Qual a serventia do acento no caso de absorver a preposição o artigo feminino? Será para evitar a ambigüidade? Mas então devia a razão prevalecer para o outro caso de achar-se a preposição isolada. Será para indicar a contracção do artigo? Mais acertado era então usar do apóstrofo que é o sinal próprio desse acidente gramatical. Os autores italianos escrevem em caso idêntico — *a' fiorentini, a' nobili*, para acusar a elisão do artigo *i*.

Não obstante a regra por mim adotada de acentuar a preposição a, aparece ela no texto da obra escrita por uma e outra forma.

3.º — O ditongo *eo* e *eu* é indistintamente usado na desinência de muitas palavras portuguesas; me parece preferível, como já se tem sugerido, reservar a forma eo para a desinência aberta, como *chapeo, boleo, arpeo*, e a forma *eu* para a desinência fechada, como *meu, perdeu, deus, ateu*, etc.

Em relação aos sufixos *io* e *iu*, pode-se, igualmente, estabelecer um discrímen, adoptando o primeiro para enunciar o ditongo imperfeito que a rigor constitui duas sílabas, como se encontra em *rio, frio, alvedrio*, e deixando o segundo para discernir o verdadeiro ditongo, que termina — *riu, feriu*.

4.º — Escrevo a conjunção *si* por essa forma, e não *se*, como em geral costumam. Não só a etimologia pede aquela ortografia latina, como tem ela a vantagem de discriminar a conjunção do pronome pessoal *se*. Nem importa que este pronome revista aquela forma em um de seus casos, pois então é sempre regido pela preposição, que determina a natureza da partícula; — como *a si, de si, por si*, etc.

São estas as observações principais que de momento me ocorrem a respeito da ortografia do livro. Servirão para não me lançarem à conta, como já tem sucedido, as incorrecções tipográficas, tão copiosas infelizmente em minhas obras. Podem elas depor contra a aptidão do autor para a revisão, do que está ele plenamente convicto, mas devem ser desculpadas ao escritor, que é o primeiro a censurá-las.

II

Minhas opiniões em matéria de gramática têm-me valido a reputação de inovador, quando não é a pecha de escritor incorrecto e descuidado.

Entretanto, poucos darão mais, se não tanta importância à forma do que eu; pois entendo que o estilo é também uma arte plástica, por ventura muito superior a qualquer das outras destinadas à revelação do belo. Como se explica, portanto, essa contradição?

Pretendo tratar largamente desse assunto em uma pequena obra que tenho entre mãos, e na qual me propus a fazer um estudo sobre a índole da língua portuguesa, seu desenvolvimento e futuro, considerando especialmente a tão cansada questão do estilo clássico.

Sou obrigado, porém, a antecipar algumas reflexões como resposta ao artigo que em seus *Novos Ensaios Críticos* escreveu sobre *Iracema* um distinto literato português, o Sr. Pinheiro Chagas.

Vale a pena ser advertido por crítico tão ilustrado, quando a censura, como a sombra que destaca no quadro o vivo e fino colorido, não passa de um relevo imerecido a elogios dispensados com excessiva generosidade. A questão vai, portanto, estreme de qualquer assomo da vaidade, que estaria por demais satisfeita com as finezas recebidas.

Eis as palavras do artigo a que me refiro:

"Não, esse não é o defeito que me parece dever notar-se na Iracema; o defeito que eu vejo em todos os livros brasileiros e contra o qual não cessarei de bradar intrepidamente é a falta de correcção na linguagem portuguesa, ou antes a mania de tornar o brasileiro uma língua diferente do velho português por meio de neologismos arrojados e injustificáveis e de insubordinações gramaticais, que (tenham cautela!) chegarão a ser risíveis se quiserem tomar as proporções de uma insurreição em regra contra a tirania de Lobato".

Continua o escritor no desenvolvimento destas ideias pela maneira por que melhor se pode ver em sua obra, escusando de reproduzir todo o texto para não alongar-me.

Na opinião do Sr. Pinheiro Chagas, a gramática é um padrão inalterável, a que o escritor se há de submeter rigorosamente. Só o povo tem a força de transformar uma língua, modificar sua índole, criar novas formas de dizer. Apoiado na opinião de Max Müller, o ilustrado crítico sustenta que a Filologia é uma ciência natural ou fisica, regida por leis invariáveis como a rotação dos astros.

Singular doutrina que ninguém se animou a produzir, nem mesmo a respeito das artes liberais, manifestações menos inteligentes do pensamento. A música, a pintura e a escultura, que falam exclusivamente aos sentidos por sua natureza material, sofrem não obstante a impulsão do espírito. Beethoven ou Rossini, Fídias ou Rafael, Praxíteles ou Miguel Ângelo, qualquer dessas grandes individualidades, sem falar de tantas outras, teve o poder de criar uma escola, de abrir novos horizontes à sua arte, de revelar formas antes desconhecidas.

A linguagem, porém, a única das artes que fala ao espírito, é um marco imutável, sobre o qual nenhuma acção têm os escritores, esses obreiros da palavra, que a nova teoria reduz à condição dos mecânicos, mais ou menos destros no manejo de um instrumento bruto!

Suponho eu que há grande equivocação na interpretação dada à teoria de Max Müller. O corpo de uma língua, a sua substância material, que se compõe de sons e vozes peculiares, esta só a pode modificar a soberania do povo, que nestes assuntos legisla directamente pelo uso. Entretanto, mesmo nesta parte física é infalível a influência dos bons escritores: eles talham e pulem o grosseiro dialecto do vulgo, como o escultor cinzela o rudo troço de mármore e dele extrai o fino lavor.

Mas além dessa parte fonética da língua, que forma seu corpo, há a parte lógica, o seu espírito, ou, para usar da terminologia da ciência, a gramática. Essa não é, como se pretende, mera rotina ou usança confiada à ignorância do vulgo, que somente a pode alterar. Aqui está o ponto falso da teoria invocada.

A gramática, ou a filosofia da palavra, é incontestavelmente uma ciência. Como todas as ciências, ela deve ter em cada raça e em cada povo um período rudimentário; ainda mesmo depois de largo desenvolvimento, existirá algum ramo de conhecimentos humanos que não esteja imbuído de falsas noções e até de erros crassos?

O mesmo sucede com a gramática: saída da infância do povo, rude e incoerente, são os escritores que a vão corrigindo e limando. Cotejem-se as regras actuais das línguas modernas com as regras que predominavam no período da formação dessas línguas, e se conhecerá a transformação por que passaram todas sob a acção dos poetas e prosadores.

O ilustrado crítico, levado pela força da verdade, reconhece "que os sábios enriquecem um idioma". Ora, como enriquecê-lo senão aumentando-lhe o cabedal, dotando-o de outros vocábulos mais expressivos e de locuções elegantes e sonoras?

Não me alongarei muito sobre a síntese da questão, porque receio me falte espaço para descer à análise.

Acusa-nos o Sr. Pinheiro Chagas a nós escritores brasileiros do crime de insurreição contra a gramática de nossa língua comum.

Em sua opinião estamos possuídos da mania de tornar o brasileiro uma língua diferente do velho português!

Que a tendência, não para a formação de uma nova língua, mas para a transformação profunda do idioma de Portugal, existe no Brasil, é fato incontestável. Mas, em vez de atribuir-nos a nós escritores essa revolução filológica, devia o Sr. Pinheiro Chagas, para ser coerente com sua teoria, buscar o germe dela e seu fomento no espírito popular, no falar do povo, esse "ignorante sublime" como lhe chamou.

A revolução é irresistível e fatal, como a que transformou o persa em grego e céltico, o etrusco em latim, e o romano em francês, italiano, etc.; há de ser larga e profunda, como a imensidade dos mares que separa os dous mundos a que pertencemos.

Quando povos de uma raça habitam a mesma região, a independência política só por si forma sua individualidade. Mas se esses povos vivem em continentes distintos, sob climas diferentes, não se rompem unicamente os vínculos políticos, opera-se, também, a separação nas idéias, nos sentimentos, nos costumes, e, portanto, na língua, que é a expressão desses fatos morais e sociais.

Não fazemos senão repetir o que disse e provou um sábio filólogo, N. Webster: — "Logo depois que duas raças de homens de estirpe comum separam-se e se colocam em regiões distantes, a linguagem de cada uma começa a divergir por vários modos". — Dic. ingl. *Introdução sobre a origem das línguas.*

Creio que o Sr. Pinheiro Chagas se engana completamente quando pretende que o inglês e o espanhol da América é o mesmo inglês e espanhol da Europa. Não só na pronúncia, como no mecanismo da língua, já se nota diferença, que de futuro se tornará mais saliente.

E como podia ser de outra forma, quando o americano se acha no seio de uma natureza virgem e opulenta, sujeito a impressões novas ainda não traduzidas em outra língua, em face de magnificências para as quais não há ainda verbo humano?

Cumpre não esquecer que o filho do Novo Mundo recebe as tradições das raças indígenas e vive ao contacto de quase todas as raças civilizadas que aportam a suas plagas trazidas pela emigração.

Em Portugal o estrangeiro perdido no meio de uma população condensada pouca influência exerce sobre os costumes do povo: no Brasil, ao contrário, o estrangeiro é um veículo de novas ideias e um elemento da civilização nacional.

Os operários da transformação de nossas línguas são esses representantes de tantas raças, desde a saxónia até a africana, que fazem neste solo exuberante amálgama do sangue, das tradições e das línguas.

Não admira que um literato português note em livros brasileiros certa dissonância com o velho idioma quinhentista. Essa mesma dissonância achamos nós escritores brasileiros nas páginas do *Calabar* e dos *Bandeirantes*, em que o ilustre poeta, o Sr. Mendes Leal, procurou descrever as cenas e tradições americanas. O velho estilo clássico destoa no meio destas florestas seculares, destas catadupas formidáveis, destes prodígios de uma natureza virgem, que não podem sentir nem descrever as musas gentis do Tejo ou do Mondego.

Os livros do Sr. Mendes Leal não passam para nós de traduções esmeradas de Cooper, com substituição de nomes geográficos. Seus personagens nada têm de brasileiros, que faltam-lhes não só os costumes, como esses idiotismos indígenas, que o Sr. Pinheiro Chagas chama de incorrecções, negando-nos assim o direito de criar uma individualidade nossa, uma individualidade jovem e robusta, muito distinta da velha e gloriosa individualidade portuguesa.

Se a transformação por que o Português está passando no Brasil importa uma decadência, como pretende o Sr. Pinheiro Chagas, ou se importa, como eu penso, uma elaboração para a sua florescência, questão é que o futuro decidirá e que eu me proponho tratar largamente na obra a que já aludi. Sempre direi que seria uma aberração de todas as leis morais que a pujante civilização brasileira, com todos os elementos de força e grandeza, não aperfeiçoasse o instrumento das ideias, a língua.

Todos os povos de génio musical possuem uma língua sonora e abundante. O Brasil está nestas condições; a influência nacional já se faz sentir na pronúncia muito mais suave do nosso dialecto.

Aproveitarei o ensejo para defender-me de alguns neologismos, termos e locuções, pelos quais tenho sido censurado; a eles, sem dúvida, se referiu o Sr. Pinheiro Chagas, quando me qualificou de inovador, embora não me compreendesse entre os mais audazes.

Nesta, como em todas as minhas obras recentes, se deve notar certa parcimónia no emprego do artigo definido, que eu só uso quando rigorosamente exigido pela clareza ou elegância do discurso. Isto que nada mais é do que uma reacção contra o abuso dos escritores portugueses, que empregam aquela partícula sem tom nem som, me tem valido censuras de incorrecto.

Há quem tache essa sobriedade no uso do artigo definido de *galicismo*, não se lembrando que o latim, donde provém nossa língua, não tinha aquela partícula, e, portanto, a omissão dela no estilo é antes um latinismo. Mas a mania do classismo, que outro nome não lhe cabe, repele a mínima afinidade entre duas línguas irmãs, saídas da mesma origem. Temos nós a culpa do ódio que semearam em Portugal os exércitos de Napoleão?

O mais interessante, porém, é a maneira de argumentar dos puristas. Às vezes, quando se trata de uma nova palavra ou locução, repelem-na pela razão peremptória de não se encontrar nos clássicos. Outras vezes, intrometem-se a criticar dos clássicos, determinando o que se deve imitar e o que evitar. Manifesta contradição: ou prevalece a respeito do estilo a razão de autoridade, e neste caso eles são os mestres, respeitai-os, ou prevalece a autoridade da razão, e nesse caso a questão é de opinião: à vossa contraponho a minha.

Os nossos melhores clássicos com muita elegância omitiram o artigo definido sempre que o pronome possessivo o tornava escusado; assim diziam eles *meu filho, minha pátria, sua alma*; e não *o meu filho*, etc. Com que se hão de sair os puristas? Que o uso cheira a *francesismo* e deve-se evitar.

O que se deve e com muito cuidado evitar é a incorrecção gramatical, o pleonasmo contínuo que há no emprego do artigo, por uma espécie de abuso ou lapso de língua. Dá-se neste caso o mesmo que em grande número de verbos a que o vulgo juntou a letra a pela facilidade de sua pronúncia, como *alevantar, amontoar, acostumar*, etc. Da mesma forma escapa o artigo, que entretanto afeia e desalinha o discurso.

O uso do artigo, mesmo antes do pronome possessivo, pode tornar-se elegante e expressivo, servindo para indicar um objecto ao qual se faz uma alusão remota. Assim quando dizemos o nosso viajante, isto é, o viajante de quem falamos. Também em muitos casos a eufonia exige a interposição dessa partícula supérflua para suavizar um som áspero, ou desvanecer uma cacofonia.

Outro artigo do libelo. A omissão do pronome se nos verbos reflexivos, como *recolher, enroscar, destacar*, etc.

Antes de tudo, cumpre-me dizer que *recolher* na significação neutra por mim empregada encontra-se nos bons clássicos e especialmente em J. de Barros — *Clarimundo*.

Em minha opinião, a principal condição do estilo é sua concisão e simplicidade: o que não exclui, antes realça-lhe a graça ou elegância, a grandeza ou majestade. O grande número de monossílabos derramados pelo discurso ecoando com uma mesma consonância, em meu conceito torna o estilo frouxo e monótono. Escrevendo, muitas vezes senti a importunação desse reflexivo *se*, que zune em torno da frase como uma vespa teimosa.

Procurei o remédio na gramática e o achei. A forma neutra do verbo não é outra cousa senão o retraimento da ação que ele exprime, a qual não passa do sujeito: razão por que dão os gramáticos a esses verbos o nome de intransitivos, com que os diferençam dos ativos. Destes verbos há uns que são de sua essência neutros, outros se tornam tais por uma elipse muito elegante quando usada a propósito.

Os primeiros, originalmente neutros, têm por atributo o substantivo implícito no próprio verbo, como *viver, dormir, sair*.

Algumas vezes ativando-os se diz com propriedade viver longa vida, correr seu curso. Os segundos, verbos figuradamente neutros, têm um atributo distinto, embora vago, incerto e oculto. Por exemplo: *eu amo, tu bebes, ele quebra*; o atributo *alguém* ou *alguma* cousa está subentendido.

Certos verbos desta última classe, cuja significação revela uma relação íntima do atributo oculto com o sujeito, tornam-se naturalmente reflexivos. Assim sucedia no latim, como atesta Madvig na cit. *Gramática*, nota 4 ao § 222: "Certos verbos despojam em alguns casos a significação transitiva e se empregam na activa com a significação reflexa por ex.: *duro*, eu me endureço; *inclino*, eu me inclino; *insinuo*, eu me insinuo; *muto*, eu me transformo; *remito*, eu me relaxo; *verto*, eu me volto".

Será isto acaso um neologismo, ou, ao contrário um arcaísmo? E como arcaísmo, correrá ele unicamente por conta do autor de *Iracema*, e não haverá exemplo de semelhante elipse no português clássico?

Vejamos. Qual a forma do verbo tão usado em proposições como estas — partiu do Ceará, partimos para o campo? Não é outra senão a forma elíptica da significação reflexa. Partir, em sua forma primitiva, significa dividir uma cousa em partes; para exprimir a ausência diziam a princípio os clássicos — parti-me de; posteriormente eliminaram o pronome por escusado; o mesmo aconteceu com *passar, recolher, alimpar, parar, endurecer, mudar, remitir, conformar, confiar*, etc.

Será esta imitação dos clássicos, esta simplicidade latina da frase, que o Sr. Pinheiro Chagas e outros censores meus chamam corrupção do velho Português? Não pode haver linguagem de bom cunho sem a repetição monótona dessas partículas reflexivas, que sibilam no fim de cada verbo?

É também matéria de escândalo a colocação dos pronomes pessoais que servem de complemento ao verbo, *me, te, lhe e se*. Entendem que nós os brasileiros afrancesamos o discurso, fazendo em geral preceder o pronome, quando em português de bom cunho a regra é pospor o pronome.

Tal regra não passa de arbítrio que sem fundamento algum se arrogam certos gramáticos. pelo mecanismo primitivo da língua, como pela melhor lição dos bons escritores, a regra a respeito da colocação do pronome e de todas as partes da oração é a clareza e elegância, eufonia e fidelidade na reprodução do pensamento.

Em latim coloca-se ao gosto do escritor e segundo aquela regra. Eis o que a respeito diz mui judiciosamente o Senhor Leoni em sua erudita obra *Génio da Língua Portuguesa*: "As variações dos pronomes eu, tu e ele admitem uma colocação que debalde pretenderá imitar a língua francesa, sendo tal colocação quase a mesma da língua de Cícero. Assim podemos dizer com os latinos — *juvat me, ou me juvat; te rogo ou rogo te*".

Nos clássicos achamos exemplos dessas variedades:

Na *Crónica do Condestável* lê-se nos arrasta e logo depois *morriam-nos, se obrigam e acendeu-se*, etc. Em Garcia de Resende se reunir, e achando-se. Em Vieira *se prezava e resolve-se*, etc. Em Barros, Clarim., 3.º, 258, *me ofereço, se aventurar, lhe dizer, ir-me*, etc. Lucena, II, p. 18, *se façam, dão-se*, etc.

Há casos em que a eufonia pede a anteposição do pronome, como *se recolhem só* para evitar o sibilo desagradável de *se só*. Outras vezes não é a cacofonia, mas o acento tónico que determina a colocação da partícula, conforme o ritmo da frase exige o repouso antes ou depois. Nesta frase, por exemplo: *Tu não me sabes querer*, o pronome não só antepõe-se ao infinito de que é complemento como ao indicativo: o rigor da ordem gramatical exigiria *tu não sabes querer-me*; mas a frase não seria tão cadente e expressiva.

Falta-me tratar de algumas palavras que os puristas repelem, por terem a mácula de francesismo.

Antes de tudo uma observação. Desde que uma palavra for introduzida na língua por iniciativa de um escritor ou pelo uso geral, entendo eu que torna-se nacional como qualquer outra e sujeita-se a todas as modalidades do idioma que a adoptou; portanto, pode ela, como qualquer vocábulo originário, ser empregada nos vários sentidos figurados a que se preste com propriedade e elegância.

Regra tão simples e natural não devia sofrer contestação; entretanto, é um dos maus vezos do classismo esse de excluir de um vocábulo de origem estrangeira adoptado no Português todas as acepções que não foram especialmente empregadas pelos clássicos, mutilando assim a significação da palavra. Admira que um escritor da capacidade de Fr. Francisco de S. Luís sustente semelhante doutrina, de todo o ponto arbitrária. Em sua opinião não devíamos dizer por exemplo *contar com alguém, contar com a amizade*, porque são acepções francesas, embora o verbo esteja admitido no sentido próprio. Da mesma forma avançar no sentido de aventurar, *calcular* por gizar, *chocar* por impressionar, *comprometer* em vez de pôr em risco, *confinar-se* por isolar-se, *descoberta* por descobrimento, *desolado* por magoado.

Parece que esta regra só pode ser aceita em dois casos: 1.º quando a nova acepção é um idiotismo da língua estrangeira e se afasta do sentido usual da palavra, como *tratamento do emprego* por estipêndio; 2.º quando a palavra só foi adoptada em uma acepção peculiar, como verdadeiro idiotismo; exemplo: *endossar a letra*. Seria com efeito inadmissível ampliar o uso do vocábulo e aplicá-lo em outro sentido, como *endossar a casaca*, da frase francesa *endosser l'habit*.

Se, porém, a palavra foi adoptada em sua significação genérica e a nova acepção decorre naturalmente do sentido original e conforme com a índole da língua, não há razão para repeti-la. Por que não se dirá em Português *comprometer seu crédito*, se esse verbo foi adoptado em nossa língua com o sentido lato de contrair obrigação e responsabilidade?

No texto de *Iracema* se encontram algumas palavras que naturalmente incorrerão nessa censura; recordo-me de *brusco* e *flanco*.

Brusco, diz Fr. Francisco de S. Luís que em português exprime *escuro, anuviado*, e não *desabrido ou áspero*. Me parece, com o respeito devido a tão grande autoridade, que houve engano nessa asserção. A primitiva significação de brusco é *áspero*, coberto de puas; daí proveio naturalmente a outra acepção de escuro, turvo. Disseram *tempo brusco*, da mesma forma que diziam *tempo ríspido, desabrido*; posteriormente por uma operação muito natural no desenvolvimento das línguas transportaram essa idéia associada para uma nova acepção figurada e disseram semblante brusco, isto é, semblante que tem o aspecto do tempo brusco.

Quanto à palavra *flanco*, usei dela para designar a ilharga, porque em minha opinião não temos vocábulo que exprima a ideia com tanta propriedade e energia. *Ilharga* é muito restrito, refere-se ao quadril; *lado* é muito genérico, aplica-se a toda a face oblíqua de qualquer objecto. O flanco é o lado do homem, ou do animal; nesta acepção foi adotado do alemão *flanke* pelo italiano, espanhol e francês. Tratando-se de guerreiros, essa palavra ainda mais adequada me pareceu pelo seu uso na arte da estratégia.

Abandonar, que muitos consideram galicismo, nem é como tal apontado por Fr. Francisco de S. Luís, nem provém de origem francesa. Deriva-se do latim bárbaro *bannum* exílio, donde formou-se a *banno-donare*, que deu origem ao verbo italiano *abbandonare*.

Emoção pretende o autor do glossário que é galicismo escusado, porque temos *comoção*. Mas entendo eu que não se pode chamar galicismo uma palavra de boa origem latina; além de que, há diferença no sentido. *Comoção* é o abalo íntimo; *emoção* é o abalo que se manifesta; a primeira é produzida por causa externa; a segunda parece antes uma expansão, que se desenvolve espontaneamente. Porque a antiga literatura francesa mais adiantada e polida do que foi a portuguesa pediu ao Latim esse termo, estamos nós escritores brasileiros inibidos de beber nas origens de nosso idioma um vocábulo eufónico, elegante e necessário para indicar uma ideia que não traduzem *comoção, turbação, agitação, alteração* ou *abalo*?

Se o terror pânico do galicismo vai até este ponto, devemos começar renegando a origem latina, por ser comum ao francês e ao português.

Defendi as inovações que me ocorreram de momento; outras por ventura terão escapado, de que me ocuparei quando a crítica as apontar, como deve. Nada há mais fácil do que censurar a esmo, declarando peremptoriamente que um livro está cheio de incorrecções. Invertem-se os papéis; o ônus da prova e da análise recai sobre o autor arguido que deseja arredar de si a pecha.

III

Publicou ultimamente em Portugal um distinto literato maranhense, o Dr. Henriques Leal, alguns artigos sobre a literatura brasileira.

Um escritor português, ou para estimular a curiosidade com um paradoxo literário, ou para disfarçar o desgosto de ver a jovem nacionalidade brasileira destacar-se de mais em mais do velho tipo lusitano, contestou que os portugueses da América possuíssem uma literatura peculiar ou elementos para formá-la. Foi para refutação de tão infundado asserto que saíram a lume os aludidos artigos.

Entre as cousas mui amáveis e lisonjeiras que o amor da pátria, mais do que o mérito do escritor, inspirou ao Dr. Henriques Leal sobre minhas obras, reproduz-se a cansada censura do *estilo frouxo* e *desleixado*, especialmente a propósito do *Guarani*.

No conceito do distinto literato, os nervos do estilo são as partículas, especialmente as conjunções, que teciam a frase dos autores clássicos, e serviam de elos à longa série de orações amontoadas em um só período.

Para meu gosto, porém, em vez de robustecer o estilo e dar-lhe vigor, essa acumulação de orações ligadas entre si por conjunções relaxa a frase, tornando o pensamento difuso e lânguido.

As transições constantes, a repetição próxima das partículas que servem de atilhos, o torneio regular das orações a sucederem-se umas às outras pela mesma forma, imprimem em geral ao chamado estilo clássico certo carater pesado, monótono, e prolixo, que tem sua beleza histórica, sem dúvida, mas está bem longe de prestar-se ao perfeito colorido da idéia. Há energias do pensamento e cintilações do espírito, que é impossível exprimir com semelhante estilo.

Atenda-se a este trecho de um dos melhores prosadores portugueses, Fr. Luís de Sousa: "Era uma árvore de tão desmesurada grandeza, *que* dentro no tronco, *que* da muita antiguidade tinha aberto e oco se armou uma mesa, e o arcebispo se assentou a ela em uma cadeira, e por memória no mesmo sítio e assento visitou a freguesia, e tinha também lugar dentro a testemunha *que* vinha dizer seu dito".

Aí estão oito orações, ligadas por dois relativos e seis copulativas, sem nenhuma elegância e com pouco respeito à gramática. O emprego de copulativa para unir idéias distintas e orações completas é um abuso, e somente serve de obscurecer o sentido da frase. Em meu conceito esse período ficaria muito mais conciso, terso e elegante se o autor o escrevesse com maior simplicidade:

"Era uma árvore de tão desmesurada grandeza, que dentro no tronco da muita antiguidade aberto e oco, armou-se uma mesa; a ela assentou-se o arcebispo em uma cadeira, onde por memória visitou a freguesia, havendo aí lugar também para a testemunha que vinha dizer seu dito".

Aí está o mesmo pensamento, suprimidas apenas as superfluidades devidas ao descuido da frase e mecanismo inconveniente das orações. De oito orações ficaram seis, e estas em vez de serem uniformemente unidas pelo relativo ou pela copulativa como eram as oito, ao contrário, têm todas um vínculo diverso. A segunda une-se pela copulativa que, a terceira pelo pronome regido de preposição a *ela*, a quarta pelo advérbio de lugar *onde*, a quinta pelo particípio *havendo*, a sexta pelo relativo *que*.

Se há mais elegância e beleza nessa arte de variar o torneio das frases, se a simplicidade da dicção não a torna mais flexível para moldar-se a todos os relevos do pensamento, decidam os homens de gosto.

Apresentei um trecho de prosa clássica vestido à moderna, e para que melhor se destaque a diferença dos dois estilos, mostrarei ao inverso um trecho moderno, trajado à antiga. Escolho de preferência um fragmento do *Guarani*, por ser o livro censurado de frouxo no estilo.

"A tarde ia morrendo.

"O sol declinava no horizonte se deitando sobre as grandes florestas, que iluminava com seus últimos raios.

"A luz frouxa e suave do ocaso, deslizando pela verde alcatifa, enrolava-se em ondas de púrpura e ouro sobre a folhagem das árvores.

"Os espinheiros silvestres desatavam as flores alvas e delicadas, e o uricuri abria as tenras palmas para receber no cálice o orvalho da noite, etc."

Nesta descrição da hora de ave-maria no deserto, destacam-se logo à primeira vista os traços largos do painel: lá o ocaso do sol; além a flutuação da luz; aquém, já na sombra, as flores noturnas, que se abrem. A mesma separação dos períodos denota a sucessão e contraste dessas impressões várias.

Vestido à moda clássica, tudo isto desapareceria:

"E porque ia a tarde morrendo e o sol declinava no horizonte e deitava-se sobre as grandes florestas que iluminavam seus últimos raios, à luz frouxa e suave do ocaso, que deslizava pela verde alcatifa, parecia que formava ondas de púrpura e ouro sobre a folhagem das árvores; e ao ponto que desatavam os pinheiros silvestres as suas flores alvas e delicadas, abria o ouricuri as tenras palmas, para que recebesse no seu cálice o orvalho da noite".

Chamem outros estilo terso este que para mim é ao contrário uma locução flácida e lânguida, pois, à força de atilhos, mistura idéias distintas, escurece o pensamento e muitas vezes sacrifica a harmonia e lucidez gramaticais.

Os melhores autores clássicos, em certos casos, sentiram a necessidade de abandonar esse estilo tão alinhavado de conjunções por uma frase mais simples e concisa. Tenho presente um trecho de Lucena; é também uma descrição da ilha de Ceilão:

"Porque nesta os matos são toda a boa canela do mundo, pimenta, cárdamo, frutíferos palmares. Nos campos é tanto o arroz, a que eles chamam bate, que deu o nome ao reino de Calon, intitulado a esta conta Batecalon.

"As pedreiras criam os mais finos rubis, safiras, olhos-de-gato e outra muita sorte de pedrarias. O mar, além de muito pescado é, como já dissemos, um dos três tesouros das pérolas e aljofras do Oriente".

Estes periodos destacados prestam-se melhor aos vários pontos da descrição do que um amálgama de ideias que produziria, como a acumulação de cores, um *pastiche* grosseiro.

Não posso transportar para aqui todas as observações que tenho feito a respeito dos clássicos; limito-me por enquanto a manifestar minha opinião, ou antes, meu gosto em matéria de estilo. Assim aqueles que censuram minha maneira de escrever, saberão que não provém ela, mercê de Deus, da ignorância dos clássicos, mas de uma convicção profunda a respeito da decadência daquela escola.

IV

Entre as críticas tão ilustradas como benévolas que acolheram *Iracema*, apareceu uma fútil, insulsa, e, sobretudo de má-fé, porque atribuía ao livro falsidades para servirem de pasto à censura. Recordo-me especialmente de uma sobre o *jerimum* de que não se fala, nem por alusão remota, em toda a obra; e também do invento de se dar como entendendo latim o pajé dos tabajaras.

São perversidades infantis, que não valem a pena de ocupar o espírito do leitor sisudo.

Posteriormente, algumas pessoas das que mais benévolas se mostraram para o livro, comunicaram ao autor dúvidas sobre a exactidão de algumas circunstâncias. Desde então guardei o propósito de, nesta segunda edição, esclarecer aqueles pontos.

Duvidou-se que "Poti do alto do coqueiro flechasse o camoropim nas águas do Mundaú". Se conhecessem a destreza dos selvagens nessa arma, veriam nisso um fato muito natural e até referido pelos cronistas.

Diz Gabriel Soares, — *Roteiro do Brasil.* — tit. 17, cap. 140 — "São os Tupinambás grandes flecheiros, assim para as aves como para a caça dos porcos, veados e outras alimárias; e há muitos que matam no mar e nos rios d'água doce o peixe à flecha, e desta maneira matam mais peixe que outros à linha".

Ainda supondo que o coqueiro fosse prócero, desde que se atenda ao grande volume do camoropim, onde a dificuldade? O pássaro que o índio abatia com a flecha não voa mais alto do que o coqueiro e não tem menor corpo do que o peixe?

Duvidou-se, também, que a jandaia de Iracema viesse do Ipu ter à lagoa de Mecejana. Quem não conhece as emigrações desses pássaros, cujos bandos aparecem e desaparecem com o inverno e o estio? Essas emigrações mais sensíveis se tornam no Ceará por causa das secas frequentes, que obrigam os animais a buscarem as várzeas e, sobretudo, as margens das lagoas e rios.

Duvidou-se, finalmente, que o coqueiro fosse indígena do Brasil; e neste ponto se apoiaram na opinião do Senhor Agassiz. Respeito muito o saber deste naturalista, mas entendo que não tinha elementos para produzir dogmaticamente uma opinião sobre questão de fato.

Laet, a este respeito sem contestação maior autoridade, porque não viu o Brasil a voo de pássaro, mas aqui residiu por largos anos, escreveu no liv. 15, cap. 25, pág. 493: — *Il s'y trouve quantité d'arbres qui portent les noix de cocos non pas dans les lieux non cultivés, mais auprès des habitations des sauvages et dans les vergers.* Para não haver dúvida a respeito da identidade da árvore, deixou-nos a estampa.

Laet escreveu no 2.º século do descobrimento, mas primeiro de sua colonização. Era ainda bem recente a introdução das plantas asiáticas, africanas e européias. Se entre essas estivesse o coqueiro, não é presumível que o naturalista holandês ignorasse o fato. Acresce que não podia a planta, se fosse exótica, ter-se já propagado de tal forma que se encontrasse nas aldeias dos índios não só do litoral csmo do interior, convindo lembrar o tardio crescimento do coqueiro.

Fernão Cardim — *Narrativa epistolar*, no princípio do século XVII, também menciona o coqueiro como árvore comum naquele tempo, e, embora não afirme positivamente, dá a entender que é indígena. Ferdinand Denis e Liais assim o consideram.

É preciso pôr aqui termo a este pós-escrito, para que não fique um livro acostado a outro.

Outubro, 1870. — J. de Al.

Críticas a *Iracema*

LITERATURA BRASILEIRA — JOSÉ DE ALENCAR

Pinheiro Chagas

Apesar dos muitos talentos que avultam na nossa antiga colonia americana, não se pode dizer que o Brasil possua uma literatura. Literatura nacional é aquela em que se reflecte o carácter de um povo, que dá vida às suas tradições e crenças; é a harpa fremente em cujas cordas geme, como um sopro, a alma de uma nação, com todas as dores e júbilos, que através dos séculos a foram retemperando.

O Brasil, como nação moderna, como filha da Europa, não tem ainda uma existência bastante caracterizada, para que os seus incidentes, reflectindo-se no espelho da literatura, possam deixar nele imagem bastante colorida e enérgica. Não tem tido que atravessar, como as repúblicas espanholas, o período laborioso duma gestação dificílima, nem tem tomado, como os Estados Unidos, uma tal iniciativa no movimento civilizador do mundo, que possam na sua literatura deixar profundos sulcos as grandes questões em que se debate a humanidade. Efectivamente os povos, que se estorcem nas convulsões imensas que precedem a sua formação defnitiva, inflamam a sua literatura com todo o fogo do combate; o ardor, a veemência, o entusiasmo respiram na sua poesia, e os rapsodos febris, que sentem todas as convulsões da luta, soltam ao vento do futuro as página. dispersas de uma epopeia sublime, que um Homero depois coordenará talvez, e de que se formará a Ilíada gigante desses povos que há cinquenta anos cercam a Tróia dos velhos erros do passado, sem terem conseguido ainda conquistar a liberdade, essa formosa Helena que jaz dentro dos muros sitiados.

Os Estados Unidos, país que já chegou a um grau desenvolvidíssimo de civilização, tem, para assim dizermos, voto e assento na congregação limitada dos povos que dirigem a marcha da humanidade. Os grandes problemas, que importam ao destino dos homens, também ele os pretende e pode resolver. A voz dos seus escritores não morre no recinto das fronteiras. A sua literatura atual tem, como a francesa, a inglesa, e a alemã um certo carácter d'apostolado. Uncle Tom's Cabim *advoga a causa dos escravos negros, como* Les Misérables, *a causa dos proletários, esses escravos brancos. O mundo presta um ouvido atento ao clamor de Victor Hugo, e ao brado de Beecher Stowe. O estudo sério, imparcial do passado, característico da moderna literatura européia, marca também a índole da literatura americana. Prescott e Ticknor caminham ao lado de Gervinus e de Villemain. Mas nem sempre foi assim; antes que a América do Norte, colocando-se na vanguarda do exército civilizador, contraísse deveres que lhe proíbem o egoísmo, e que fazem da sua literatura a irmã, não a imitadora das grandes literaturas europeias, lembrara-se do seu passado, revolvera os próprios pergaminhos, e dera-se carta de nobreza, para que pudesse entrar, como astro de luz própria, e não como satélite, na brilhante constelação das nacionalidades. O representante dessa literatura patriótica foi Cooper; o tipo em que o grande romancista encarnou a verdadeira nacionalidade americana foi Nathaniel Bempo.* Olho de falcão, Matador de veados, Longa carabina, Guia, Meia de coiro, Armador de redes, *vários cognomes que distinguem o seu herói predilecto nessas vivas epopeias, que se chamam* Deerslayer, The Last of Mohicans, The Ontario, The Pionners, The Prairie. *Todas as figuras se agrupam em torno deste vulto simpático, em todas as paisagens, surge a sua elevada estatura, o seu rosto melancólico e bronzeado, a sua longa e fiel carabina. É porque Nathaniel, pertencente à raça conquistadora, mas quase irmão dos índios, pelo afecto profundo que à sua nova pátria consagra, pela simpatia que lhe inspiram os sofrimentos das tribos perseguidas, é o protesto vivo contra aqueles que, da nova Inglaterra querem fazer apenas a sucursal da antiga, que renegam toda a confraternidade com os primitivos habitantes desse magnífico solo, e que tentam assim afogar no seu gérmen a vivaz nacionalidade que pode brotar nesse país virgem, para substituírem por um simples satélite do planeta inglês, por um arrabalde ultramarino da velha Britânia.*

As nações americanas, se quiserem verdadeiramente fazer acto de independência, e entrar no mundo com os foros de países que tem nobreza sua, deve, como Nathaniel Bempo, esquecer-se um pouco da metrópole europeia, impregnar-se nos aromas do seu solo, proclamar--se filhas adoptivas, sim, mas filhas ternas e amantes das florestas do Novo Mundo, e aceitar as tradições dos primeiros povoadores, que os seus antepassados bárbara e impoliticamente expulsaram da pátria, por onde vagueavam em pleno gozo da liberdade selvagem. Na poesia esplêndida desses povos primitivos, está a inspiração verdadeira que deve dar originalidade e seiva à literatura americana. Foi isso que Fenimore Cooper compreendeu, foi isso que fez os seus romances tão apreciados por uma geração, que procura em todas as flores da poesia o aroma dos jardins nativos em que brotaram, no colorido das suas folhas o matiz com que as doirou o sol de sua pátria; por uma geração, que despreza as estioladas e pálidas plantas de estufa, nascidas numa atmosfera falsa, desabrochadas ao sopro fictício de uma brisa artificialmente cálida.

É isso que deve dar ao Brasil a literatura que lhe falta, foi isso finalmente que o Sr. José de Alencar compreendeu e tentou na formosa lenda cearense que abre um novo e desconhecido horizonte aos poetas e romancistas de Santa Cruz. Desde o Caramuru de Santa Rita Durão, os poetas brasileiros têm entrevisto a mina riquíssima, donde podem arrancar diamantes literários, tão fulgurantes como as pedras preciosas que resplandecem por entre as areias de Tejuco; mas até agora nenhum se impregnou bastante nessa inspiração selvática, nenhum teve ânimo para se banhar completamente nesse formoso lago duma poesia estranha às regras e aos hábitos europeus. Gonçalves Dias, e Magalhães sulcaram-no, mas como o cisne alvejante, que só procura semear de pérolas a cândida plumagem, e que receia enrolar na vasa do fundo o colo nítido e correctamente airoso, a asa branca e lisa, a cabeça graciosa e fina. Não era assim que se podiam arrancar do lago os tesouros que lá jaziam ocultos; era necessário que o poeta como o mergulhador de Schiller devassasse destemido os mistérios do pego, contemplasse as fores maravilhosas que desabrocham em fundas cavernas de coral, os recifes de madrepérola que expandem nacarados reflexos sob a transparência das águas, as brancas ninfas, as pálidas visões que se vêem passar vagamente sob o cristal da superfície, entre um nimbo de luz, que se azula, refrangendo-se nas rugas, com que a brisa encrespa a líquida toalha.

Estes mistérios da poesia, estes resplendores e estas sombras da confusa floresta das tradições populares sempre assustaram a literatura elegante; e foi necessário que uma revolução sanguinolenta revolvesse a ordem do mundo e destruísse as antigas distinções, e, agitando o mar social, mostrasse aos raios do sol a vasa e as pérolas, para que os poetas, costumados a desprezarem ou a considerarem repugnantes esses animais híbridos, essas vegetações monstruosas do fundo do oceano, ousassem derrubar os seus palácios de Netuno, quebrar as suas conchas de Anfitrite e aventurar o seu pé, calcado de cetim, entre a rúbida ramaria dos corais, entre as verdejantes abóbadas desses templos de algas e de limos, onde avultam, como ídolos horrendos, as quimeras monstruosas, as misteriosas sereias que povoaram o sonho fantástico de Fausto, quando Mefistófeles o transporta ao seio da classe plebeia, se assim nos podemos exprimir, da antiga mitologia. ([b]) Tudo quanto não era nobre,

---

[b] Fausto, 2.ª Parte.

perfumado e delicado fora por tanto tempo considerado como antipoético, que, ainda quando se principiou a perceber que havia muito oiro escondido nessas escórias desprezadas, não se aproveitou senão engastando-o cuidadosamente nas jóias arrebicadas da literatura clássica. Os poemas sublimes do grande homem que bebera a largos tragos o vinho forte da poesia tradicional do seu país, em vez do hidromel sem sabor, temperado com a água chilra de Aristóteles, as grandes tragédias de Shakespeare não ousaram aparecer no palco francês, senão compostas, alindadas, decotadas e castradas pelo bom Ducis. Foi preciso que viesse uma geração completamente nova, que nunca se viciara nos ares empestados, na atmosfera artificial das estufas de Versailles, para que respirasse com delícias os aromas inebriantes da poesia, que procurava a sua inspiração nas crenças do povo, e nos sentimentos do poeta.

Ora, o que sucedeu na Europa com a poesia popular, aconteceu no Brasil com a literatura indiana. A Conjuração dos Tamoios *(sic) do poeta Magalhães, os poemetos nacionais de Gonçalves Dias assemelham-se um pouco às tragédias shakespearianas de Ducis. Dizem-me que* Os Timbiras *de Goncalves Dias mostram já uma tendência maior para se impregnarem na cor local, e para reflectirem, na sua nudez sublime, as grandes imagens dos povos primitivos da América. Não conhecendo esse poema, não posso formar juízo sobre ele, mas outros poemetos indianos, publicados no volume de versos do grande poeta brasileiro, (ᶜ) autorizam-me a supor que a morte ceifou Gonçalves Dias antes dele ter inaugurado verdadeiramente a literatura nacional do Brasil, e que à* Iracema *do Sr. José de Alencar pertence a honra de ter dado o primeiro passo afoito na selva intrin*cada e magnificente das velhas tradições.

Quem lê os romances de Cooper e se entusiasma com as suas descrições magníficas, com os usos pitorescos dos selvagens, com a linguagem imaginosa e colorida, apanágio de todos os povos primitivos, que vivem num contato íntimo com a natureza, se volve depois os olhos para as terras de Santa Cruz, se contempla essas florestas, onde resplende a vegetação prodigiosa dos trópicos, onde os cipós se entrançam em longas cordas de verdura, onde as bromélias pendem em festões variegados dos troncos das árvores, se pensa nesses rios portentosos, que se desenrolam na vastíssima amplidão dos desertos e em cujas águas rumorejantes se espelham as altíssimas cúpulas das selvas marginais, se vê passar com os olhos da fantasia, por esses maravilhosos ermos, os índios silenciosos cuja tez é doirada pelos raios do sol, cuja linguagem se inflama no ardor do

---

ᶜ Edição de Leipsick (sic).

clima, cujas paixões ferventes se exaltam ao sopro da brisa ardentíssima dos trópicos, lamenta decerto que não houvesse um poeta que soubesse aproveitar os tesouros da poesia, espalhados com profusão por esse território admiravel, e que, da mesma forma que Fenimore Cooper, desse um mágico relevo às tradições e às crónicas desses povos, a quem Deus concedera para habitação como que um arrabalde do Paraíso.

Felizmente o Sr. José d'Alencar livrou a sua pátria desse labéu. Iracema é uma tentativa, uma lenda apenas de 156 páginas, mas em que se revela o estilista primoroso, o pintor entusiasta das paisagens natais, e o cronista simpático dos antigos povos brasileiros. Pela primeira vez aparecem os índios, falando a sua linguagem colorida e ardente, pela primeira vez se imprime finalmente o cunho nacional num livro brasileiro, pela primeira vez são descritos os selvagens com aqueles toques delicados, que dão um realce tão vivo aos tipos do romancista da América do Norte. Iracema, a virgem Tabajara, a virgem dos lábios de mel, é a cândida e meiga irmã da Flor dos Bosques e da Estrela da Manhã e de Orvalho de Junho, *essas famosas criações do grande escritor dos Estados Unidos. A musa nacional solta-se enfim dos laços europeus, e vem sentar-se melancólica e pensativa, à sombra das bananeiras, vendo o sol apagar o seu facho ardente na perfumada orla das florestas americanas.*

*Vi, não sei já em que jornal do Rio de Janeiro, notada como defeito a profusão de termos indígenas espalhados nas formosas páginas d'*Iracema. *É possível que o autor não pudesse eximir-se do desejo de fazer aparato de erudição em matéria tão nova, e esse aparato, se tornasse ininteligível o volume ou inçasse de termos desagradáveis o brilhante matiz da prosa do Sr. José d'Alencar, podia realmente considerar-se como defeito, mas o entretecer nos períodos da lenda algumas palavras sonoras e doces, que, ainda mesmo que não sejam compreendidas pelo leitor, em nada prejudicam o interesse do livro, por serem designação de plantas americanas, ou de objectos do uso dos indígenas, não creio que possa macular por forma alguma o formosíssimo quadro do pintor brasileiro. São uns acessórios colocados ao fundo da paisagem, que em nada diminuem a admiração que o quadro nos inspira, porque representam objectos para nós desconhecidos. A pequenez do livro, e o facto de ter a forma legendária que requer a concisão e impossibilita as explicações entremeadas no texto, fizeram com que fosse mais sensível o emprego dessas palavras da língua indígena que, num romance, onde as descrições, tomando proporções mais largas, e descendo a mais ligeiras minuciosidades, explicam o termo para nós ignoto, passaria completamente despercebido.*

Não; esse não é o defeito que me parece dever notar-se na Iracema; *o defeito que eu vejo nessa lenda, o defeito que vejo em todos os livros brasileiros, e contra o qual não cessarei de bradar intrepidadamente, é a falta de correcção na linguagem portuguesa, ou antes a mania de tornar o brasileiro uma língua diferente do velho português, por meio de neologismos arrojados e injustificáveis, e de insubordinações gramaticais, que (tenham cautela!) chegarão a ser risíveis se quiserem tomar as proporções duma insurreição em regra contra tirania de Lobato.*

Se os escritores brasileiros desejam realmente fazer uma língua nova, corrompendo a antiga, como as línguas modernas da Europa se formaram da corrupção do latim, devemos adverti-los de que isso não prova senão o desprezo das regras mais elementares da filologia. A transformação das línguas é um fenómeno, que se opera sem que a vontade humana possa nele intervir por forma alguma; como qualquer outro fenómeno físico, está sujeito a leis fixas e imutáveis, como a gravitação, ou a expansão dos gases. Max Muller demonstrou amplamente na sua Ciência da Linguagem, *e como ele demonstraram-no todos os eruditos filólogos da moderna escola, que a filologia é uma ciência da natureza, e não uma ciência histórica. O fluxo e refluxo das línguas têm um caminhar tão certo como o fluxo e refluxo das marés, que obedecem à acção longínqua da Lua. Essa transformação pô-la Deus nas mãos do ignorante. O nível da linguagem eleva-se, não se abaixa. É ao povo, esse ignorante sublime, que está confiado li o sagrado depósito. Os sábios enriquecem um idioma, só o povo o transforma. As formas gramaticais não se alteram a bel-prazer dos escritores; a índole duma língua não são eles que a modificam por decreto. Parece-me necessário que os escritores brasileiros se compenetrem bem desta verdade hoje elementar.*

Por que motivo um livro brasileiro se distinguirá na linguagem dum livro português? Quando os livros de Prescott, americano, não se distinguem dos livros de Macaulay, quando Ticknor e Southey, Cooper e Walter Scott, Washington Irving e Charles Dickens escrevem exactamente o mesmo correcto inglês? quando Arboleda e Zorrilla, Mármol e Espronceda entoam os seus inimitáveis versos no mesmo sonoro e altivo espanhol? Estas dissidências não podem indicar senão um erro da nossa parte ou da parte dos nossos irmãos ultramarinos. As línguas transformam-se corrompendo-se, e a corrupção, enquanto não é fonte de renovamento, é vício, e vício fatal. Ora, neste caso, ou nós estamos corrompendo o idioma, ou os escritores brasileiros o corrompem. Mas nós cingimo-nos às velhas regras, nós sem nos desviarmos da linha recta, enquanto os brasi-

leiros se comprazem em seguir umas veredas escabrosas, por onde caminha aos tombos a língua de Camões. É glorioso ser um destes escritores, que fazem brotar um idioma novo do cadáver corrupto duma velha língua, mas não nos parece igualmente glorioso entrar na classe daqueles que receberam dos seus passados uma linguagem formosa, harmoniosa e opulenta, e que a estragam, e que a desfiguram e maculam, e concorrem dessa forma para a transformarem de corpo cheio de vida em cadáver purulento, de manto de púrpura em farrapo ignóbil.

Aproveitei este ensejo para dizer verdades que me pesavam há muito na consciência, e que parecerão talvez rudes, quando se souber que são escritores de primeira ordem, talentos verdadeiramente grandiosos, os que estão à frente desta cruzada de novo género. Mas pareceu-me útil a quem, cego por um sentimento talvez louvável, caminha visivelmente numa vereda errada, e vai arrastando por ela uma literatura cheia de vida, e florescente de promessas.

Ainda que o Sr. José d'Alencar não seja dos mais audazes revoltosos, ainda que o seu estilo verdadeiramente mágico resgate plenamente as incorrecções de linguagem que lhe podemos imputar, desejaríamos que nem sequer essa leve mácula existisse num livro primoroso, num livro que está destinado, como a Iracema, a lançar no Brasil as bases duma literatura verdadeiramente nacional.

CARTA III

Franklin Távora

Iracema *teve por fim desempenhar o compromisso que o Autor cometeu a imprudência (palavras suas —e não disse mal) de contrair, quando escreveu algumas cartas sobre a* Confederação dos Tamoios.

Ora, a Confederação dos Tamoios *pretende as honras não só de poema, porém de poema épico. Sinto não ter esta obra, que li há tempos, para agora averiguar a minha asserção. Quer-me, todavia, parecer que não estou em equívoco...*

J. de Alencar, criticando-a, disse que as tradições dos indígenas davam matéria para um grande poema que "talvez um dia alguém apresentasse, sem ruído nem aparato." Quando chegará esse dia?

Supuseram que o autor se referia a si, e perguntaram-lhe várias pessoas por ele. Tanto bastou para que se metesse em "brios literários e começasse a obra com tal vigor que de um fôlego a levou ao IV Canto.".

Depois, por certas considerações, que não vêm ao caso recordar, foi o autor levado a dar "um ensaio sobre a poesia verdadeiramente brasileira, in anima prosaica". *Tal a* Iracema.

Pergunta-se. Que é lícito conjecturar, em face de todas estas circunstâncias precedentes, a saber — depois de uma crítica feita a um poema candidato a épico, depois de uma solene promessa de apresentação de um grande poema, por julgar o crítico que aquele não realizava a verdadeira poesia brasileira, e depois finalmente da amostra em prosa dessa prometida e perguntada obra? Seguramente, que esta amostra pretende oferecer ao mundo não só o tipo daquela poesia, senão também o de um poema épico, em contraposição ao que foi julgado incapaz de satisfazer àquele desideratum. *Com efeito!*

Há um grande nome da literatura espanhola. —Dom Juan Rui de Alarcón y Mendoza, que um autor coloca acima de Moratin de Montalvan, e imediatamente depois de Lope de Vega.

Era ele "infernalmente orgulhoso", na frase do crítico a quem peço essas notícias. Em um dos seus prefácios se lêem estas memoráveis palavras, alusivas ao público, ''al volgo". — "Canalha, ani-

mal feroz, dirijo-me a ti, nada digo aos gentis-homens, que me tratam melhor do que desejo; entrego-te as minhas peças; faze delas o que fazes das boas coisas — sê injusto e estúpido, como é teu costume, elas te encaram e te afrontam; seu desprezo por ti é soberano. Se as achares ruins, tanto melhor — é que são boas. Se te agradarem, tanto pior — é que para nada prestam. Paga-as, e folgarei de te haver custado alguma coisa."

J. de Alencar dá poemas e romances de costumes, *sem ter estudado a natureza nem os povos, e condenando além disso o estudo dos mestres e os dicionários existentes, que chama de "espúrios". Essas obras, ele as dá do fundo do seu gabinete, assim a modo de quem expede avisos para um império inteiro. Espécies de encíclicas literárias que trazem o cunho da autoridade dogmática e infalível: são matéria de fé. Houve decerto imensa modéstia, quando nos disse que* Iracema *era uma experiência ou amostra. E que foi isso há seis anos, antes a esta parte, e* tempora mutantur. *Hoje, com a sem-cerimónia de quem conhece o terreno onde pisa, suas palavras para com o público seriam talvez estas.* — "*Canalha imbecil, corja de idiotas e de boçais, que só tens tido um* laus perennis *para os meus caprichos, a minha fatuidade e as minhas aberrações, toma lá esta* Ilíada Brasileira. *Os que conhecem os meus erros e defeitos tratam-me melhor do que seria de esperar, graças ao seu silêncio, filho do pouco caso ou da cobardia, a minha reputação pânica transpôs já os umbrais da posteridade, e perde o tempo ou é parvo quem tentar apear-me do pedestal. Paga tu a obra e elogia-a por toda a parte, como tem sido teu costume."*

Haveria nestas amabilidades alguma coisa parecida com as de Alarcón, mas só nisto pareceria com este o J. de Alencar, porque o autor espanhol era de tanto génio que Corneille vazou o seu Manteur *no molde da* Verdad Suspechosa, *obra que denomina "a maravilha do teatro, e para a qual não encontra nada comparável, quer entre os antigos, quer entre os modernos". Infelizmente as coisas são muito diversas, em relação ao caso actual. O Brasil de hoje está tão distante da Espanha do século XVI e XVII, quando fornecia assuntos à Itália, à França, à Inglaterra, a Corneille, a Shakespeare! O nosso compatriota, posto que muito ilustre e respeitável, está tão afastado física, cronológica e literariamente de Alarcón! E depois acresce: J. de Alencar não teria razão para se queixar do público: só Alarcón — perspicaz e profundo desconfiaria desse perene acolhimento às suas obras. Desçamos ao nosso assunto.*

— *Tu, que és mestre e entendes tão bem da coisa como nem ouso pretendê-lo eu, achas que a poesia brasileira tenha encontrado o seu ideal na* Iracema?

A poesia de um povo, que fazia das guerras sua principal, senão única, fonte de paixões, não podia ter essa expressão de flacidez, de langor, que faz a feição completa da obra citada.

Anelos tumultuosos, afectos desenfreados, prazeres lúbricos, sensações intensas e bravias, que costumam traduzir-se em linguagem de mais possança; isto é o que nos parece dizerem o senso crítico e o estudo de todas as primitividades de todos os povos do mundo. O poeta, intérprete dessa poesia, não tem mais que apanhar o colorido ardente e com ele velar as impudicícias ou as fealdades da natureza brutal.

Cumpre mais acrescentar que a forma de tal poesia, particularmente bebida na fonte grosseira dos sentidos, devia tender mais ao plástico, ao material, do que a uma idealização que de modo nenhum cabe em semelhante natureza. Um moderno arqueólogo e sábio inglês, Lubbock, estudando os costumes dos aborígines da América do Norte, diz que "o estilo de sua música é magro e sem arte". Sabe-se que a monotonia faz também o característico das festas, das danças e dos cantos dos selvagens em geral; e com relação aos do Brasil, é fácil depreender do que dizem os competentes, que também era traço distintivo de sua linguagem certo cunho de varonilidade, repercussão do estilo com que celebravam suas paixões tumultuárias.

Só duas fontes vejo onde o poeta achasse para beber o carácter da poesia brasileira, a saber: espécimens na própria língua vernácula, ou, na falta destes, o dizer dos historiadores. Ora, a primeira é sabido que nos falta, não só os índios não escreviam, mas também quem o podia fazer "não se deu ao trabalho de recolher ou verter em língua portuguesa os cânticos dos índios", como diz um literato contemporâneo. Resta, portanto, a segunda, que, longe de autorizar, condena a pretensa escola, inaugurada por J. de Alencar.

Em verdade, basta uma interpretação aproximada da história, para vermos a medida dessa poesia. Um povo dado às lutas violentas, donde derivava os seus mais assíduos passatempos e labores, não havia de tê-la frouxa e débil, quando é certo gue a poesia é o reflexo mais animado, firme e substancial das paixões de um povo.

Mas que nos dizem os historiadores? Vejamos. Simão de Vasconcelos diz, — tratando dos cantos: "Cantam no mesmo tom arengas de suas valentias e feitos de guerra, com tais assobios, palmas e pateadas, que atroam os vales."

Ferdinand Dénis diz, ocupando-se com o mesmo assunto. "Cantavam alternadamente as suas façanhas em tom grave e compassado." E referindo-se a uma certa dança, acrescenta que "do seio da multidão se levantava um coro harmonioso, que celebrava a glória dos antepassados e incitava os bravos a novos feitos de honra."

Verdade seja que G. Dias nos observa: "Entre os tupis era tudo música e poesia — a linguagem e a vida, o nascimento e a morte — a guerra e as festas — o amor e a religião — era tudo poesia... Na sua linguagem harmoniosa e quase toda labial, travada e intercalada de vogais — imitavam o ciciar da brisa a correr sobre as ondas espalhadas do oceano, a agitar levemente a igara derivando à tona d'água, e a enredar-se pelas folhas dos bosques, que aromatizam o litoral." Para apoiar esta opinião, declina a de diversos autorizados escritores, como o Padre Figueira, Laet, Vasconcelos, Du Montel, os quais todos são acordes em que a língua-geral era muito rica, suave e elegante.

Devo, entretanto, produzir duas rápidas observações.

Primeiramente, historiadores também há, não menos abalizados, que, no dizer de D'Orbigny, supõem, que "quase todas as línguas americanas eram pouco extensas, grosseiras e careciam absolutamente de termos para exprimir um pensamento, uma ideia delicada, ou mesmo a paixão." Se coubesse nos estreitos limites de uma carta, escrita de relance, algum desenvolvimento sobre a matéria sem dúvida transcendente, eu reproduziria, com Lubbock, Forster, Ellis Cook, Koben Thunberg, Harris e muitos outros, factos e considerações que avigoram esta opinião.

Em segundo lugar direi que, mesmo admitida a opinião esposada por G. Dias e pelos outros citados historiadores, essa suavidade, opulência e elegância, longe de se contraporem à tese, que ressalta da história, mais a acentuam e corroboram, Quanto mais opulenta e elegante for a língua, tanto mais em condições de ostentar fidalguria e gentileza, quer de forma, quer de essência. E tanto assim é que o próprio G. Dias não vazou as suas poesias americanas em outro molde.

Se dos cantos passamos às danças, o que vemos? Refere o próprio Dias: "Essas mesmas danças não eram mero exercício de força ou simples distracção. Simulavam (os guerreiros) nos passos coreográficos, já o caçador... em atitude viril e ameaçadora... já, mais enérgicos, imitavam combates de homem contra homem, em que se sucediam as palavras aos golpes, etc." Confirmando essa afirmativa, ajunta F. Dénis: "Era antes (a mais solene das danças) uma cerimónia marcial que uma dança propriamente dita."

Eis, pois, ainda aqui caracterizada a poesia selvagem, pela energia e fortaleza, que embutiam, digamo-lo assim, na linguagem, nos gestos, nas acções, nas diversas formas, sempre elevadas, de decantar assuntos grandíloquos, como as batalhas, os convívios em honra das bárbaras proezas, os exercícios e noviciados bélicos.

Penso, pois, assim: Ou a poesia tivesse de exprimir motivos de essência épicos — as lutas gigânteas, as glórias marciais; ou motivos melodramáticos, os prazeres eróticos, as magnificências da natureza inanimada, os encantos da vida florestal; ou de referir-se às suas práticas e crenças religiosa — em qualquer destes casos, ser-lhe-ia impossível abstrair do cunho de vivacidade, do colorido vigoroso, próprio do sentimento universal de braveza e do modo geral de dizer que especialmente os assinalava e que era como as tintas predominantes de todos os seus fenómenos sociais e morais.

Pensando assim, estou de acordo com os dois primitivos patriarcas da poesia brasílica — Basílio da Gama e Santa Rita Durão, e também com os grandiosos engenhos de Dias e de Magalhães que, nos tempos actuais, tamanho impulso, deram à escola nascente, apesar de ser de data colonial. O Dias foi infatigável, verdadeiro propagador dessa escola que cultivou como o sacerdote mais estrénuo, autorizado e feliz. É ele indisputavelmente o nosso primeiro poeta, e dificilmente terá um sucessor, que se lhe aproxime, se ingrata sorte arrebatar cedo à pátria o estro mágico de Fagundes Varela que, no meu fraco entender, é o vate mais genuíno, opulento a mavioso da moderna plêiade nacional.

Ora, se pego agora mesmo do Uruguai (sic), *e o abro ao acaso, o que encontro? É o ponto em que o Índio, Cacambo, se apresenta ao general como parlamentário. Ouçamo-lo:*

"O general famoso, / tu tens à vista quanta gente bebe / do soberbo Uruguai a esquerda margem. / Bem que os nossos avós fossem despojo / da perfídia de Europa e daqui mesmo / co'os não vingados ossos dos parentes / se vejam branquejar ao longe os vales / eu, desarmado e só buscar-te venho. / (...) / As campinas que vês, e a nossa terra, / sem o nosso suor e os nossos braços, / de que serve ao teu rei? Aqui não temos / nem altas minas nem os caudalosos / rios de areias de oiro (...) / Pobres choupanas e algodões tecidos / e o arco e as setas e as vistosas penas / são as nossas fantásticas riquezas. / (...) / Que mais queres de nós? Não nos obrigues / a resistir-te em campo aberto. Pode / custar-te muito sangue o dar um passo; / não queiras ver se cortam nossas flechas; / vê que o nome dos reis não nos assusta."

Mas, já não quero este assunto que podem tachar de forte em si mesmo e vou ter a outro, de diversa ordem o amor. Abro o Caramuru *e não é já um guerreiro, porém sim uma simples mulher quem fala: Paraguaçu, prometendo a Diogo Álvares baptizar-se e ser sua esposa. "Esposo — a bela diz — teu nome ignoro, / mas não teu coração, que no meu peito, / desde o momento em que te vi, que o adoro! / Não sei se era amor já, se era respeito; / mas sei, do que então vi, do que hoje exploro, / que de dois corações um só foi feito:/ / quero o baptismo teu, quero a tua igreja, / meu povo seja o teu, teu*

Deus meu seja. / Ter-me-ás, caro, ter-me-ás sempre a teu lado, / vigia tua, se te ocupa o sono: / armada sairei, vendo-te armado: / tu só serás, senhor, tu só, meu dono. / Tanto lhe diz Diogo, e ambos juraram / e em fé do juramento as mãos tocaram."

Pois bem, nesse mesmo assunto, não há frouxidão nem moleza na expressão. Pelo contrário a linguagem do afecto não se deturpa, não se abastarda, não despe, nos lábios da moça, da selvagem louçania sempre, em brio em garbo, na altura condigna.

Recordo ao Dias, não no lampejante Canto do Guerreiro, *não no* I-Juca-Pirama, *modelo de pundonor e de ufania bárbara, nem no* Tabira, *eminentemente marcial e atlético, mas numa poesia de insinuante sentimentalismo e amor — o* Canto do Índio. *Tu bem sabes com que pujança de ideia e galhardia de linguagem o poeta exalta em notas plangentes o amor grandioso do silvícola. Ouve: "Ó virgem, virgem dos cristãos formosa, / porque eu te visse assim, como te via, / calcara agros espinhos sem queixar-me, / que antes me dera por feliz de ver-te. / O tacape fatal em terra estranha, / sobre mim, sem temor veria erguido, / desse-me a mim somente ver teu rosto, / nas águas, como a lua, retratado... / Passara a vida inteira a contemplar-te / sem que dos meus irmãos ouvisse o canto, / sem que o som do boré que incita à guerra / me infiltrasse o valor que me hás roubado... / Escuta, ó virgem dos cristãos formosa, / odeio tanto aos teus, como te adoro / mas queiras tu ser minha, que eu prometo vencer por teu amor meu ódio antigo, / trocar a maça do poder por ferros, / e ser, por te gozar, escravo deles."*

Esta magnificiência, este primor, compreendo eu como eco da paixão suntuosa dos selvagens. Esta, sim, se não foi, presume-se que poderia ser a verdadeira poesia brasileira. As sensações e as ideias, os estímulos activos como o coração, que se expandiam nas lutas eternas, que as eternas solidões ainda mais solenes e majestosas faziam, tem nestas suavíssimas, sem deixarem de ser seguras e másculas vozes, um eco fiel e íntimo, que vai coando na alma. O selvagem tupi, vítima da paixão, como sói brotar em ânimos de tal têmpera, ou fala assim, ou não fala.

Quem há aí que não conheça a poesia intitulada Leito de Folhas Verdes, *do mesmo inspirado poeta? Aquela viração da noite, aquele rumorejar do bosque, a mangueira altiva, a flor do tamarindo, o doce aroma do bogari, vales e montes, lago e terra, a araçóia, a brisa da manhã, tudo nos fala da natureza virgem e dos* rendez-vous *no mato, tão simples e prosaicos em si mesmos, mas que, não obstante, deram assunto a uma das mais belas e graciosas composições do Sr. G. Dias, no dizer de J. F. Lisboa. "O poeta tira da paleta onde guarda as mimosas cores de sua elegante fantasia, as mais apropriadas ao desenho, e combinando-as com as ameníssimas galas da natureza, entretece o sendal de variegadas ilusões com que encobre o fundo material e quiçá abjecto do motivo. O leitor haure com deleite esses esplêndidos versos, sabe o facto que eles decantam, facto em si mesmo simples e prosaico, e nem uma palavra sequer lhe vem estremecer a placidez desse véu de decência e de poesia, que se diria cobrir o puro leito da inocência. E contudo não há exageração, o mínimo desvairo no quadro. As cores são vivazes, a pintura, verosímil".*

O contrário se dá na Iracema. *O estilo em geral peca por inchado, por alambicado. As imagens sucedem-se, atropelam-se. Há um esbanjamento de imaginação que, desde a primeira vista, se nota que está muito longe de aproximar-se da verdade, para que os personagens pudessem falar assim, nessa perene figura, fora preciso supor neles o talento, e talvez a cultura do próprio autor, tão custoso e trabalhado se conhece ter sido aquele arranjo ostentoso. De repente, porém, o que sucede, para ainda mais desabonar o pincel do artista? O artefato de roupagens supérfluas contrai-se, e desnuda em plena luz a mais deslavada materialidade.*

Exemplo. Abro o poema na página 71. Martim tem passado a primeira noite com a índia na cabana de Araquém. Apesar de ter o moço "enchido sua alma com o nome e a veneração de seu Deus — Cristo! Cristo!" (como diz o autor) o seu Deus não o preservou de cometer a vilania (que a foi), na "cabana hospedeira". Depois de ter o autor contado tal infortúnio da moça, que, da noite para o dia, deixara de ser digna de guardar os sonhos da jurema *e de merecer os afectos e as considerações de seu velho pai, com que chave de oiro achas que se sairia o autor para fechar esse primoroso capítulo? Ouve. "As águas do rio depuraram o corpo casto da recente esposa!" (São textuais.)*

Considera, meu amigo, que o autor despendeu uma nota inteira, à p. em justificar a denominação de — Acaraú *— que deu ao rio —* Acaracu *— dizendo ter "usado ali da liberdade horaciana, como o fim de evitar em uma obra literária, obra de gosto e artística, um som áspero e ingrato."*

Que contradição flagrante é esta? No trecho citado, não há só a aspereza e ingratidão de um som; há um período inteiro, oferecendo ao espírito do leitor uma ideia vil, expressa por palavras indecentes; depois da baixeza, a índia foi tomar banho no rio para ficar limpa.

Como isso é de gosto e de arte! E, sobretudo, que fina e edificante poesia!

Teu amigo certo,

SEMPRÓNIO

CARTAS
sobre
A CONFEDERAÇÃO DOS TAMOIOS

UMA PALAVRA

Publicando de novo essas cartas escritas em alguns momentos que me deixavam as minhas ocupações diárias, não tenho pretensões de fazer delas uma obra.

Reconheço que são defeituosas como todo o trabalho interrompido por estudos de natureza muito diversa, feito rapidamente e de memória, sem tempo de verificar a citação de livros que li há bons anos.

Se as tivesse de corrigir, creio que me veria obrigado a refazê--las de todo, dando-lhes nova forma; mas para isto falta-me tempo, e ainda mais o ânimo de empreender um trabalho enfadonho.

Ocultei a princípio o meu nome, não pelo receio de tomar a responsabilidade do escrito; e sim porque obscuro como é, não daria o menor valor às ideias que emiti.

Desde porém que a crítica, das colunas de um jornal passa às folhas de um livro, entendo que é dever de lealdade para com o poeta que censurei, e para com o público que me serviu de juiz, assinar aquilo que escrevi.

O pseudónimo de Ig. foi tirado das primeiras letras do nome Iguaçu, heroína do poema; ninguém dirá pois que A Confederação dos Tamoios *não é capaz de inspirar, quando suscitou-me a ideia de um pseudónimo que fez quebrar a cabeça a muita gente.*

Alguém pensou, ou quis pensar, que tive colaboradores nestas cartas, mas enganou-se completamente; tive sim mestres como Chateaubriand e Lamartine, de quem lia algumas páginas para ter a coragem de criticar um poeta de reputação como e o Sr. Magalhães.

O leitor que julgou a ideia pelo que valia, sem o aparato de um nome conhecido, mas excitado pela curiosidade do mistério, dar-lhe-á decerto menos apreço quando souber quem a escreveu.

Agosto de 1856

J. D'ALENCAR.

CARTA PRIMEIRA

MEU AMIGO.
Não é um juízo crítico que pretendo escrever sobre o poema do Sr. Magalhães: nem tenho habilitações, nem tempo para o fazer com a calma e o estudo preciso.

São apenas as impressões de minha leitura, que desejo comunicar-lhe, para que as publique se entender que o merecem, e que são justas.

O pensamento do poema, tirado dos primeiros tempos coloniais do Brasil, é geralmente conhecido; era um belo assunto que, realçado pela grandeza de uma raça infeliz, e pelas cenas da natureza esplêndida de nossa terra, dava tema para uma *divina epopeia*, se fosse escrito por Dante.

O Sr. Magalhães tratou este assunto em dez cantos, e ligou à acção principal, à acção da epopeia, um pequeno drama de amor, que forma um ligeiro episódio.

Como não escrevo um juízo crítico, mas sim as ideias que me produziu a leitura do livro, irei fazendo as minhas reflexões pela mesma ordem em que o meu espírito as formulou.

O poema começa por uma invocação ao sol e depois aos génios do Brasil. A primeira parte é fria: o sol de nossa terra, esse astro cheio de esplendor e de luz, devia inspirar versos mais repassados de entusiasmo e de poesia.

A segunda parte tem beleza; ressumbra aí essa doce melancolia que sente o espírito quando considera nesse vasto solo habitado por tantas raças que desapareceram da face da terra, que pereceram ou emigraram para regiões desconhecidas.

A tradição dos índios do Norte falava de uma grande peregrinação feita pela raça tapuia quando a nova raça invasora dos tupis se assenhoreou de suas terras; talvez a invasão dos portugueses tenha produzido o mesmo resultado.

Depois da invocação segue a descrição do Brasil: há nessa descrição muitas belezas de pensamento, mas a poesia, tenho medo de dizê-lo, não está na altura do assunto.

Se me perguntarem o que falta, decerto não saberei responder; falta um quer que seja, essa riqueza de imagens, esse luxo da fantasia que forma na pintura, como na poesia, o colorido do pensanento, os raios e as sombras, os claros e escuros do quadro.

Parece-me que Virgílio, que descreveu a Itália, Byron a Grécia, Chateaubriand as Gálias, Camões os mares da Índia, teriam achado no sol do Brasil algum novo raio, alguma centelha divina para iluminar essa tela brilhante de uma natureza virgem e tão cheia de poesia.

Parece-me que o génio de um poeta em luta com a inspiração, devia arrancar do seio d'alma algum canto celeste, alguma harmonia original, nunca sonhada pela velha literatura de um velho mundo.

Digo-o por mim: se algum dia fosse poeta, e quisesse cantar a minha terra e as suas belezas, se quisesse compor um poema nacional, pediria a Deus que me fizesse esquecer por um momento as minhas ideias de homem civilizado.

Filho da natureza embrenhar-me-ia por essas matas seculares contemplaria as maravilhas de Deus, veria o sol erguer se no seu mar de ouro, a lua deslizar-se no azul do céu, ouviria o murmúrio das ondas e o eco profundo e solene das florestas.

E se tudo isto não me inspirasse uma poesia nova, se não desse ao meu pensamento outros voos que não esses adejos de uma musa clássica ou romântica, quebraria a minha pena com desespero mas não a mancharia numa poesia menos digna de meu belo e nobre país.

Brasil, minha pátria, por que com tantas riquezas que possuís em teu seio, não dás ao génio de um dos teus filhos todo o reflexo de tua luz e de tua beleza? Porque não lhe dás as cores de tua palheta, a forma graciosa de tuas flores, a harmonia das auras da tarde? Porque não arrancas das asas de um dos teus pássaros mais garridos a pena do poeta que deve cantar-te?

E entretanto a civilização aí vem; o *wagon* do progresso fumega e vai precipitar-se sobre essa teia imensa de trilhos de ferro que em pouco cortarão as tuas florestas virgens, os turbilhões de fumaça e de vapor começam a enovelar se, e breve obscurecerão a limpidez dessa atmosfera diáfana e pura.

A natureza veste-se com as roupagens da arte e da civilização; e a natureza é como a Vénus afrodita, que saiu nua dos seios das ondas, e que as *Graças* não se animaram a vestir; a natureza saiu nua das mãos de Deus, e as mãos dos homens não podem tocá-la sem ofendê-la.

Quem sabe! Talvez isto seja necessário. O Brasil, em toda a sua beleza natural, ofusca o pensamento do homem como a luz forte, que deslumbra a vista e cega; é preciso que essa luz perca um pouco de sua intensidade para que olhos humanos possam se habituar a ela.

Ia-me esquecendo o poema: é natural! A descrição do Brasil inspira-me mais entusiasmo do que o Brasil da descrição.

No trecho sobre o Amazonas há alguns versos lindíssimos, algumas imagens muito felizes, mas é bastante longo; o poeta parece ter esgotado nele toda a sua inspiração, que fez lhe falta na descrição do Paraná.

A pintura da vida dos índios não tem, na minha opinião, a menor beleza; uma página de um viajante qualquer a respeito da vida nómade dos árabes do deserto é mais cheia dessa poesia da liberdade selvagem do que a parte do poema a que me refiro.

Demais, o autor não aproveitou a ideia mais bela da pintura; o esboço histórico dessas raças extintas, a origem desses povos desconhecidos, as tradições primitivas dos indígenas, davam por si só matéria a um grande poema, que talvez um dia alguém apresente sem ruído, sem aparato, como modesto fruto de suas vigílias.

Mas, deixando de parte esse tema dos *Nibelungen* brasileiros, que não estava no pensamento de seu poema, devia o autor ao menos tirar dele todo o recurso de um poeta épico, que procura elevar a grandeza e a majestade dos seus heróis.

Se bem me lembro, em todas as epopeias que conheço, o autor não se descuida desse ornamento; todos dão uma origem divina, ou ao menos, heróica, ao povo que pretendem cantar; assim fizeram Homero, Virgílio e Camões.

Que bela e graciosa lenda não se podia tirar dessas tradições mexicanas, hoje tão conhecidas! Que tesouro de poesia não há a explorar nessas imagens ainda não gastas e usadas!

O primeiro canto termina com a apresentação em cena do herói do poema, e com um episódio da morte do filho de um cacique índio.

Aimbire, o herói, depois de percorrer todas as tribos tamoias, chega no alto da Gávea, e aí encontra Pindobuçu e sua filha, que davam sepultura a um jovem guerreiro morto.

Essa filha é a heroína do poema, o seu encontro com Aimbire é de tal maneira, que nunca o leitor poderia adivinhar que ela teria de representar o papel importante que se lhe destina.

O poeta, talvez fatigado de descrições, não teve uma palavra para exprimir a beleza da jovem índia lacrimosa, consolando seu velho pai: essa dor mútua, esse quadro de tanto sentimento, passa despercebido.

Foi substituído pela saudação de Aimbire à Guanabara, sua formosa terra; e pela narração cheia de força e de colorido, que faz Pindobuçu da morte de seu filho.

Até aqui, tenho seguido o poema quase verso por verso; agora que cheguei ao fim do primeiro canto, permita-me, meu amigo, que dê largas a algumas reflexões, que de propósito calei, para não cortar o fio das ideias.

Um poema épico, como eu o compreendo, e como tenho visto realizado, deve abrir-se por um quadro majestoso, por uma cena digna do elevado assunto que se vai tratar.

Não se entra em um palácio real por uma portinha travessa, mas por um pórtico grandioso, por um peristilo magnífico, onde a arte delineou algumas dessas belas imagens que infundem admiração.

A Confederação dos Tamoios começa por um episódio: é a morte de um simples guerreiro índio, assassinado por dois colonos, que decide da aliança das tribos indígenas contra a colónia de S. Vicente.

Devemos confessar que a causa do poema, o *princípio* da acção não está de modo algum nas regras da epopeia. Derivar de um facto acidental e sem importância a luta de duas raças, a extinção de um povo e a conquista de um país, é impróprio da grandeza do assunto.

Compare se neste ponto com os poemas conhecidos, e ver-se-á o contraste: Milton deriva a sua acção da rebelião de Satanás; Virgílio da destruição de Tróia; Homero do rapto de Helena; o Tasso das Cruzadas, Camões do espírito de conquista e navegação.

Há pois nestes poemas como causa, ou um grande infortúnio ou um sentimento poderoso como a nacionalidade e a religião, ou um acontecimento importante como a descoberta de um novo mundo.

O Sr. Magalhães serve-se da vingança, mas uma vingança produzida por um facto trivial, um facto bem comum, como era a morte de um índio, nesse tempo de hostilidades constantes entre os invasores e os indígenas.

Na minha opinião o Sr. Magalhães teria feito melhor se abrisse o seu poema pelo conselho dos chefes tamoios que tem lugar no 2.º canto; e depois, explicando a causa da confederação, fizesse valer o sentimento nacional, a liberdade, e o cativeiro dos índios.

Quanto à metrificação, meu amigo, concordo inteiramente com a sua opinião: o poeta no seu poema descuidou-se inteiramente da forma, o que aliás é natural, pois o estudo da poesia estrangeira provavelmente fez lhe perder o gosto apurado e a suavidade e cadência do verso português.

Há no seu poema um grande abuso de hiatos, e um desalinho de frase, que muitas vezes ofende a eufonia e doçura de nossa língua; tenho encontrado nos seus versos defeitos de estilo e dicção, que um simples escritor de prosa tem todo o cuidado de evitar para não quebrar a harmonia das palavras.

Abra o poema e verá elipses repetidas, sobretudo na conjunção *com*; o que não só denota fracos recursos de metrificação, como torna o verso pouco sonoro e cadenciado.

Que Dante na sua *Divina Comédia* criando ao mesmo tempo um poema e uma nova língua, recorresse a esses expedientes; que alguns antigos poetas portugueses, obrigados pela rima, usassem desse meio de encurtar palavras, compreende-se.

Mas em verso solto, e em verso escrito na língua portuguesa tão rica, é inadmissível esse abuso: um poeta brasileiro, um verdadeiro poeta, não tem licença para estropear as palavras, e fazer delas vocábulos ininteligíveis, enfileirados em linhas de onze sílabas.

Pensa talvez, meu amigo, que vou expor-lhe uma nova arte poética; mas não tenha susto. Só lhe direi que a célebre *libertas* dada *pictoribus atque poetis* por Horácio, é uma doação revogável para os herdeiros do grande mestre, e estes não tardarão a usar do seu direito, abolindo as elipses ásperas, como anarquia, e não liberdade poética.

Não o desejo mais fatigar nesta primeira carta; desculpe o tom familiar em que é escrita; e se a quiser publicar não lhe dê por forma alguma os foros de *artigo*. O estilo epistolar presta-se pouco à gravidade e erudição de uma crítica de imprensa.

Não repare tarnbém se alguma vez fui demasiadamente severo em julgar a beleza de algumas descrições. Como sabe, vivo aqui retirado numa casinha de campo, que o meu amigo conhece; sou o verdadeiro tipo do anacoreta do século dezenove, que lê o jornal pela manhã, e à noite joga o seu voltarete.

O resto do tempo leio; mas não leio no livro dos homens, e sim no livro da natureza, onde todos os dias encontro um novo pensamento, uma nova criação.

O sol, que para os homens da cidade é sempre o mesmo astro, que de manhã acorda os preguiçosos, às duas horas dá sombra às calçadas das ruas, e às cinco diz que chegou a hora do passeio, para mim, para o meu pequeno mundo, formado por uma casinha, um fio d'água e algumas árvores, é outro bem diferente.

Cada um dos seus raios é um poema, cada uma das centelhas de sua luz é uma poesia brilhante, cada um dos instantes de sua carreira é um ciclo em que a imaginação percorre outros mundos, outras eras remotas e desconhecidas.

Já vê pois que tenho razão de ser difícil em matéria de beleza plástica, e mesmo de metrificação: o ouvido habituado ao frouxo roçar das árvores, aos murmurejos das ondas, aos cicios das brisas, a essas *folhas de rosa* da harmonia, não pode sofrer certos versos com a mesma indolência do ouvido acostumado ao rodar das seges e ao burburinho das ruas.

Adeus, meu amigo. Domingo lhe mandarei uma segunda carta.

18 de Junho.

IG.

CARTA SEGUNDA

MEU AMIGO.
Depois que lhe escrevi a minha primeira carta, quase que arrependi-me. Duvidei de mim para não duvidar do poeta e do livro, filho de tantos anos de estudo e de meditação.

É que, à medida que prosseguia na leitura, meu espírito ia sofrendo, umas após outras, tristes decepções. Onde esperava achar uma poesia soberba, apenas encontrava alguns versos, e uma imagem fria e pálida das belezas que sonhara.

Já lhe disse que tinha razões de ser difícil no que toca às descrições da natureza americana, tão cheia de vida, de graça, e de encanto; agora ainda estou mais impertinente a esse respeito, e eu lhe digo a razão.

Apenas concluí o primeiro canto, veio-me uma vaga reminiscência de uns quadros da vida selvagem, dessa vida poética dos índios, que em outro tempo tanto me impressionaram. Era uma saudade de alguma coisa que havia pensado, ou que tinha lido outrora.

Insensivelmente percorri com os olhos um dos raios de minha livraria, e dei com um volume de Chateaubriand; abri-o, e li as primeiras páginas. Todas as minhas doces reminiscências vieram pousar, como enxame de abelhas, sobre uma flor, nesta primeira folha do livro dos *Natchez*.

Com efeito, meu amigo, quem leu essa poesia simples e graciosa, inspirada pela natureza virgem da América; quem admirou essa imaginação vigorosa e sentiu essa inspiração ingénua e natural como a alma dos filhos primitivos de nossas florestas, não pode deixar de entristecer-se lendo o nosso poema nacional.

O Brasil, o filho do sol, com todo o seu brilho e seu luxo oriental, com toda sua esplêndida beleza, cede a palma à América do Norte: o Ohio e o Mississípi vencem o Amazonas e o Paraná; as regiões setentrionais ofuscam os raios do meridiano!

É verdade que elas tiveram a pena de Chateaubriand para descrevê-las, e a alma de um grande poeta para sentir e compreender o que havia nelas de grande e de sublime.

Deixo porém essas páginas perfumadas com a suave fragrância dos aloés e das acácias, com o aroma das flores silvestres, e volto ao nosso poema. Antes não me tivesse lembrado de ler os *Natchez*! Estaria com o espírito mais disposto a receber a impressão de alguma bela ideia.

O segundo canto de que já lhe dei um ligeiro esboço, contém a reunião do conselho dos chefes tamoios; e um discurso que pronuncia o herói, contando ele próprio os seus feitos, e fazendo o seu panegírico.

A maneira por que começa este canto causou-me uma verdadeira surpresa. Quando, possuído das ideias que já lhe comuniquei na outra carta, voltei a página e li os primeiros versos, fiquei realmente admirado, meu amigo.

Sabe que o pensamento do poeta é a luta de morte que se travou entre duas raças inimigas, luta que devia decidir da sorte de uma delas: os índios, resolvidos a vencer ou morrer, formaram essa poderosa confederação que é o assunto principal da epopeia.

O herói conseguiu ligar todas as tribos para essa cruzada libertadora de sua pátria, para essa vingança tremenda das vítimas, por muito tempo sacrificadas aos caprichos dos opressores. O último chefe, que não fôra ainda consultado, deu a sua adesão; nada mais falta; a acção vai pois começar, quando termina o primeiro canto.

Abre-se o segundo.

Diga-me, meu amigo, se ler um poema ou um drarna, nas circunstâncias que acabei de descrever, como esperará ver começar o segundo acto?

Naturalmente suporá que o poeta lhe vai apresentar uma cena grandiosa, um desses quadros majestosos em que a força, a coragem e o heroísmo é realçado por essa poesia primitiva e natural que, na frase de Chateaubriand, assemelha os selvagens a heróis de Homero.

Sem dúvida pensará, que essa luta gigantesca que deve acabar pelo extermínio de uma raça e pela conquista de um país, há-de começar por um desses factos que preludiam os grandes acontecimentos e servem de prólogo às revoluções de um povo, às épocas históricas de uma nação.

Espera decerto que o poeta que deve cantar essa poderosa confederação de tantas tribos ligadas por uma causa santa, pelo amor da pátria e o amor da liberdade, vai preparar o seu espírito para acompanhá-lo nos voos do pensamento quc tem de descrever essa guerra heróica.

Pois bem, meu amigo; possua-se dessas fortes emoções, eleve a imaginação até a lembrança daqueles combates ilíacos, daquelas justas dos guerreiros antigos; compenetre-se bem do assunto, volte a página do livro, e leia comigo:

> Pra acabar co'os ataques reiterados
> Dos lusos, confederam-se os tamoios.

Eis o começo do segundo canto.

Eis a causa dessa grande confederação que merece uma epopeia! Eis o motivo dessa guerra de morte, dessa vingança estrondosa! Eis o princípio de um drama terrível que acaba pela destruição de um povo!

Não é pelo ódio instintivo da cor, não é pelo opróbrio e a vergonha de homens livres reduzidos à escravidão, não é pelo seu belo país, dominado por filhos de terras estranhas; não é para vingar as cinzas de seus pais, não é por nenhum desses incentivos nobres, que os tamoios se confederam, é unicamente para acabar com os ataques reiterados dos lusos.

Bem vê, meu amigo, que tinha razão, dizendo-lhe que fiquei surpreendido: causou-me o mesmo efeito que se ouvisse no teatro um actor pronunciar rindo-se o *He has no children* de Shakespeare em *Macbeth, ou o Tu quoque mihi, Brute*, de César.

Para mim um poeta, e sobretudo um poeta épico, deve ser ao mesmo tempo autor e actor: como autor ele prepara a cena, ordena a sua decoração, e tira todo o partido da ilusão teatral; como actor é obrigado a dar a todas as suas palavras, ao seu estilo, um tom e uma elevação que esteja na altura do pensamento.

Ninguém ignora que os ataques reiterados dos lusos tivessem por fim escravizar os índios, expulsá-los de suas terras, e que resistindo a eles os tamoios defendiam sua pátria, sua liberdade, e sua religião; mas é preciso exprimir os grandes sentimentos com a sua linguagem própria: as palavras são como as vestes do pensamento, que ora o trajam de galas e de sedas, ora de lã e de estamenha.

Se quiser, meu amigo, apreciar um verdadeiro contraste, leia o segundo canto do *Paraíso Perdido*, no qual também se trata da reunião de um grande conselho. O poeta começa apresentando Satanás no seu trono, concitando as potências infernais:

High a throne of royal state...

O Sr. Magalhães tinha elementos para criar uma cena igual; bastava-lhe pintar com as suas verdadeiras cores o aspecto do campo selvagem, a beleza dos guerreiros índios e dar a este quadro a solenidade própria de um conselho onde se decide dos destinos de um povo.

Mas pela leitura do poema tenho-me convencido que o poeta desdenha esses lances teatrais, esses efeitos cénicos, sem os quais a epopeia e a tragédia nada são; prefere seguir o fio da sua história dividindo-a em capítulos, a que deu o nome de cantos.

Até aqui, ainda não encontrei uma dessas descrições a que os poetas chamam quadros ou painéis, e nas quais a verdadeira, a sublime poesia revela toda a sua beleza estética, e rouba para assim dizer, à pintura as suas cores e os seus traços, à música as suas harmonias e os seus tons.

Talvez o poema do Sr. Magalhães ainda me reserve esta surpresa nas últimas páginas, que me faltam ler; entretanto vou continuando a minha peregrinação literária pelo segundo canto.

Depois do começo infeliz de que falei, há um ligeiro esboço, no qual notei duas coisas: a primeira, é a repetição dessa tradição indiana que atribuía às águas do Carioca o dom de tornar a voz doce, tradição a que já havia aludido no princípio do poema [1]; a segunda é uma inexactidão histórica sobre o território habitado pelos tamoios.

Se bem me lembro, rezam as crónicas que a nação tamoia era um ramo da grande raça *tapuia*, que em tempos remotos possuíra toda a extensão do Brasil. Muito antes da descoberta, conta a tradição que uma nova raça, a dos tupis, surgira do interior, descera o Amazonas até a Bahia, e fôra expulsando a outra, que refugiou-se ao Norte, na Paraíba, Ceará e Pernambuco, onde ainda os portugueses a encontraram, e ao Sul desde a Serra de Paranabiacaba até o Guanabara.

Portanto, parece-me que não é verídica a asserção de que os tamoios habitassem unicamente o território compreendido entre a Serra dos Órgãos e o Cairuçu. Mas, seja como for, isto não é de tanta importância que valha a pena de ir folhear os meus cronistas [2].

Reúne-se o conselho, e aparece *Aimbire* proclamado o primeiro chefe. Lendo isto não pude deixar de me lembrar da bela descrição que há nos *Nartchez* de um conselho dos guerreiros índios e dos seus discursos cheios desse vigor de linguagem, e desse colorido de imagens que só tem os filhos da natureza.

No retrato do herói, querendo dar uma ideia da sua ligeireza em atirar ao arco, o Sr. Magalhães ficou, para mim, aquém de J. Basílio da Gama, no seu poemeto do *Uruguai*. Há neste último mais simplicidade de forma, e ao mesmo tempo mais energia de pensamento.

Talvez não se recorde dos versos a que aludo, meu amigo, e por isso vou copiá-los uns a par dos outros, para que os compare e os julgue.

O Sr. Magalhães diz:

> Aimbire desde a infância se amestrara
> A certeiro enviar co'a seta a morte.
> Nem no rápido pulo lhe escapava
> O jaguar mais ligeiro sobre a rocha;
> Nem mesmo o gavião alto passando,

---

[1] ....a cujas vozes
Doçura deram do Carioca as águas.
[2] Notas.

> Nem pequenino pássaro burlavam
> Da seta alada o infalível tiro.

O que o autor d'*A Confederação dos Tamoios* disse em sete versos, J. Basílio exprime em menos palavras, porém com mais força e beleza:

> .... são tão destros
> No exercício da flecha, que arrebatam
> Ao verde papagaio o curvo bico,
> Voando pelo ar. Nem dos seus tiros
> O peixe prateado está seguro
> No fundo do ribeiro.

Lembro-me também de dois versos de Alvarenga no *Sonho*, os quais para mim são de um vigor e de uma expressão que contrasta com a pintura frouxa do poema:

> Que o índio valeroso altivo e forte
> Não manda seta, em que não mande a morte.

Na descrição que se segue dos outros guerreiros há muitos pontos em que o poema se assemelha ao *Uruguai*, e em que algumas vezes é força confessar que J. Basílio, apesar de viver no tempo das musas e dos sátiros, compreendeu melhor a originalidade da vida selvagem.

Permita-me, meu amigo, que tome agora ares de comentador, para que não digam que invento, ou que falo de outiva; não há remédio pois senão citar.

> Larga, escamosa, verde-negra pele
> De enorme jacaré que ele matara
> As espáduas lhe veste.

Isto é dos *Tamoios*; o seguinte é do *Uruguai*:

> Armando o peito da escamosa pele
> De um jacaré desforme que matara
> ....
> ....A verde-negra pele
> Que ao índio o largo peito orna e defende,
> Tornou a natureza impenetrável.

Diz ainda o Sr. Magalhães:

> Nem ao lado lhe falta grossa aljava.

J. Basílio é mais natural, e mais expressivo.

> E pelos peitos ao través lançada
> Por cima do ombro esquerdo a verde facha
> De donde ao lado oposto a aljava desce.

A pintura de Parabuçu, a quem o Sr. Magalhães procura dar um aspecto terrível, não respira a originalidade e a força de alguns versos do Uruguai sobre objecto análogo.

> Parabuçu, de porte agigantado,
> De penas não se cobre; moço ainda,
> Quer espanto causar co'o hórrido aspecto
> Da figura; manchada, oncina pele
> Desde a cabeça, que no largo espaço
> Das abertas mandíbulas se enfia,
> Até o chão se estende, enorme casco
> De tatu lhe defende o peito e o ventre.

Leia agora esses cinco versos de J. Basílio:

> Com a chata frente de urucu tingida
> Vinha o índio Kobbé disforme e feio
> Que sustenta nas mãos pesada maça
> Com que abate no campo os inimigos
> Como abate a seara o rijo vento,

Não creia, meu amigo, que pretendo dar ao *Uruguai* os foros de um modelo de poesia brasileira; não. Nem J. Basílio era um verdadeiro poeta nacional, embora nascido no Brasil, nem escreveu uma epopeia, mas um simples poemeto, um pequeno episódio.

Entretanto, apesar das *searas*, das *neves* dos *pastores*, e das *ninfas*; apesar do gosto da época em que viveu, teve alguns raios de inspiração, alguns bafejos das auras da nossa terra, como ainda não encontrei n'*A Confederação dos Tamoios*.

Ia escapando-me citar um trecho do poema que, excepção feita de algumas palavras comuns, achei lindíssimo, e repassado dessa poesia misteriosa das lendas e dos mitos. É Aimbire que fala:

> Inda a alma de meu pai, como um colibri
> Em fria noite no seu ninho oculto
> Além não tinha das azuis montanhas
> Descido aos campos de eternais deleites,
> Quando o mar arrojou em nossas praias
> Homens de pele branca e longas barbas, etc.

A descrição do combate entre os franceses e os portugueses tem alguns versos felizes e inspirados; mas podia, ou antes *devia* ter mais expressão: falta-lhe esse cunho do belo horrível que se admira nos combates navais como nas lutas dos elementos, e nas grandes comoções da natureza.

Às vezes, o poeta repete três e quatro vezes a palavra *fogo* e a palavra *sangue* em versos seguidos, supondo talvez que essa continuação da mesma ideia acabará por impressionar o espírito mas o efeito é inteiramente contrário, e a impressão se amesquinha e desaparece quando a torturam e a repisam.

A beleza horrível e fascinadora do relâmpago, que num momento brilha, se abrasa, nos deslumbra, e se apaga, deixando o céu negro e o horizonte escuro, — é a mesma beleza terrível do pensamento trágico, que penetra em nosso espírito, nos faz estremecer e arrepiarem-se os cabelos, e passa rapidamente, deixando-nos a emoção.

Prolongai a luz do relâmpago por espaço de um quarto de hora, e a mulher a mais nervosa aproveitará a sua claridade para mirar-se ao espelho; prolongai o pensamento trágico por mais tempo do que deveis, e o espectador receberá o lance final com uma gargalhada ou um encolhimento de ombros.

O Sr. Magalhães não tem nesta descrição nenhum lance trágico mas tem um desfecho que é a prisão de Aimbire. Quando o leitor chega a ela, está enjoado e aborrecido, como um homem que andasse muito tempo pisando charcos de sangue.

> Tudo era fogo e fumo e sangue e raiva!

Doze versos depois repete-se:

> Só sangue e fogo e fumo respirando.

Pouco antes havia dito:

> Nunca vi tanto sangue derramado!
> Todo o rochedo em sangue se inundava.
> Mil regatos de sangue ao mar corriam.

Adiante diz:

> E do nossos Irmãos sangue escorrendo

Depois:

> E num lago de sangue revolvi-me.

Conclui essa sangria monstruosa com os dois versos seguintes:

> De longe eu via ensanguentada rocha.
> ....
> Lavado de suor, tinto de sangue.

E note, meu amigo, que esta descrição é feita por um selvagem, habituado aos combates mortíferos de maça e tacape, e a quem por conseguinte essas ideias de sangue deviam parecer naturais, e não causar tanta impressão.

O canto termina com o discurso de Aimbire e os aplausos com que foi saudado pelos índios.

Esquecia-me, meu amigo, agradecer-lhe as honras de folhetim que deu a estas minhas cartas: elas não o merecem, mas, como vão protegidas pela sua folha, talvez achem indulgência para a minha franqueza um pouco brusca.

Sei que terei censores; o que lhe peço é que não se incomode em defender-me: não sou poeta, já não tenho obras a publicar, e por conseguinte exerço livremente o meu direito de crítica.

Quando me retrucam com o costumado estribilho de *faça melhor,* respondo com uma teoria que me ensinou outrora o meu velho mestre de latim, acérrimo comentador de Virgílio e de Ovídio.

Disse-me ele um dia:

> Deus, querendo dar ao homem o dom da criação, como um fraco reflexo de seu divino poder, tomou uma faísca do fogo criador e dividiu-a em três átomos.
>
> O primeiro, o mais brilhante, porque era um átomo de luz, destinou-o aos poetas e aos génios; o segundo, que era uma chispa de brasa, destinou-o aos críticos e aos literatos; o terceiro, que era um pó de carvão, deu-o ao vulgo.
>
> O génio pois inventa, faz aparecer a luz; a crítica dá-lhe vigor soprando e chegando o fogo a esta luz; o resto dos homens alimentam esse fogo, dando-lhe o elemento de combustão, admirando.

Isto me dizia o meu velho mestre; achei que ele tinha razão; e tomei para mim uma das partes mais modestas, desse gérmen criador, que Deus deu a todos os homens.

Aperto-lhe a mão de longe, meu amigo, já que não me quer dar o prazer de vê-lo por aqui, à sombra de minhas faias,

sub tegmine fagi,

quero dizer, à sombra das minhas mangueiras e de minhas latadas de jasmineiro.

Escreveríamos um poema, mas não um poema épico; um verdadeiro poema nacional, onde tudo fosse novo, desde o pensamento até a forma, desde a imagem até o verso.

A forma com que Homero cantou os gregos não serve para cantar os índios; o verso que disse as desgraças de Tróia, e os combates mitológicos não pode exprimir as tristes endechas do Guanabara, e as tradições selvagens da América.

Por ventura não haverá no caos incriado do pensamento humano uma nova forma de poesia, um novo metro de verso?

Diga-me a sua opinião a este respeito, e adeus.

22 de Junho.

IG.

TERCEIRA CARTA

Talvez ainda se lembre, meu amigo, das nossas longas conversas de outrora, quando sentados no canto do meu terraço, ao cair de uma bela tarde, com os olhos engolfados no azul profundo do horizonte, falávamos de poesia, de arte, de beleza, e sobretudo das cenas majestosas da natureza de nossa terra.

O sol descambava no ocidente, e reclinava-se sobre um leito de nuvens; os últimos raios do ocaso coloriam de seus reflexos de ouro e púrpura os vapores ligeiros, que deslizavam aos sopros da brisa da tarde.

Pouco a pouco a luz escasseava, as sombras se estendiam sobre o horizonte, e o quadro brilhante e animado ia-se desvanecendo como o panorama da baía que foge rapidamente aos olhos do marinheiro levado por seu navio nas asas do vento.

Daí a alguns instantes, nessa meia obscuridade, nessa sombra vaga e indecisa, a lua despontando mostrava a sua bela face, roseada da luz do sol.

Ainda me lembro, meu amigo, de uma tarde em que, depois de conversarmos largamente sobre a poesia americana e brasileira assistíamos a uma dessas cenas tão simples e tão belas da natureza tropical.

A lua assomou.

Lembrei-me da invocação de Chateaubriand, e murmurei: "E tu, raio das meditações, astro da noite, marcha diante de meus passos, através das regiões desconhecidas do Novo Mundo, para esclarecer-me com tua luz os mistérios encantadores do deserto".

Você, meu amigo, me respondeu pelo canto dos índios, saudando o nascimento da lua; canto que vale uma poesia pela ingenuidade e singeleza da expressão:

"A lua oculta o rosto sob o véu branco das nuvens; está confusa, enrubesce: é porque saiu do leito do sol. Assim há de corar a jovem esposa no primeiro dia depois de suas núpcias, e nós lhe diremos: — Deixa nos ver teus olhos."

Ao ler essas doces reminiscências de bons tempos, talvez pergunte a si mesmo, meu amigo, a que propósito vêm elas em uma carta que lhe prometi escrever sobre as impressões verdadeiras de minha leitura d'*A Confederação dos Tamoios*.

Com efeito, à primeira vista parecer-lhe-á que pretendo abusar das colunas que me cedeu na sua folha para dar largas a veleidades de escritor e fazer devaneios; ou, o que é pior, que falhou-me a prosa de crítico, e que por isso recorro à poesia como meio de encher o papel.

Pois engana-se, meu amigo, se fizer semelhante juízo a meu respeito; o que evocou as recordações de nossas passadas conversas, foi justamente o poema do Sr. Magalhães, cuja leitura tenho continuado depois da última carta que lhe enviei há dias.

Os dois cantos que há pouco acabei de ler levaram-me insensivelmente àquelas ideias, àqueles sonhos que tantas vezes desfolhamos juntos, e fizeram com que principiasse esta à guisa de romance sentimental, ou de memórias literárias, do que sinceramente me arrependo.

"E por que, me perguntará talvez, o terceiro ou o quarto canto d'*A Confederação Tamoios* lhe deu uma como que sensação desses perfumes suaves, dessas flores mimosas de nossa terra; perfumes e flores que ainda não se podem colher senão no seio da natureza?

"Encontrou aí alguma dessas cenas arrebatadoras do crepúsculo da tarde, algum hino melodioso das auras da noite, algum idílio dos nossos campos silvestres, uma saudação à lua de nossa terra, ou uma descrição soberba do pôr do sol sobre as cumeadas das montanhas?

"Sentiu palpitar-lhe o coração já frio e indiferente com a lembrança de um desses amores poéticos e inocentes, que tem o céu por dossel, as lianas verdes por cortinas, a relva do campo por divã, e que a natureza consagra como mãe extremosa, e como santa religião?

"Sorriu-lhe de longe a imagem graciosa de uma virgem índia, de *faces cor de jambo*, de cabelos pretos e olhos negros, com o seu talhe esbelto como a haste de uma flor agreste, com suas formas ondulosas como a verde palma que se balança indolentemente ao sopro da brisa?"

Não, meu bom amigo, não foi nada disto; foi inteiramente o contrário. Lembro-me das coisas quando as não posso ter; acho que o calor é uma estação admirável, quando sinto os dedos enregelados de frio; lamento não ter gozado os belos dias, quando a chuva e a borrasca vêm toldar o céu límpido; e antigamente, quando ia aos bailes e aos teatros, o divertimento só começava para mim no momento em que acabava para os outros.

Sou assim, é o meu génio, e por isso não deve estranhar que *A Confederação dos Tamoios*, nos cantos terceiro e quarto me desse ideias poéticas, justamente pela ausência delas no livro que lia. Cada verso que recitava, cada página que voltava, era como uma folha, uma pétala que eu ia arrancando à nossa bela natureza, representada sob a forma de uma flor.

Sim, meu amigo, a lua da nossa terra parece no céu do Guanabara, entre a ramagem das árvores, aos últimos e pálidos clarões do dia, sem merecer do poeta nem uma saudação, nem um canto ao astro das doces contemplações, à virgem do silêncio e da noite. Quer ver o que se diz em três cantos de um poema nacional a respeito da lua do Brasil, ao passo que se gastam tantos versos em descrever os pirilampos e as fogueiras? Veja, são apenas três versos.

> Momento é esse, em que no céu sereno
> Plácida alveja a lua; e ao índio vate
> Com pálido clarão branqueia o rosto.

Se o astro da noite passou assim despercebido para o poeta a mulher, o astro da terra, não lhe inspirou todas as belas imagens que devia despertar em sua alma um tipo novo, um tipo ainda não criado pela arte ou pela poesia.

Milton criou a sua Eva, Byron a sua Haidéia, Ossian a sua Malvina, Chateaubriand a sua Atala, e Cooper a sua Cora; os gregos criaram Vénus, os romanos Astarteia; todos os poetas e todos os artistas que inspiraram o seu génio nesse assunto divino da mulher se esforçaram por criar alguma coisa.

Como Milton, como Ossian, como Chatedubriand, o Sr. Magalhães, escrevendo um poema nacional, estava obrigado a formar sua heroína uma mulher que pudesse figurar a par dessas imagens graciosas que a literatura conserva, desde a Vénus de Milo e a Helena gregos, até a Fornarina de Rafael e a Armida do Tasso.

Deu à poesia um novo Deus e um novo mundo ainda não descobertos, e como Milton, devia criar a sua Eva indiana; descrevia os mitos de uma nova religião e de uma nova raça, e devia criar uma Vénus como os gregos; cantava como Ossian as tradições de sua pátria, e como ele, devia retratar na mulher as belezas da natureza que o inspirava.

Entretanto a heroína do poema do Sr. Magalhães, é uma mulher como qualquer outra; as virgens índios do seu livro podem sair dele e figurar em um romance árabe, chinês, ou europeu, se deixassem as penas de tucano que mal as cobrem, podiam vestir-se à moda em casa de Mme. Barat e Gudin, e ir dançar a valsa no Casino e no Clube com algum deputado.

Veja se tenho razão ou não; é a descrição de Potira, uma virgem índia, filha do herói:

> Qu'inda não vi mais bela criatura.
> Gestos mais senhoris, olhos mais negros.
> Olhar mais terno, mais mimosa boca,
> Onde um sorriso meigo e pudibundo
> Suave amor nos corações embebe.

Talvez me censurem, meu amigo, pela maneira por que leio o poema do Sr. Magalhães; e julguem que prefiro notar aquilo que falta, a realçar o que há aí de bom e de feliz; mas será uma injustiça que me farão.

O nome do poeta, a ideia de que ele ia cantar um assunto nacional, a lembrança de que a sua inteligência e o seu gosto se teriam apurado na contemplação e no estudo dos modelos da arte europeia, tornou-me difícil; e o mesmo que comigo aconteceu deve se ter dado com todos aqueles que se ocupam da literatura e da poesia de nossa pátria.

Bem sei que o Sr. Magalhães não teve pretensões de fazer uma *Ilíada* ou *Odisséia* americana; mas quem não é Homero deve ao menos procurar imitar os mestres; quem não é capaz de criar um poema, deve ao menos criar no poema alguma coisa.

O Sr. Gonçalves Dias, nos seus cantos nacionais, mostrou quanta poesia havia nesses costumes índios, que nós ainda não apreciamos bem, porque os vemos de muito perto. A poesia é como a pintura, cujos quadros devem ser olhados a uma certa distância para produzirem efeito.

Há também uma pequena nénia americana, uma flor que uma pena de escritor político fez desabrochar nos seus primeiros ensaios, e que para mim ficou como o verdadeiro tipo da poesia nacional; há aí o encanto da originalidade, e como um eco das vozes misteriosas de nossas florestas e dos nossos bosques.[3]

Se trago isto, é para mostrar que não sou exigente, e que tenho, como todo o leitor, o direito de, acabando de ler um poema nacional, pedir ao poeta que o escreveu ao menos uma criação nova, que fique como a recordação agradável dessas quatrocentas páginas inspiradas pela natureza, e escritas longe da pátria, para melhor senti-la e compreendê-la.

Até aqui ainda não encontrei isso, a heroína do poema é, como já lhe disse, uma mulher que se chama Iguaçu, e nada mais; o Sr. Magalhães, que viu na Itália os modelos da arte, não achou neles uma ideia do que devia ser a beleza da mulher selvagem e inculta, a beleza criada nos campos como a flor silvestre: não o censuramos por isso, notamos apenas a falta.

Entretanto o terceiro e o quarto canto têm algumas inspirações felizes; a resposta de Aimbire ao jovem francês que lhe pede sua

---

[3] Esta nénia é do Dr. Firmino Rodrigues Silva à morte de seu amigo Francisco Bernardino.

filha por esposa, é na minha opinião digna de Chateaubriand nos *Natchez*, ou em *Atala*:

> Se o sol deu sua cor aos teus cabelos
> Como nos deu a pele, também pode
> Com seus raios crestar a cor da lua,
> Que afogueada brilha no teu rosto.

A pintura do velho guerreiro inspirado, que entoa o cântico de guerra a Tupã, é bonita: de tudo o que tenho lido no poema é o único ponto em que o poeta se elevou à altura do assunto que cantava.

A comparação que há, na prece de Iguaçu ao despedir-se do seu amante, me causou uma agradável impressão; achei que os lábios da virgem índia deviam ter com efeito dito esses versos simples, mas tão naturais e tão lindos:

> .... inda que forte,
> Meu pai é como o tronco solitário
> Que aos ventos resistiu das tempestades,
> Mas abalado jaz, e pende, e murcha.

Já é conhecido o canto da saudade, que para mim não vale a linda poesia de Bocage, tão repassada de melancolia, creio mesmo que o poeta imitou alguma coisa dos versos portugueses, mas não foi bem sucedido.

Neste canto, ou antes nos versos que o precedem, há um em que julgo ter escapado por inadvertência uma palavra em lugar de outra. Repito-lhe o verso, meu amigo, para que veja se me engano:

> Ah! doce é o cantar! remédio é pronto
> Que d'alma aos seios sobe e a mágoa abranda.

Creio que o poeta escreveu ou teve intenção de escrever que *d'alma aos lábios sobe*, pois falando-se de canto, isto é mais natural; subir d'alma aos seios seria além de metafísico, pouco poético, porque naturalmente levava o espírito a procurar o lugar inferior, onde estaria a alma, para fazer a sua ascensão até os seios; e este lugar não podia ser senão o esófago.

As vezes também encontram-se no poema certas inadvertências que não aponto como censuras, mas como pequenas incorrecções, e que o leitor frio e calmo pode melhor conhecer do que o poeta, todo entregue às emoções do seu trabalho.

> ....mas de novo estanques
> Lágrimas brotam, que lhe o peito aljofram,
> Como goteja em bagas abundantes
> Da fendida taboca a pura linfa.

Lágrimas estanques é para mim uma frase incompreensível. Diz-se que uma coisa está estanque quando foi esgotada, quando já não verte água ou líquido; assim, diz-se que a fonte, que a bica estancou, que as lágrimas estancaram nos olhos, e secaram: esta é a etimologia da palavra, e a significação que lhe dão os clássicos.

Da *fendida taboca* é uma comparação que não tem o menor símile, nem na forma, nem na cor; as gotas que desfilam dos olhos da taboca, e resvalam lentamente como pérolas pelas suas folhas longas, podem ter alguma semelhança com a lágrima que desliza trêmula pela face; mas não concebo como em um pedaço de taboca rachada, donde corre água, se pode achar a imagem de uma das mais poéticas fraquezas da natureza humana.

Se o Sr. Magalhães queria uma comparação brasileira, podia servir-se dessas pérolas que destilam os cajueiros de seus ramos nos tempos das primeiras águas, o que fazia dizer aos índios "que os cajueiros choravam pelos seus belos frutos e pelas suas verdes folhagens".

Desculpe-me, meu amigo, ia quase esquecendo-me que a minha obrigação é ler, e não escrever; o dito por não dito; risque essas duas comparações que acabei de esboçar, e que decerto não valem a do poeta, apesar de não a compreender.

No quarto canto repete ainda o Sr. Magalhães pela terceira vez a tradição indígena que dava às águas do Carioca o dom de tornar doce e melodiosa a voz daqueles que a bebiam; tradição que entre parênteses não tem provado muito bem.

> ....E as doces águas
> Do saudoso Carioca, que suavizam
> Dos cantores a voz melodiosa.

De maneira que, falando do Carioca, o poeta não tem outra coisa a dizer; não emprega nenhuma outra ideia, que não seja essa qualidade musical das águas do rio. Antes fizesse alusão à obra monumental com que depois o Conde de Bobadela dotou a cidade do Rio de Janeiro, e que ainda hoje figura entre as primeiras: seria mais uma beleza, e menos uma repetição.

Li um destes dias na sua folha um pequeno aranzel a respeito de poetas, de poemas, de Homeros, e Míltons, que me pareceu vinha com sobrescrito a mim; mas quem quer que seja que escreveu esse endereço tem tão má letra que não o entendi.

Eu sou franco, meu amigo, e tenho direito de exigir franqueza; já disse uma vez por todas, não tenho nome, nem reputação de literato: o pouco que escrevi outrora já está esquecido; mas tenho o meu *gosto literário*, e julgo por ele aquilo que leio: se entenderem que penso mal, emendem-me.

Retardei mais do que devia esta carta: o culpado foi S. João, o santo alegre e folgazão, que me fez voltar ao nosso bom tempo da juventude, àquele tempo em que, mais ingénuos ou mais tolos do que hoje, julgávamos que os livros de sorte e os olhos de mulher, ou vice-versa falavam verdade.

Com sua licença, meu amigo, atirei foguetes; é verdade que estava na sua regra — *extra muros urbis* — como diziam outrora os romanos, frases que hoje se traduz em português clássico pela seguinte maneira — *além do ponto das gôndolas*.

Todo seu.

28 de Junho. IG.

QUARTA CARTA

A poesia, como todas as coisas divinas, não se define; uma palavra a exprime, porém mil não bastam para explicá-la.

Conhece decerto, meu amigo, a página dourada que Lamartine escreveu sobre este assunto, página que para mim é um hino; permita-me que lhe leia um pequeno trecho:

> A poesia [diz ele] é a encarnação do que o homem tem de mais íntimo no coração e de mais divino no pensamento; do que a natureza tem de mais belo nas imagens e de mais harmonioso nos sons! É ao mesmo tempo o sentimento e a sanção, o espírito e a matéria; e por isso ela forma uma imagem perfeita, que exprime o homem em toda a sua humanidade, que fala ao espírito pela ideia, à alma pelo sentimento, à imaginação pela imagem, e ao ouvido pela música.

Escuso repetir-lhe o resto: não faço neste momento um estudo sobre a literatura, e peço apenas ao grande poeta francês a autoridade de seu nome ilustre para proteger a modesta opinião que desde muito tempo concebi a respeito dessa língua sublime, "que foi o primeiro balbuciar da inteligência humana, e será o último grito da criação".

A poesia, para mim como para Lamartine, é ao mesmo tempo a divindade e a humanidade do homem; é essa centelha de fogo sagrado, essa *mens divinior* que anima a natureza, esse sopro celeste com que o Criador bafejou a argila quando lhe imprimiu a forma humana; são as asas brancas que Deus deu ao espírito para remontar ao céu.

O laço misterioso que prende a alma ao corpo, a luta entre o espírito e a matéria, a contradição de duas vidas opostas, uma que aspira elevar-se ao seio do Criador, outra que se sente presa à terra, — eis a verdadeira origem da poesia.

É por isso que, como diz Lamartine, a poesia deve falar ao homem pelo pensamento, pela imaginação, e pelos sentidos ao mesmo tempo. O som, a forma, a cor, a luz, a sombra, o perfume, são as palavras inarticuladas dessa linguagem divina, que exprime o pensamento cantando, sorrindo, e desenhando.

A descrição dos *rapsodos* gregos, que eram ao mesmo tempo poetas, músicos e autores, descrição que li quando ainda pouco me ocupava de literatura, ficou impressa para sempre no meu espírito como a verdadeira imagem da poesia; depois, começando a ler os grandes autores da antiguidade, ainda mais me confirmei na opinião de que o poeta deve ser necessariamente filósofo, pintor e músico.

Não falo de Homero, meu amigo, pois apenas o conheço por traduções, das quais dizem os italianos com bastante razão *traduttore traditore*; mas posso dizer alguma coisa de Virgílio, meu livro predilecto, que tem sempre nas suas páginas alguma nova beleza, ainda desconhecida, a revelar-me.

Um só verso de Virgílio é uma poesia inteira, sinto nele um pensamento elevado, vejo uma forma encantadora, e ouço uma cadência doce e harmoniosa nesses cantos inimitáveis do cisne de Mântua, a ideia tem a sua melodia, o seu relevo, uma cor e uma sensação própria.

Racine, o Virgílio moderno, não conseguiu elevar-se à altura do mestre; seu verso e sempre suave e melodioso, e não reflecte nos tons e na cadência a expressão íntima do pensamento: embora o espírito se inflame e se arrebate, as palavras correm brandamente como lágrimas que deslizam, ou ressoam como suspiros que se exalam.

Vítor Hugo é o poeta da forma brilhante, quando leio algumas páginas de suas odes, parece-me que me sinto de repente sentado a uma canto da oficina do Tintoretto, ou do gabinete de Benvenuto Cellini, e que vejo o pintor e o escultor traçar com o pincel ou com o buril um quadro ou um baixo-relevo; a luz cintila formando claros e escuros, a cor reflecte os seus raios cambiantes tudo se anima, vive e surge do nada, ao aceno do génio criador.

Vítor Hugo teria sido um Ticiano, se não fosse o autor das *Orientais*, dos *Cantos do Crepúsculo* e das *Contemplações*, se não fosse Vítor Hugo; o poeta teria sido um grande pintor, se em vez da pena, que o seu anjo da guarda arrancou das asas para dar-lhe, ele tivesse encontrado no seu caminho uma palheta e um pincel.

Lamartine tem mais simplicidade na forma, menos brilhante, porém mais sentimental, faz-me recordar desses painéis antigos, onde, as imagens aparecem sempre envoltas numa ténue obscuridade, numa sombra ligeira, que realça a poesia do quadro; é um pintor de uma outra escola, que desdenha o uso excessivo das cores vivas, e prefere esboçar a *crayon* uma ideia que fala mais à alma do que aos olhos e à imaginação.

Perdão, meu bom amigo; esquecia-me que lhe escrevo uma carta, na qual é impossível dar lugar a todos os nomes de poetas que tinham direito a uma palavra ao menos; mas creio que deve ter compreendido o pensamento que me obrigou a traçar, bem que ligeiramente, o cunho particular daqueles que acabei de apontar.

Quis ainda mais confirmar a verdade da opinião que enunciei a princípio. A poesia, a pintura e a música são três irmãs gémeas que Deus criou com um mesmo sorriso, e que se encontram sempre juntas na natureza: a forma, o som e a cor são as três imagens que constituem a perfeita encarnação da ideia; faltando-lhe um desses elementos, o pensamento está incompleto.

Para mim, meu amigo, essa assimilação, ou antes essa união da poesia, da música e da pintura, é tão clara, que encontro sempre na história o mesmo génio nas suas três grandes revelações; que sinto igual impressão lendo um livro, vendo um quadro ou uma estátua, e ouvindo uma ópera.

Homero, Miguel Ângelo e Rossini, é o mesmo homem, ora poeta, ora escultor, ora músico; Virgílio, Donizetti e o Ticiano, é a mesma trindade poética e artística; Shakespeare, o Veronese e Meyerbeer, são três transformações de um só génio; Píndaro, Rafael e Verdi, é o mesmo lirismo na poesia, na pintura e na música.

Leia uma página da *Ilíada*, veja a estátua de *Hércules*, ouça uma área do *Moisés* ou de *Guilherme Tell*, e há de sentir, como eu sentia outrora, meu amigo, a mesma emoção. *Dido*, a *Favorita*, e a *Madalena*, é para mim uma só forma de mulher representada por três maneiras; *Hamleto, Assuerus e Roberto do Diabo* são quase irmãos; os cantos do poeta grego, os quadros de Rafael, e as melodias do *Trovador* e do *Rigoletto*, são odes em versos, em cores e em notas.

Eis como eu compreendo a poesia, e como a estudo num poema ou num livro de versos; quero ver, sentir e ouvir o pensamento do poeta que fala por esta tríplice frase da razão, do coração e dos sentimentos; e confesso lhe que, quando leio um trecho que me satisfaz, experimento uma como que sensação voluptuosa.

Agora, meu amigo, que suponho ter definido bem claramente a minha ideia, ou antes a ideia de Lamartine, volto a *A Confederação dos Tamoios*, que foi o tema de todas essas variações; e sinto que seja para anunciar-lhe que, se o livro chama-se um poema, o poema não é decerto uma poesia.

Acabei de ler o décimo canto, e embora não me proponha escrever-lhe hoje todas as observações que me sugeriu o resto da leitura; embora não tencione ocupar-me nesta carta senão de dois ou três cantos, posso já dizer-lhe que o fim corresponde ao princípio: é a mesma tibieza de pensamento, a mesma palidez de imagens, o mesmo desalinho e incorrecção de formas.

O Sr. Magalhães nem conservou a simplicidade antiga, a simplicidade primitiva da arte grega; nem imitou o carácter plástico da poesia moderna: desprezando ao mesmo tempo a singeleza e o colorido, quis às vezes tornar-se simples e fez-se árido, quis outras vezes ser descritivo e faltaram-lhe as imagens.

Pergunto-me a mim mesmo qual foi o belo que o poeta procurou desenhar no seu poema, e sinceramente não sei responder. Não foi o *belo* do pensamento, porque deixou tudo quanto podia engrandecer o seu assunto e a história nacional; não foi o *belo* físico, porque a natureza brasiliana aí aparece como uma virgem vendada, à qual o poeta não se animou a erguer o véu de prosaísmo que alguns versejadores lhe lançaram sobre o rosto, não foi o *belo* do sentimento e do coração, porque todas as paixões do seu livro são apenas *atestadas*, e não descritas.

A prova do que digo, meu amigo, é fácil de obter; leia o poema, se as suas ocupações lhe deixam tempo, e verá que a ideia essencial é uma luta dos índios com os portugueses, variada por alguns episódios. A propósito de um sonho de que lhe falarei depois, há uns traços da nossa história até a actualidade; mas a descoberta da América e do Brasil, e sobretudo a sublime religião de Cristo conquistando palmo a palmo a fé dos selvagens, esse novo apostolado dos missionários de Deus caminhando ao martírio, são coisas que não valem a pena de mais um canto.

Pelo que toca ao belo do sentimento, que paixões há no poema? O amor da pátria e da liberdade, porém o amor sem elevação e sem dignidade, mais produzido pelo egoísmo do que por este sentimento divino que inspirou tão belos versos a muitos poetas antigos e modernos: sobre as outras paixões, a palavra de que há pouco me servi exprime-as perfeitamente; o Sr. Magalhães *atesta* que Aimbire e Iguaçu se amam, que o herói do poema chora seu pai, que a heroína tem saudades do seu amante, e nada mais.

Quanto ao *belo* da *natureza*, ao belo plástico, escuso repetir-lhe o que já lhe disse nas minhas cartas passadas, e especialmente na última; mas, como sei que algumas pessoas desculpam o poeta neste ponto, desejo esclarecer uma questão de arte, que interessa muito à literatura pátria.

De há algum tempo se tem manifestado uma certa tendência de reacção contra essa poesia inçada de termos indígenas, essa escola que pensa que a nacionalidade da literatura está em algumas palavras: a reacção é justa, eu também a partilho, porque entendo que essa escola faz grande mal ao desenvolvimento do nosso bom gosto literário e artístico.

Mas o que não partilho, e o que acho fatal, é que essa reacção se exceda; que em vez de condenar o abuso combata a coisa em si, que em lugar de estigmatizar alguns poetastros que perdem o seu tempo a estudar o dicionário indígena, procure lançar o ridículo e a zombaria sobre a verdadeira poesia nacional.

Esses que assim procedem têm uma ideia que não posso admitir, dizem que as nossas raças primitivas eram raças decaídas, que não tinham poesia nem tradições; que as línguas que falavam eram bárbaras e faltas de imagens, que os termos indígenas são mal sonantes e pouco poéticos; e concluem daqui que devemos ver a natureza do Brasil com os olhos do europeu, exprimi-la com a frase do homem civilizado, e senti-la como o indivíduo que vive no doce *confortable*.

Eis, meu amigo, um paradoxo em literatura, um sofisma com que nos procuramos iludir por não termos tido ainda um poeta nacional. Eu desejava que *Childe-Harold*, na sua peregrinação, tivesse sido arrojado pela tempestade numa praia do Brasil, e que, em vez de Haideia, tivesse encontrado Lindóia ou Moema: desejava ardentemente isto, para dar um desmentido àqueles que entendem que a nossa natureza não é bastante rica para criar ela só uma epopeia.

E a propósito, lembro-me que para nós filhos desta terra não há árvore mais prosaica do que a bananeira, que cresce ordinariamente entre montões de cisco, em qualquer quintal da cidade, e cujo fruto nos desperta a ideia grotesca de um homem apalermado ou de um alarve.

Pois bem, meu amigo, recorde-se de Paulo e Virginia, e daquelas bananeiras que cresciam perto da choupana, abrindo seus leques verdes às auras da tarde, e veja como Bernardin de Saint-Pierre soube dar poesia a uma coisa que nós consideramos como tão vulgar.

Eugène Pelletan, numa obra bem conhecida como um primor de estilo, descreve essa *gota de leite* que a Providência depôs no seio da natureza, e elevou com uma frase o fruto mais prosaico do mundo à altura dos pêssegos dourados, das maçãs roseadas, das laranjas da Andaluzia, e das tâmaras dos desertos.

Chateaubriand n'*O Génio do Cristianismo* achou uma fonte de poesia inesgotável descrevendo a delicadeza do sentimento da maternidade no jacaré, em um réptil monstruoso e disforme, Virgílio escreveu um poema sobre um mosquito, e Buffon na sua história natural é um poeta que faz um pequeno poema sobre cada animal, cada ser da criação, ainda mesmo aqueles que nos parecem os mais desprezíveis.

Em tudo pois há poesia, contanto que se saiba vibrar as cordas do coração, e fazer cintilar esse raio de luz que Deus deixou impresso em todas as coisas, como o cunho de seu poder criador; em tudo há o *belo*, que não é outra coisa senão o reflexo da divindade sobre a matéria.

Mas aqueles que até hoje têm explorado a literatura nacional, em vez de procurar o belo nas coisas, julgam que o acham em duas ou três palavras indígenas, em uma meia dúzia de costumes selvagens; e atiram aos leitores essa palavra e esse costume, deixando a cada um a liberdade de ir procurar na sua imaginação a poesia que oculta esse *mito* indecifrado da literatura pátria.

Por exemplo, o Sr. Magalhães refere alguns costumes e tradições indígenas geralmente conhecidas, como sejam a arte de tirar fogo de dois lenhos secos, o hábito do pai guardar o resguardo quando nascia o filho, ao passo que a mãe entregava-se à vida activa; a tradição de *Tamandaré* e do dilúvio, e a lembrança que conversavam da peregrinação de *Sumé,* cujas pegadas diziam encontrar-se em diversos lugares do Brasil.

Esses mesmos costumes e lendas acham-se, com alguma diferença de palavras, no *Caramuru* de Santa Rita Durão, o qual as bebeu nos nossos cronistas, de onde as tirou o Sr. Magalhães: o poeta contentou-se em referi-las como o versificador mineiro, e não se deu ao trabalho de vesti-las e orná-las com as belas imagens que desperta sempre a cosmogonia de um povo, por mais bárbaro que ele seja.

Devo porém confessar que, no meio da tendência da época, um homem ao menos protesta hoje contra ela; e esse é um poeta: falo do Sr. Gonçalves Dias, metrificador perfeito, alma entusiasta e inspirada, que soube compreender os tesouros que a nossa pátria guarda no seu seio fecundo para aqueles de seus filhos que reclinarem a cabeça sobre o regaço materno.

Mas o que é admirável, meu amigo, é que o Sr. Magalhães, que pouco se importa com a religião dos índios e com suas crenças; que as refere de passagem, mas não faz delas o objecto do seu poema; que não lhes dá o menor prestígio e a menor ilusão; lá um momento em que lhe aprouve, no quarto canto, pôs em cena um *pajé*, que em virtude de algumas palavras misteriosas fez subir ao sétimo céu uma tagapema, isto é, uma clava de sofrível peso e dimensão.

E o autor depois continua muito naturalmente, sem dar explicação do facto, que ninguém compreende, porque no seu poema começa por desacreditar esse Tupã e esses *pajés*, de que fala tão ligeiramente, e que entretanto revelam depois um poder divino e miraculoso.

Se o Sr. Magalhães queria usar desse ornato da epopeia, e misturar o sobrenatural à acção do seu drama, devia desde o começo ter-se colocado nesta altura, como fizeram Homero, Virgílio, Dante, Camões, o Tasso, Ariosto, e todos os poetas que se têm servido do maravilhoso; mas começar uma acção simples, uma acção unicamente humana, e depois apresentar sem propósito um facto inverossímil e contra a razão, é indesculpável.

Outra coisa que ainda mais me surpreendeu foi que o poeta, tratando de duas religiões opostas, caiu em uma contradição completa: a superstição dos índios produz um milagre, a religião cristã apenas consegue criar um sonho, isto é, um facto comum e vulgar.

Refiro-me ao sonho de Jagoanharo na casa de Tibiriçá. O índio embalando-se em uma rede sonha que S. Sebastião lhe aparece, o leva ao cimo do Corcovado, e daí lhe mostra a cidade do Rio de Janeiro e todos os grandes acontecimentos que se passaram nela, desde a sua fundação até a maioridade do Imperador.

Essa imagem de um homem que se deita numa rede para dormir, e que começa a se balançar e a sonhar, não tem nada de poético. O sonho de Eneias em Virgílio e da Atalia de Racine mereciam uma mais bela imitação: no *Uruguai* mesmo há uma visão de mais bonito efeito do que este episódio d'*A Confederação dos Tamoios*.

Quanto à parte histórica deste sonho, esperava mais lindos versos, e mais elevados pensamentos sobre a conquista do Brasil e sobre o futuro brilhante de nossa pátria: como este esboço frio já tínhamos um no poema da *Assunção* de Frei S. Carlos, que, se não compreende os factos modernos, é mais completo no que diz respeito aos tempos coloniais.

O que porém nunca perdoarei ao Sr. Magalhães é o ter deixado passar pelo seu poema, como uma sombra vaga e esvanecida, aquele vulto magestoso de José de Anchieta, aquele apóstolo digno de ser cantado por Homero, e esculpido por Miguel Ângelo, o herói missionário, que dava tema a uma grande epopeia, representa apenas no poema o papel de um *bom frade*.

E note, meu amigo, que se há vida que esteja intimamente ligada a toda essa época, se há homem que tenha tomado uma parte mais importante nos acontecimentos que precederam a expulsão dos franceses e a fundação do Rio de Janeiro, é decerto esse simples frade que na porta da igreja de S. Vicente dirige algumas palavras de consolação a Jagoanharo.

Cumpre também que lhe diga que até o fim do sétimo canto Aimbire apenas fez de notável o seguinte — um discurso no conselho e uma frechada na tagapema, milagrosamente elevada às nuvens; é claro pois que o Sr. Magalhães não soube ligar à acção épica a acção do seu herói; o poema corre sem ele, e caminha ao seu fim abandonando o protagonista.

Concluirei esta, meu amigo, pedindo-lhe que me desculpe os voos que tomei remontando-me ao verdadeiro espírito da poesia moderna, tal como a descrevem Chateaubriand e Lamartine. A *aurae scintilla* não quis dar uma chispa de seu fogo celeste aos bicos de minha pena, e por isso não há remédio senão admirar os raios luminosos que lançam aqueles a quem Deus fez poetas.

Demais, era preciso isto para animar-me a pronunciar o meu juízo definitivo sobre *A Confederação dos Tamoios*. Se errei nele tenho ao menos a autoridade de dois mestres em matéria de literatura.

Adeus, meu amigo; um destes dias lhe mandarei a minha última carta, se o *spleen* com que estou não continuar. Não é só na cidade que se sente o tédio e o aborrecimento, é também na solidão.

Há duas sublimes enfermidades do espírito humano, a *saudade* e a *nostalgia*; uma é a lembrança da pátria, outra é a lembrança do passado: como se chamará a *saudade* que se tem das ilusões perdidas que por muito tempo encantaram a nossa existência, a *nostalgia* que sente o homem longe do mundo que sonhou?

Padeço desta enfermidade, e por isso não sei quando continuarei.
Adeus

5 de Julho.

IG.

ÚLTIMA CARTA

Meu Amigo.

Expliquei-lhe na minha carta passada, e da melhor maneira que me foi possível, a minha ideia sobre a poesia.

A palavra, esse dom celeste que Deus deu ao homem e recusou a todos os outros animais, é a mais sublime expressão da natureza; ela revela o poder do Criador, e reflecte toda a grandeza de sua obra divina. Incorpórea como o espírito que a anima, rápida como a electricidade, brilhante como a luz, colorida como o prisma solar, comunica-se ao nosso pensamento, apodera-se dele instantaneamente, e o esclarece com os raios da inteligência que leva no seu seio.

Mensageira invisível da ideia, íris celeste do nosso espírito, ela agita as suas asas douradas, murmura ao nosso ouvido docemente, brinca ligeira e travessa na imaginação, embala-nos em sonhos fagueiros, ou nas suaves recordações do passado.

Reveste todas as formas, reproduz todas as variações e *nuanças* do pensamento, percorre todas as notas dessa gama sublime do coração humano, desde o sorriso até a lágrima, desde o suspiro até o soluço, desde o gemido até o grito rouco e agonizante.

Às vezes é o buril do estatuário, que recorta as formas graciosas de uma criação poética, ou de uma cópia fiel da natureza: aos retoques desse cinzel delicado a ideia se anima, toma um corpo, e modela-se como o bronze ou como a cera.

Outras vezes é o pincel inspirado do pintor que faz surgir de repente de nosso espírito, como de uma tela branca e intacta, um quadro magnífico, desenhado com essa correcção de linhas e esse brilho de colorido que caracterizam os mestres.

Muitas vezes também é a nota solta de um hino, que ressoa docemente, que vibra no ar, e vai perder-se além no espaço, ou vem afagar-nos brandamente o ouvido, como o eco de uma música em distância.

A ciência tem nela o seu escalpelo, com que faz a autópsia do erro, descarna-o dos sofismas que o ocultam, e mostra-o claramente àqueles que iludidos por falsas aparências, julgam ver nele verdade.

O sentimento faz dela a chave dourada que abre o coração às suaves emoções do prazer, como o raio do sol que desata o botão de uma rosa cheia de viço e de fragrância.

A justiça deu a à inocência como a sua arma de defesa, arma poderosa e irresistível, que tantas vezes tem suspendido o cutelo do algoz, e quebrado as pesadas cadeias de ferro de uma masmorra.

Para o tribuno é urna alavanca gigantesca com que desloca as imensas moles do povo, e atira-as de encontro às colunas do edifício social, que estremece, vacila e se abate ao peso dessas massas impelidas por um poder quase sobre-humano.

Eis o que é a palavra, meu amigo: simples e delicada flor do sentimento, nota palpitante do coração, ela pode elevar-se até o fastígio da grandeza humana, e impor leis ao mundo do alto desse trono, que tem por degrau o coração, e por cúpula a inteligência.

Assim pois, todo o homem, orador, escritor, ou poeta, todo o homem que usa da palavra, não como um meio de comunicar as suas ideias, mas como um instrumento de trabalho; todo aquele que fala ou escreve, não por uma necessidade da vida, mas sim para cumprir uma alta missão social; todo aquele que faz da linguagem não um prazer, mas uma bela e nobre profissão, deve estudar e conhecer a fundo a força e os recursos desse elemento de sua actividade.

A palavra tem uma arte e uma ciência: como ciência, ela exprime o pensamento com toda a fidelidade e singeleza; como arte, reveste a ideia de todos os relevos, de todas as graças, e de todas as formas necessárias para fascinar o espírito.

O mestre, o magistrado, o padre, o historiador, no exercício do seu respeitável sacerdócio da inteligência, da justiça, da religião e da humanidade, devem fazer da palavra uma ciência, mas o poeta e o orador devem ser artistas, e estudar no vocabulário humano todos os seus segredos mais íntimos, como o músico que estuda as mais ligeiras vibrações das cordas de seu instrumento, como o pintor que estuda todos os efeitos da luz nos claros e escuros.

Acaso, meu amigo, chamará poeta a um homem que, usando da linguagem sem arte, que, desprezando todas as belezas do estilo, como fez o Sr. Magalhães, apresenta-nos milhares de versos sem harmonia e sem cadência?

O verso é a melodia da palavra, como a música é a melodia do som: escreva uma multidão de notas sem ligação e sem regra, e fará uma escala, mas não uma harmonia: junte muitos termos sem eufonia, sem modulação, e comporá uma frase de certo número de sílabas, porém nunca um verso.

O Sr. Magalhães no seu poema d'*A Confederação dos Tamoios* não escreveu versos; alinhou palavras, mediu sílabas, acentuou a língua portuguesa à sua maneira, criou uma infinidade de sons cacofónicos, e desfigurou de um modo incrível a sonora e doce filha dos romanos poetizada pelos árabes e pelos godos.

Se eu quisesse fazer citações para confirmar a verdade de meu dito, teria de transcrever aqui todo o poema, com excepção de bem poucos trechos; e isto seria um trabalho, além de enfadonho, desnecessário, visto que o livro já corre por todas as mãos, e pode ser lido facilmente por aqueles que duvidarem de meu juízo [4].

Permita-me porém, meu amigo, que volte ao que lhe dizia em princípio, a respeito do homem que faz da palavra uma profissão. Decerto é uma missão elevada a de dar a essa criação impalpável o poder quase divino de impelir e arrastar a força bruta e inerte.

Entretanto ainda isto não é tudo: quando o homem fala ou escreve a sua convicção, a consciência da verdade lhe serve de inspiração, e transluz na sua linguagem como um reflexo da razão absoluta: o orador, o poeta e o escritor são apóstolos da palavra, e pregam o evangelho do progresso e da civilização.

Mas quando o homem, em vez de uma ideia, escreve um poema, quando da vida do indivíduo se eleva à vida de um povo, quando, ao mesmo tempo historiador do passado e profeta do futuro ele reconstrói sobre o nada uma geração que desapareceu da face da terra para mostrá-la à posteridade, é preciso que tenha bastante confiança, não só no seu génio e na sua imaginação, como na palavra que deve fazer surgir esse mundo novo e desconhecido.

Então já não é o poeta que fala; é uma época inteira que exprime pela sua voz as tradições, os factos e os costumes; é a história, mas a história viva, animada, brilhante como o drama, grande e majestosa como tudo que nos aparece através do dúplice véu do tempo e da morte.

Se o poeta que intenta escrever uma epopeia não se sente com forças de levar ao cabo essa obra difícil; se não tem bastante imaginação para fazer reviver aquilo que já não existe, deve antes deixar dormir no esquecimento os fastos de sua pátria, do que expô-los à indiferença do presente.

Não se evocam as sombras heróicas do passado para tirar-lhes o prestígio da tradição; não se põe em cena um grande homem, seja ele missionário ou guerreiro, para dar-lhe uma linguagem imprópria da alta missão que representa.

E entretanto, meu amigo, é isto o que noto em todo o poema do Sr. Magalhães: Anchieta, Nóbrega, Mem de Sá, Salvador Correia, Tibiriçá não se conservam no poema nem mesmo na altura da história, quanto mais da epopeia; Aimbire é um índio valente, mas não é decerto um herói.

---

[4] Notas.

Satanás, o espírito decaído, que o poeta no oitavo canto pretendeu fazer entrar na acção, fica como que por detrás da cortina; é um actor que não sai dos bastidores, ou antes, uma espécie de contra-regra que faz mover os comparsas.

Há um lugar do poema, sobretudo, em que o Sr. Magalhães mostrou que não conhecia essa arte da palavra de que há pouco falámos; é no momento em que os dois missionários, acolhidos no campo dos tamoios, são ameaçados pelos índios.

Nóbrega e Anchieta rezavam, quando entra Parabuçu resolvido a matá-los: os padres, com a resignação de mártires que se sacrificam a uma causa santa, esperam a morte tranquilamente; essa fé robusta, essa placidez de homens que encaram sorrindo o perigo, impõe respeito ao selvagem, que não se atreve a consumar o seu crime.

O lance é bonito, e um poeta podia tirar dele um efeito magnífico, se soubesse dar-lhe o sentimento, a energia e a expressão que falta no poema, no qual ele passa despercebido por causa da maneira vulgar e comum com que é traçado.

Com efeito, na ocasião em que a morte o ameaçava, em que a coroa do martírio cingia já a sua cabeça jovem e ardente, Anchieta, o missionário poeta, o apóstolo que convertia os selvagens à fé pela força de sua palavra inspirada, não teve outra coisa dizer senão esses versos:

> Eia, Parabuçu! Eis-nos imóveis
> Bem nos podes matar como quiseres.

Esse *bem nos podes*, e sobretudo esse como quiseres, comparado com a situação, é quase cómico, e revela uma pobreza de linguagem e de sentimento intolerável em um poema: mesmo num romance o leitor o mais indulgente exigiria mais nobreza e dignidade nas palavras proferidas pelo santo missionário nesse momento supremo.

Mem de Sá, Estácio de Sá, Salvador Correia, os fundadores e o primeiro alcaide do Rio de Janeiro, não merecem uma página do poema; entram apenas como partes mudas no fim da representação, para assistirem ao desfecho. O Sr. Magalhães prefere ocupar-se com um certo Brás Cubas, a propósito de um episódio de vingança, do que descrever-nos esses bustos históricos, que a par de Martim Afonso, formam o frontispício da primeira cidade da América do Sul.

Tibiriçá era um belo tipo que o poeta esboçou toscamente, sem aproveitar toda a riqueza de sentimento e de paixões que lhe oferecia essa natureza virgem, e essa fé ainda recente, mas profunda e inabalável: a luta de sua nova crença com as afeições do passado, essa repulsão mútua da religião e da família, não despertam nenhuma ideia, nenhum lance feliz; o Sr. Magalhães fez, ao contrário, uma criação monstruosa: Tibiriçá convertido é uma selvagem da religião, como antes tinha sido um selvagem da liberdade.

Ele prepara se a combater seu irmão sem o menor abalo; mata seu sobrinho sem nenhuma emoção; vê impassível os seus antigos companheiros caírem mortos na batalha, ou sofrerem o castigo de escravos: tudo isto lhe é indiferente, a religião parece ter abafado em seu coração todos os nobres sentimentos, e até essa voz do sangue, esse vínculo poderoso que liga os homens da mesma família e da mesma raça.

É, como disse, meu amigo, um selvagem cristão, um verdadeiro fanático: o Sr. Magalhães receou rebaixar o tipo do índio, e dar lugar a que se duvidasse da sua fé, fazendo falar nele alguma vez um impulso nobre e generoso; e por isso tomou o partido de dar ao seu herói um carácter, que estou certo não há-de merecer muita simpatia.

Quanto a Aimbire, que nos seis primeiros cantos representa um papel bem insignificante, no fim do poema revela uma irresolução e uma fraqueza de espírito que não assenta no protagonista de uma grande acção: vou dar-lhe dois ou três exemplos, que confirmam essa minha observação.

O chefe dos tamoios, sequioso de vingança pelo cativeiro de sua amante; disposto a fazer aos portugueses uma guerra de morte; possuído desse ódio violento que o poeta descreve no canto oitavo[5], ataca de improviso S. Vicente: parece-lhe que vai arrasar tudo a ferro e fogo.

Pois bem: no mais forte do combate, Anchieta, por uma inspiração, cuja causa e cujo fim é um segredo que o Sr. Magalhães não entendeu dever revelar aos seus leitores, vem entregar Iguaçu ao seu amante: imediatamente soa o sinal da retirada, que *ainda hoje* não se sabe quem deu; e Aimbire, apesar do seu ódio e da sua vingança, retira-se muito satisfeito, e vai casar-se.

Depois parece ainda firme nos seus sentimentos hostis, e declara que nunca fará paz com os portugueses, a quem tem em conta de maus e traidores[6]; mas chegam Anchieta e Nóbrega, e sem o menor trabalho resolve o chefe a aceitar a paz, contando que o deixem gozar tranquilamente de suas terras do Guanabara.

Não é tudo ainda: Anchieta insiste, porque, porque da paz, quer a conversão dos índios, toma então a palavra um francês protestante, e opõe-se ao projecto do missionário: Aimbire zanga-se, e não quer mais a paz, não promete nada mais, e exige a entrega dos prisioneiros.

---

[5] P. 247.
[6] Canto 9º, p. 276.

Estou longe, meu amigo, de pretender que Aimbire fosse sábio como Ulisses, e prudente como Eneias; mas é inegável que a fraqueza de carácter, a indecisão, não é própria de um herói, sobretudo de um herói de poema, cuja vontade deve dominar toda a acção dramática ou histórica.

Não cuide que fiz a autópsia de todos os personagens do livro do Sr. Magalhães, que os descarnei para fazer sobre eles um estudo de anatomia literária; apresentei-os tais como os encontrei, simples esqueletos, arcabouços informes, que o poeta não quis tomar o trabalho de encarnar, e deixou na sua nudez cronística ou tradicional.

Responda-me agora, meu amigo, se eu tinha ou não razão em dizer-lhe que era impróprio de um poeta arrancar do pó e das ruínas do passado esses bustos nacionais para amesquinhá-los e fazê-los descer do pedestal em que a nossa história os colocou.

Estou bem persuadido que se Walter Scott traduzisse esses versos portugueses no seu estilo elegante e correcto; se fizesse desse poema um romance, dar-lhe-ia um encanto e um interesse que obrigariam o leitor que folheasse as primeiras páginas do livro a lê-lo com prazer e curiosidade.

Enfim, meu bom amigo, é preciso concluir esta correspondência que já está em quinta carta. Acho escusado, depois do estudo moral que acabei de fazer, descer a pequenas coisas, como algumas que já tive ocasião de referir-lhe: o Sr. Magalhães chega até a comparar a sua heroína indiana com um *lírio*[7].

Não posso porém deixar de citar-lhe um verso, irmão de muitos outros, um verso que assentaria bem em alguma sátira de Nicolau Tolentino, mas que um prosador, por pouco amor que tivesse ao seu estilo, não o admitiria em uma descrição poética.

Eis o verso:

> Pelos mandiocais e milharadas.

Felizmente, terminando essas observações, em que talvez fosse severo, mas em que a minha consciência não me acusa de haver sido injusto, tenho a satisfação de apontar um verdadeiro trecho de poesia que li no poema; é a descrição do luar na praia de Iperoí, quando Anchieta com a ponta de seu bastão escrevia sobre a areia os versos latinos do poema da Virgindade de Maria.

Senti que o poeta, tendo aproveitado este facto histórico, desprezasse inteiramente a causa que deu lugar a ele, e que todos sabem ser o desejo de fortalecer-se e resistir à tentação das virgens índias,

---

[7] p. 287, canto 9º.

que, segundo o costume selvagem, constituíam um dos deveres sagrados da hospitalidade.

Essa castidade do voto, essa pureza ascética em luta com os instintos do homem, com a sedução a mais forte e a mais poderosa, pois era a sedução da inocência, deu a Anchiela a ideia de cantar na língua de Horácio a virgindade de Maria, entretanto que ao Sr. Magalhães não despertou sequer um ligeiro episódio!

Adeus, meu amigo; volto de novo ao meu sossego, e ao meu *dolce farniente*, do qual não devia ter saído. Estou farto de desilusões, e esta última veio fazer-me quase descrer da esperança que tinha de poder um dia trilhar a devesa florida que os mestres abriram na poesia e na literatura pátria a essa mocidade ardente, cheia de seiva e de vida, que por falta de um nobre impulso patinha na prosa de *macadão*, e escreve versos para os álbuns e os dias de anos

As letras devem ter o mesmo destino que a política. Já que os homens de experiência e de talento pararam na sua carreira, como os marcos miliares de uma época que passou, é necessário que a mocidade transponha a barreira, se apodere de todas as forças da sociedade, inocule nelas o seu novo sangue e a sua nova seiva, como as águas do Nilo, que fertilizam com o seu limo as margens inundadas pelas suas enchentes.

Agora, meu amigo, resta-me avisá-lo de uma coisa: por sua causa escrevi essas cartas; toca-lhe portanto a defesa delas. Aí lhas deixo com todos os seus erros e sensaborias: quanto a mim, retiro-me da liça, sempre de viseira baixa.

Não dirão que fujo, visto que deixo por mim um amigo, ou se quiserem, um *alter ego*.

14 de Julho.

IG.

SEXTA CARTA

Meu Amigo.

Contava, quando terminei a primeira série de minhas cartas, não voltar mais a este assunto; porém mudei de resolução, por motivos que depois lhe explicarei.

Por enquanto desejo fazer algumas ligeiras observações sobre a difícil tarefa que me impus, escrevendo um ou outro reparo sobre a obra pomposamente anunciada de um autor que tem tantos amigos e tão poucos defensores.

Há na poesia e na arte, nessas duas irmãs, filhas do génio e da natureza, além da execução, uma parte negativa, a que um escritor moderno chama a crítica.

O poeta ou o artista é o homem que concebe e executa um pensamento sob a influência dessa exaltação de espírito que solta os voos à fantasia humana.

O crítico, ao contrário, é o poeta ou o artista que vê, que estuda e sente a ideia já criada; que a admira com essa emoção calma e tranquila que vem depois do exame e da reflexão.

Para ambos pois há uma mesma revelação do belo, com a diferença que para um se manifesta sob a forma do pensamento, e para o outro sob a forma do sentimento.

No poeta é a *inspiração*, o fogo sagrado que cria e anima a ideia; no crítico é a *contemplação*, é o raio de luz que esclarece o quadro, e põe em relevo a obra já executada.

Ambos são poetas e artistas; ambos receberam a missão de cultivar essa flor mimosa; um planta-a, o outro a colhe; um cria e inspira, o outro sente e compreende.

Sirva isto para mostrar-lhe, meu amigo, quanto é ridícula uma opinião que por aí voga, de que, para criticar um poema e apreciar os seus defeitos, ou as suas belezas, é necessário ser um poeta capaz de compor uma obra igual, ou pelo menos um literato de vasta erudição.

Não há em todas as concepções humanas, por mais sublimes que sejam, uma ideia que valha a florzinha agreste que nasce aí em qualquer canto da terra; não há um primor de arte que se possa comparar às cenas que a natureza desenha a cada passo com uma réstia de sol e um pouco de sombra.

Pois bem, meu amigo, eu que, como todo o homem, posso admirar a flor e preferir a violeta com o seu perfume à rosa em toda a sua esplêndida beleza; eu que posso achar mais lindo o pôr do sol em uma tarde de estio do que o arraiar da alvorada, sou incompetente para julgar conforme o meu gosto uma criação humana!

Se alguém lhe dissesse isto de improviso, naturalmente havia de rir-se da extravagância da ideia, como me sucedeu a mim; havia de achar bem singular que se recuse àquele que todos os dias, a cada momento, decompõe os poemas divinos da natureza, o direito de emitir a sua opinião sobre a poesia de um homem.

Quando vejo uma perspectiva que não me agrada, ou porque o horizonte se acanha, ou porque os tons são carregados; quando acho monótono e triste o lugar onde o arvoredo não tem vida e animação, ninguém me contesta com a louca pretensão de que vá traçar uma perspectiva mais bela do que a da natureza, e criar um vale mais pitoresco.

Entretanto, se guiado pelo sentimento e por este instinto do belo que Deus deu a todo o homem, digo que um poema não me satisfaz por falta de harmonia na forma e de elevação na ideia, clamam imediatamente contra mim, exigindo os meus títulos e brasões de literato, a fim de concederem-me a faculdade de poder ter uma opinião!

Não sabem, meu amigo, que em matéria de arte, todo o homem tem um título, que é a sua inteligência, e um direito que é a sua ideia. Respeitando-se mutuamente, podem contestar a verdade dessa ideia, sem que seja preciso recorrer ao triste expediente de aquilatar do pensamento pelo nome que o rubrica.

Precisava fazer sentir isto, para que não pensem que, tomando a liberdade de escrever as impressões boas ou más que me despertou a leitura do poema do Sr. Magalhães, arroguei-me por este facto os foros de erudito e de literato; ao contrário, reconhecendo-me incompetente para professar ideias sobre a arte e a poesia, procurei sempre autorizar-me com o exemplo dos mestres.

Se eu fosse uma dessas autoridades reconhecidas pelo consenso geral, em vez de argumentar e discutir, como fiz nas cartas que lhe mandei, limitar-me-ia a escrever no frontispício do livro d'*A Confederação dos Tamoios* alguma sentença magistral, como por exemplo aquele dito de Horácio — *Musa pedestris*.

Escusado é porém perder tempo com essa questão que, a falar verdade, não vale a pena de uma discussão; continuarei a usar livremente do meu direito de criticar, já que por motivos que lhe prometi explicar, vejo-me obrigado a voltar a este objectivo.

Tendo concluído as minhas cartas, embora não merecessem elas as honras de uma refutação, julguei que ao menos, em atenção ao poema, dessem causa a uma dessas polémicas literárias, que têm sempre a vantagem de estimular os espíritos a produzirem alguma coisa de novo e de bom.

Sofri uma decepção, a imprensa calou-se, os literatos limitaram--se a dizer a sua opinião nos diversos círculos; e apenas depois de muitos dias apareceu em um jornal uma espécie de diatribe, que devo esquecer, meu amigo, por honra de nosso país e da nossa classe.

Doía-me ver que a nossa civilização ainda estava tão atrasada pois, em vez de aceitar-se uma discussão literária, franca e leal, se procurava uma luta mesquinha e baixa; envergonhava-me ver que de uma questão de arte se pretendia fazer um manejo de intriga.

Sentia que, desprezando-se a nobre e generosa defesa que oferecia o dúplice estímulo da amizade e da poesia, se preferisse atirar à lama o poema do Sr. Magalhães, para deste modo salpicar aquele que teve a ousadia de não achar bom o que sem razão, sem fundamento, se dizia ser sublime.

Quando pois aparece ultimamente uma refutação às minhas cartas, e não um insulto à pessoa que se presumia havê-las escrito, tive uma impressão agradável; apesar de tarde, o espírito literário revelava-se [8].

Então reflecti que era necessário não confundir o irmão de letras de um poeta que defende o livro de seu amigo servindo-se das armas da razão e da inteligência, com o camarada de escola que atira pedras e cabeçadas em quem passa e bole com o seu condiscípulo.

E para dar um testemunho disto, para que não se diga que o aparecimento de um poema nacional foi um facto quase despercebido para o mundo literário, resolvi-me continuar essa correspondência que julgava por uma vez terminada.

Eis pois a razão, meu amigo, por que, quando menos esperar, há de receber esta carta, e talvez outras, conforme a pena estiver disposta a correr sobre o papel.

Agora permita-me que me ocupe com as reflexões feitas por aquele que eu considero o único e verdadeiro *amigo* do poeta.

A primeira coisa que neste artigo se me contesta é a falta de imaginação e de poesia que há na invocação do sol com que principia o poema; é a falta de propriedade que se nota nessa primeira ideia do livro.

Se não confiasse no critério dos leitores que podem examinar esses doze versos frios e pálidos como os raios do sol de Londres, ver-me-ia obrigado a decompor frase por frase este trecho, onde não há um pensamento elevado, nem uma imagem poética.

---

[8] "Reflexões às Cartas de Ig." (artigos publicados no *Jornal do Comércio*).

Mostraria como é comum e vulgar esse emprego de adjectivos sem significação, e que só entram no verso para encher o número das sílabas, como por exemplo, *astro propício, altos prodígios, vário esmaltas.*

Perguntaria se não é extravagante que um poeta, destinando-se a cantar um assunto heróico, invoque para este fim o "sol que esmalta as pétalas das flores", como faria um autor de bucólicas e de idílios?

Podia também fazer sentir que este vocativo *oh* é raramente usado, não só na poesia portuguesa, como na poesia das línguas estrangeiras, o que se pode ver lendo as invocações dos diversos poemas mais conhecidos. A interjeição traz sempre um certo ar de afectação, um quer que seja de enfático, que não assenta bem na poesia grave [9].

Não quero porém descer a essas minúcias literárias, mais próprias de um gramático e comentador, do que de um homem que não faz profissão de literatura, e que entra nestas questões apenas como simples *curioso*; desejo antes ocupar-me com o que é de poesia e arte.

A invocação do poema do Sr. Magalhães, por qualquer lado que a consideremos, não satisfaz; como arte, como fórmula da epopeia, é contra as regras e exemplos dos mestres; como poesia, é pobre de imagens e de ideias.

Sabe, meu amigo, que há na poesia épica dois modelos de invocação, que nos foram deixados pelos dois primeiros poetas da antiguidade; esses modelos formam dois géneros diferentes.

Homero na *Odisseia* liga a proposição do assunto com a invocação, e apresenta imediatamente ao leitor a ideia geral de seu canto.

> *Dic mihi, musa, virum captae post tempora Trojae,*
> *Qui mores hominum multorum vidit et urbes.*

Virgílio segue método diverso; em primeiro lugar traça a exposição do objecto de seu poema, e depois é que faz a invocação:

> *Arma virumque cano, etc.*
> *Musa, mihi causas memora.*

Mílton é talvez o único dos poetas modernos que imitou Homero:

> *Of Man's first disobedience and the fruit, etc.*
> *Sing heavenly Muse! that on the secret top*
> *Of Oreb or of Sinai, etc.*

---

[9] Notas.

O Tasso imitou Virgílio, assim como Camões, Voltaire, Chateaubriand, e quase todos os poetas modernos:

> Canto l'arme pietosi e el capitano etc.
> ....
> Musa; tu che di caduchi allori
> Non circodi la fronte in Ellicona!

A invocação d'*A Confederação dos Tamoios* não pertence a nenhum desses dois géneros: é uma inovação do Sr. Magalhães, ou antes uma contravenção das regras da epopeia, que se tornaria desculpável se o poeta tivesse sido feliz na sua inspiração.

Mas isto é justamente o que não sucedeu, e para prová-lo, meu amigo, toda a pobreza desse trecho, vou copiar-lhe aqui alguns versos de uma obra de Byron, que por acaso encontro sobre a mesa:

> Most glorious orb! thou wert a worship ere
> The mystery of thy making was reveal'd!
> Thou earliest minister of the Almighty!
> .... Thou material God!
> And representative of the Unknown
> Who chose thee for thi shadow! Thou chief star!
> Sire of seasons! Monarch of climes
> .... Thou dost rise,
> And shine, and set in glory.

Que riqueza de pensamento, que profusão de ideias que há em cada verso dessa poesia!

Esse *chief star* é ao mesmo tempo uma bela comparação, e uma frase profunda que contém toda a vasta organização do nosso sistema planetário.

O que o Sr. Magalhães descreve em quatro versos sem inspiração, quando fala do poder divino que os selvagens atribuem ao sol, *Byron* exprime com duas palavras cheias de força e de sentimento: — *Thou material God*!

E note ainda, que os versos do poeta inglês não são uma invocação, não foram inspirados por essa ideia sublime de um poema nacional; são apenas uma saudação, um trecho de poesia lírica.

Sinto, meu amigo, ver-me obrigado a recorrer às citações e aos exemplos para provar uma coisa que aliás estou certo já deve ter sido bem compreendida por aqueles que têm um pouco de gosto pelas letras.

Quem abrir qualquer uma das epopeias conhecidas, embora não tenha a menor ideia do seu assunto, compreenderá desde o segundo verso o pensamento do poeta; entretanto que, se traduzirem a invocação dos *Tamoios* em diferentes línguas, ninguém adivinhará pela sua leitura que objecto, que país, que acção é que vai cantar o poeta que a escreveu.

Pede-se apenas uma inspiração ao sol que fecunda a terra e esmalta as flores; e é isto que se chama uma bela invocação, é este astro de todos os povos, de todos os climas, que se quer fazer passar como "a verdadeira musa do poeta brasileiro!"

Falei-lhe há pouco de uns versos de Byron; vou copiar aqui alguns trechos de uma poesia de Voltaire; é uma apóstrofe de Satanás ao sol, que não tem analogia com a invocação dos *Tamoio* senão por se dirigirem ambas ao mesmo objecto.

Será mais um exemplo que fará sobressair pelo contraste o pensamento vulgar e pouco elevado dessa parte do poema, em que tínhamos direito de exigir que o Sr. Magalhães fosse, se não sublime, ao menos poético.

Eis os versos.

....
Soleil, astre de feu, jour heureux que je hais,
....
Toi, que sembles le dieu des cieux qui l'environnent,
Devant qui tout éclat disparaît et s'enfuit,
Qui fais pâlir le front des astres de la nuit;
Image di Très-Haut, qui régla la carrière, etc...

É força confessar que todos os doze versos do poema d'*A Confederação dos Tamoios* não valem nem como ideia, nem como metrificação, aquele único verso de Voltaire:

Toi qui sembles le dieu des cieux qui t'environnent.

Mílton, de quem Voltaire imitou, escreveu alguns versos no *Paradise Lost*, a respeito dos quais diz Chateaubriand que, apesar de sua admiração por Homero, é obrigado a confessar que ele não tem nada que se lhe possa comparar.

Coroado de uma glória imensa, tu que deixas cair do alto do trono solitário os teus olhares como o Deus desse novo mundo, tu sol, diante de quem as estrelas ocultam suas frontes humilhadas

Ora, meu amigo, quando se está habituado a ler poesia sublime como esta; quando parece que o sol, o princípio de luz e de vida, derramou na alma de todos os poetas que nele se inspiraram uma centelha do fogo sagrado que o anima, pode-se ver com indiferença a frieza de expressão com que se invoca o astro majestoso do Brasil?

Não é para admirar que um dos raios brilhantes que iluminam as regiões tropicais não tenha penetrado na alma do poeta, e levado ao seu pensamento como ao seio da terra e ao pólen das flores o *fiat lux* da criação?

E isto ainda mais me surpreende, quando a ideia de invocar o sol como o seu génio inspirador, é para mim uma das mais felizes lembranças que teve o Sr. Magalhães; mas sucedeu-lhe neste ponto o mesmo que em quase todo o poema; esboçou a imagem, porém não lhe modelou as formas.

Os amigos do poeta chamam simplicidade a essa negligência, a esse descuido e imperfeição na maneira de exprimir a ideia; mas hão-de desculpar-me se lhes disser que dão um sentido errado àquela palavra.

A simplicidade na arte e na poesia, cujo tipo clássico encontramos na literatura grega e em alguns dos seus imitadores, é a naturalidade, é a imitação a mais exacta da vida real, é o sentimento na sua expressão verdadeira sem o realce da forma e da imaginação.

Eis o que diz um dos mais ilustres críticos modernos a respeito dessa simplicidade da arte de que Homero nos deixou o modelo:

> A descrição grega se compõe de poucos traços, e se ocupa mais em fazer sentir de um objecto do que em representá-lo por seu aspecto material; desenha, e não pinta. Tratando-se de um lugar que deve servir de teatro a um acontecimento, a descrição o representa em alguns versos; dispõe os planos, projecta a luz, e cria um certo calor, uma certa animação que eu chamo a vida.
>
> Tratando-se de pintar uma paixão que se manifesta por sinais exteriores, por alterações da fisionomia humana, é ainda mais sóbria de detalhes. Lança sobre a figura uma impressão simples e geral, como o temor ou a palidez; contrai o rosto de raiva, expande-o de alegria, e ruga-o pela preocupação; deita uma lágrima para a dor, e substitui o sorriso, a calma, a ironia, conforme as situações.

Insisto sobre isto porque é uma questão a qual desejava de há muito provocar; quando comecei a fazer algumas censuras ao poema, responderam-me imediatamente que o Sr. Magalhães era simples na forma e sóbrio nos ornatos.

Que espécie de simplicidade porém é essa? Não é decerto a simplicidade grega, tal como a definem os escritores competentes, e tal como se encontra nos poetas clássicos e para isso basta ler um trecho descritivo da *Odisseia* ou da *Eneida*, e compará-lo com algum quadro dos *Tamoios*.

Teria acaso o Sr. Magalhães inventado uma nova espécie de simplicidade até hoje desconhecida na arte? Iniciou uma nova escola de poesia nacional diferente da que nos deixaram os nossos mestres?

Não, esta simplicidade de que tanto se fala não é outra coisa mais do que uma desculpa vulgar, esse disfarce usado, com que na existência se procura iludir o verdadeiro nome das coisas, mudando-se a significação das palavras.

De há muito tempo que se usa dizer que uma mulher é *simpática*, para não dizer que é feia, que uma coisa é *singela*, para não dizer que é *monótona*; que um escrito é *simples* para não dizer que é árido.

Portanto não devo estranhar que se queira chamar simplicidade nos *Tamoios* àquilo que não passa de pobreza de imaginação e de desalinho de frase.

Na verdade o Sr. Magalhães nem sequer tem a sobriedade dos detalhes que constitui a principal beleza da arte grega; muitas vezes é plástico com exageração, como na descrição dos pirilampos, e na luta das jararacas; direi mais, é minucioso e rasteiro como em todo o quinto canto.

Ele pinta ou esboça as mais pequenas coisas, repisa as mesmas ideias três ou quatro vezes, enche uma página inteira de fumo e de sangue, fala do milho e da mandioca que o colono plantou no seu terreno, e de mil outras coisas próprias de um romance histórico, e não de um poema.

Como pois se quer à força achar simplicidade onde ao contrário há confusão, anarquia, desordem, e abundância de detalhes e de circunstâncias insignificantes? Como pois se tem em conta de severo e grave o poeta que amontoa imagens e pinturas, e não lhes soube dar o colorido próprio e a forma brilhante?

Mostrem-me um só verso d'*A Confederação dos Tamoios* que se aproxime daquela descrição da tempestade da *Odisseia*, ou mesmo daquela frase sublime de naturalidade com que Virgílio pinta a desordem dos cabelos da sibila: — *Non comptae mansere comae.*

Apontem-me um a descrição que se possa dizer a sombra esvanecida daqueles versos de Sófocles no *Édipo-Rei*, versos que são considerados como uma maravilha da simplicidade. Édipo pergunta como morreu seu pai, e o mensageiro lhe responde:

"Ele morreu como morrem os velhos, dessa pequena inclinação que adormece para sempre os corpos já gastos"[10].

Escuso acumular mais citações; aí ficam alguns modelos do que é a simplicidade grega; por eles pode ver que, se alguma glória deve ter o autor d'*A Confederação dos Tamoios*, não é certo a de ter imitado esses mestres da poesia.

Limitei-me nesta carta unicamente à invocação, e se tornei-me mais extenso, é porque desejei logo acumular nela elementos que devem servir-me para a continuação do exame do poema, que pretendo fazer, talvez que com mais minuciosidade do que da primeira vez.

Então escrevia impressões de leitura, e só registava o que me parecia de importância; agora porém faço a defesa de meu trabalho, e

---

[10] Notas.

como não quero passar por ter sido desleal, tratarei de descer às menores circunstâncias para justificar a opinião que emiti.

Adeus, meu amigo; vou ler algumas páginas de Ossian, para ver se ao menos pela força do contraste dos gelos e névoas com os esplendores da natureza tropical posso concordar com o amigo do poeta, que fêz-me a honra de corrigir os mcus erros.

Até domingo.

9 de Agosto

IG.

SÉTIMA CARTA

Se eu pudesse, meu amigo, como um desses génios invisíveis da Média Idade, tomar pela mão os incrédulos, e, librando-os sobre as asas, mostrar-lhes *au vol d'oiseau* a vasta região que se estende desde o Amazonas até o Paraná, não me veria decerto embaraçado em provar a sem razão daqueles que pretendem que a nossa terra se acha descrita no poema do Sr. Magalhães.

Faria uma *viagem no azul*, como dizem os alemães, penetraria no seio dessas florestas seculares, subiria os alcantis das montanhas, vogaria sobre as águas dos rios majestosos; e aí, em face da natureza, tendo por juiz Deus, e por testemunha esse mesmo sol que o poeta invocou, perguntaria ao homem de sentimento se aquela era a mesma terra dos *Tamoios*.

São coisas que se sentem, meu amigo, mas que não se podem definir; a flor da parasita, o eco profundo das montanhas, a réstia, de sol, uma folha, um insecto, falariam mais eloquentemente aos sentidos, do que a minha pobre pena ao espírito cultivado dos seus leitores.

Quem quiser julgar o Sr. Magalhães na descrição do Brasil, que se acha em diversas partes de seu poema, basta lançar um olhar pela magnífica baía do Rio de Janeiro, ainda semeada de algumas ilhotas incultas, e reflectir sobre o aspecto dessa natureza, quando virgem e selvagem.

Se depois deste curto instante de contemplação houver um só homem capaz de sentir e compreender o belo, que me diga que o Sr. Magalhães é um verdadeiro poeta nacional, confessarei então que errei, e que sonhei o meu belo país mais rico, mais sublime do que ele realmente é.

Infelizmente porém não posso tentar essa prova, esse *juízo da natureza*; e não há remédio senão ir buscar nas folhas dos livros, e nos quadros da arte, os argumentos que a poesia escreveu nas folhas das árvores, e nas cenas brilhantes da nossa terra.

Devo dizer-lhe, meu amigo, que todas as exagerações dos defensores do poema sobre a descrição do Brasil revertem contra o poeta, e apenas servem para tornar ainda mais pálida e desbotada essa pintura feita com as cores desvanecidas e gastas pelo tempo e pelas viagens.

Com efeito, onde está a terra abençoada, a esplêndida região que admiramos com um religioso entusiasmo? Onde estão essas belezas da natureza que respiram tanta poesia, essas maravilhas da criação, essa fertilidade do solo natal?

Não sei; leio o poema, abro alguns livros, e vejo com tristeza que a Itália de Virgílio, a Caledónia de Ossian, a Flórida de Chateaubriand, a Grécia de Byron, a Ilha de França de Bernardin de Saint-Pierre, são mil vezes mais poéticas do que o Brasil do Sr. Magalhães; ali a natureza vive, palpita, sorri, expande-se; aqui parece entorpecida e sem animação.

Desejava, meu amigo, não fazer mais citações, para que não se diga que pretendo mostrar erudição sem propósito, o que aliás seria uma injustiça, pois os livros de que falo andam em todas as mãos, e são geralmente conhecidos desde o tempo em que frequentámos os colégios e estudamos as humanidades.

Portanto a pretensão de literato seria da minha parte extravagante; e se alguma vez reproduzo trechos de um ou outro poeta, é porque julgo que não há melhor meio de fazer sobressair a pobreza de imaginação do poema do que tornando-a sensível pelo contraste.

O autor do artigo a que respondo trata por diversas vezes de mostrar que fui injusto negando as belezas de descrição que na sua opinião existem n'*A Confederação dos Tamoios*; e aponta principalmente a pintura da floresta no quarto canto, a cena do pajé, a descrição dos, pirilampos e algumas outras.

Permita-me, pois, meu amigo, que me reduza agora à simples condição de tradutor, porque desejo apresentar ao defensor do poema prosa mais linda, mais rica de pensamento e de imagem do que todos esses versos que ele chama sublimes, porque a significação das palavras tem hoje uma elasticidade imensa.

E note que não vou abrir nenhum poema, nenhuma obra de arte, que tenha sido acabada com esmero e apuro: não, são simples narrações de viagens, frases escritas livremente, e nas quais só fala a inspiração do momento.

O amigo do Sr. Magalhães estranha que não me ocupasse da marcha pela floresta, que ele decerto julga uma coisa digna de apreço; tenha pois a bondade de ler o trecho de prosa que lhe vou traduzir, e talvez me dê razão.

É um fragmenlo das notas da *Viagem à América*, de Chateaubriand; é também a descrição de uma floresta do Novo Mundo; o eco das matas americanas vai falar pela voz do ilustre escritor e dizer-nos tudo o que o poeta brasileiro devia ter sentido e descrito no quarto canto do poema, mas que infelizmente ficou no fundo do seu tinteiro.

> 3 horas.
>
> Quem pode exprimir o que se sente entrando nessas florestas tão velhas como o mundo, e que ainda podem dar uma ideia do que era a criação quando saiu das mãos de Deus? O dia, projectando-se através da folhagem, espalha na profundeza da mata uma meia luz vacilante e móbil que dá aos objectos uma grandeza fantástica. Daí a pouco a floresta torna-se mais sombria, a vista apenas distingue troncos que se sucedem uns aos outros, e que parecem unir-se alogando-se. A ideia do infinito apresenta-se ao meu espírito.
>
> > Meia-noite.
>
> O fogo começa a se extinguir, o círculo de luz se retrai. Escuto; uma calma sinistra pousa sobre a floresta; dir-se-ia que os silêncios sucedem aos silêncios. Procuro debalde ouvir nesse túmulo universal algum rumor que revele a vida. Donde vem este suspiro? De um de meus companheiros; ele queixa-se mesmo dormindo. Tu vives, logo tu sofres; eis o homem.
>
> > Uma hora.
>
> Eis o vento; desliza pelo cimo das árvores; agita-as, passando sobre minha cabeça. Agora é como a vaga do mar que se quebra tristemente sobre os rochedos.
>
> Os murmúrios acordaram os murmúrios. A floresta é uma harmonia. São os sons graves do órgão que eu ouço, enquanto sons mais ligeiros erram nas abóbadas de verdura? Um curto silêncio sucede. A música aérea recomeça; por toda a parte doces queixumes, rumores que encerram outros rumores; cada folha fala uma linguagem diferente, cada raminho de relva modula uma nota diversa.
>
> Uma voz estrepitosa ecoa; de todas as partes da floresta os morcegos, ocultos sob as folhas soltam cantos monótonos; julgo ouvir dobres de finados, ou o triste reboar de um sino. Tudo nos inspira uma ideia da morte, porque esta ideia está no fundo da vida.

Perdão, meu amigo, se abuso da sua paciência; mas é que, quando percorro essa prosa, deixo-me levar pelo sentimento profundo de poesia e religião que respira nela: parece-me que leio um poema homérico, da mesma maneira que, abrindo o livro do Sr. Magalhães, esqueço-me de que é poesia, e julgo folhear um cronista pouco lido nas coisas do Brasil[11].

Que tom solene, que impressão grave e severa há nessa descrição do ilustre viajante francês! Os períodos intercalados de sua prosa sublime parecem imitar os ecos tristes da velha floresta.

E como se tornam ocos e sem sentido aqueles versos d'*A Confederação dos Tamoios*, onde apenas se encontram esses lugares--comuns, essas ideias vulgares que assaltam o espírito, logo que se fala de uma mata ou de um bosque?

Mas talvez me respondam que Chateaubriand era um grande poeta até na sua prosa ligeira, e que é bem difícil imitar, ainda

---

[11] Notas.

mesmo em poesia, todas as coisas bonitas e grandiosas que lhe foram inspiradas pela natureza americana.

Concordo com isto; mas não é só o autor de *Atala* que descreve o Novo Mundo; leia a história das missões do Paraguai, das Antilhas, da Guiana e do Brasil; leia sobretudo as cartas de Charlevoie e Durtetre, e as do Padre Antônio Vieira, e verá que há mais vida, mais calor, mais animação nesses simples recitos de viagem do que no poema dos *Tamoios*.

Não falo das poesias nacionais do Sr. Gonçalves Dias, que, apesar de não haver escrito uma epopeia, tem enriquecido a nossa literatura com algumas dessas flores que desabrocham aos raios da inspiração, e cujos perfumes não são levados pela aura de uma popularidade passageira.

O autor dos *Últimos Cantos*, de "I-Juca Pirama" e dos "Cantos Guerreiros" dos índios está criando os elementos de uma nova escola de poesia nacional, de que ele se tornará o fundador quando der à luz alguma obra de mais vasta composição.

Voltando porém aos *Tamoios*, é força dizer, meu amigo, que o Sr. Magalhães não só não conseguiu pintar a nossa terra, como não soube aproveitar todas as belezas que lhe ofereciam os costumes e tradições indígenas, que ele copiou dos cronistas sem dar-lhes o menor realce.

Apontarei como exemplo essa crença que tinham os índios a respeito do beija-flor, que consideravam como o mensageiro que levava e trazia do outro mundo as almas daqueles que faleciam ou que nasciam; tradição graciosa, que merecia de um poeta mais do que dois versos ligeiros:

> Inda alma de meu pai como um colibri
> Em fria noite no seu ninho oculto, etc.

Lembro-me que um dos missionários do Canadá, vendo pela primeira vez essa avezinha delicada, iriando-se de lindas cores aos raios do sol, e adejando rapidamente, deu-lhe o nome de *flor celeste*; o Sr. Magalhães, que é um poeta, e que escrevia um poema, contentou-se em desnaturar o lindo nome de *colibri*, abreviando-lhe a última sílaba.

A mesma observação se pode fazer a respeito da linguagem que o autor atribui aos índios, e que não tem aquele estilo poético e figurado, próprio das raças incultas: à excepção de uma ou outra comparação, às vezes forçada, não há nada que se possa comparar às expressões símplices e graciosas de *Paulo e Virgínia*[12].

Quanto à religião, apesar de invocar os génios pátrios, o Sr. Magalhães não deu a menor atenção às tradições dos índios; Tupã,

---

[12] Notas.

representado por um verdadeiro poeta, podia colocar-se a par do *Theos* de Hesíodo, do Júpiter de Homero, do *Jeová* de Mílton; o princípio da divindade é sempre uma ideia grande e sublime, qualquer que seja a forma que lhe dê a imaginação humana.

Não posso admitir, como já o disse uma vez, essa desculpa de que a religião indígena não tinha tradições nem culto externo; além de não ser isto exacto, como atestam muitos cronistas, a obrigação do poeta era criar, e para isso tinha elementos de sobra.

Os *Nibelungen*, os cantos de Ossian, as balatas dos *minnesingers*, e a *Ilíada*, não nasceram de outra fonte diferente da que tinha o autor d'*A Confederação dos Tamoios*; eram reminiscências de povos bárbaros, recolhidas pela tradição popular, e que ao desponta da civilização foram a pouco e pouco revestindo-se de imagens poéticas, até que a arte deu-lhes a forma é o acabado de uma obra literária.

Não exigia que o Sr. Magalhães fizesse uma dessas epopeias que tornam-se o livro popular de uma nação; mas tinha direito de esperar que recolhesse no seu livro as lendas que já vão ficando esquecidas, e que lhes desse algum toque de poesia.

A teogonia indígena, mesmo imperfeita como era, ou como chegou ao nosso conhecimento, dava matéria para lindos episódios; esse Deus do trovão, que manifestava a sua cólera lançando o raio; esse grande dilúvio, que cobriu os píncaros elevados dos Andes; essas lutas de raças conquistadoras, que se haviam substituído umas às outras; tudo isto posto na boca de um *pajé*, e nessa linguagem primitiva da natureza, havia de ter algum encanto.

Não estranhe, meu amigo, se desço a essas pequenas coisas que na aparência não tem muita importância, e que formam entretanto o relevo dos grandes quadros; são as bagatelas que o poeta classificou perfeitamente com essas duas palavras: *Nugae difficiles*.

O autor do artigo repara que eu não tivesse dado apreço à duas comparações da andorinha e do guará, que lhe parecem originais e encantadoras, talvez por causa da deficiência de imagens que há no poema.

Se nas primeiras cartas não toquei nestes dois trechos, foi porque não desejava ir de encontro ao pensar de uma das nossas ilustrações que mais respeito, e a quem ouvi dizer algures que os achava bonitos; mais já que me forçam a declarar minha opinião, serei franco, como costumo.

Comparar a liberdade selvagem no Brasil com uma andorinha, é, ou falta absoluta de imaginação, ou pouco estudo da nossa história natural, cuja ornitologia apresenta tantas maravilhas e tanta riqueza de forma e de colorido.

À águia dos Alpes, ao cisne da Grécia, ao dromedário dos desertos da Arábia, ao cavalo das estepes da Hungria, ao avestruz do

Saara, ao condor dos Andes, o Sr. Magalhães opõe por parte do Brasil a andorinha, a ave de todos os países, cantada nos idílios dos poetas antigos e modernos!

Involuntariamente, quando li esta comparação, lembrei-me de uma fábula que aprendemos no colégio, e que representa um pardal lamentando-se pela perda de sua liberdade; é o mesmo lirismo impróprio de um assunto épico.

O *símile* do guará está no mesmo caso; embora seja esta uma das aves brasileiras mais poéticas pelas suas transformações de cores e pela sua vida aquática, não era isto uma razão para que se devesse simbolizar nela a liberdade; o poeta podia aproveitá-la em outra imagem mais verdadeira.

O guará, que, segundo Frei S. Carlos[13], nasce preto, e não branco, como pretendem o poeta e Aires do Casal na sua *Corografia Brasílica*, muda depois as cores, e veste-se de penas alvas como o leite; à proporção que envelhece, suas penas vão-se colorindo de um leve roseado, e acabam por tornar-se de um escarlate brilhante; é tal a incandescência dessa cor quando ferida pelos raios do sol, que um missionário deu-lhe o nome de *ave de fogo*.

A vida desse pássaro aquático é simples e tranquila, está quase sempre solitário à beira dos lagos e dos rios, mirando-se nas águas, e revendo as suas cores brilhantes, fazendo graciosas evoluções com o seu colo flexível, e apanhando os pequenos peixes que lhe servem de alimento; assim passa o dia inteiro, até que, ao cair da tarde, recolhe-se lentamente ao seu ninho; é um pássaro triste, merencório, amigo da solidão, do silêncio e do repouso.

Será este o verdadeiro símbolo da liberdade, e especialmente dessa liberdade selvagem cheia de vida, de acção, e de movimento?

.................e os vermelhos
Guarás, que penas trajam sendo velhos
De escarlate, se bem que negros nascem.

Será esta a imagem do índio brasileiro, senhor das florestas e das montanhas, vivendo ao capricho e percorrendo à vontade todo este belo país, do qual era rei e soberano?

Se o Sr. Magalhães quisesse pintar a calma e a tranquilidade da vida selvagem de que gozavam os índios antes da invasão portuguesa; a sua dor e o seu luto pela escravidão que lhe impunha outra raça; e finalmente o sangue e a guerra que nascia da vingança, podia ter achado uma comparação no guará; mas pintar com ele a liberdade, é o mesmo que exprimir a rapidez pela marcha da tartaruga.

---

[13] Notas.

Talvez já lhe tenham contado, meu amigo, a história de um manto imperial que serviu à coroação do Senhor D. Pedro I; se não me engano li em um livro que este manto foi feito com as penas de uma espécie de pássaro do Pará colhidas por um espanhol que aí cumpria pena de degredo, e o ofereceu a D. João VI que remunerou o seu trabalho e paciência concedendo-lhe o perdão [14].

O pássaro de que foram tiradas as penas desse manto era conhecido pelo nome de *galo selvagem* entre os portugueses, e devia ter naturalmente entre os índios um nome que seria fácil de saber; era uma espécie de *phenix* indígena, não só pela delicadeza e brilhantíssimo das cores, como pela dificuldade que havia de achá-lo, e vê--lo, mesmo no meio das florestas virgens.

Tem o corpo de penas douradas, e o colo se esmalta de todas as cores do íris, como o peito do pavão; o seu amor pela liberdade e pelo espaço é tal que dizem ser impossível conservá-lo um dia; a sua prisão dura apenas o tempo de morrer e libertar-se; pode haver um tipo mais lindo e mais original da liberdade?

Não leve a mal estas distracções, meu amigo; sei que incorro em uma censura que já me fizeram, de querer que o poeta tivesse seguido as minhas inspirações, e não as suas; mas é que, quando penso nos tesouros de poesia que encerra a nossa terra, e depois leio o poema do Sr. Magalhães, não posso deixar de notar, que de tantas ideias bonitas, nem uma fosse aproveitada.

Houve um tempo em que me ocupei, com prazer e até com entusiasmo, das coisas velhas do meu país; em que lia com mais satisfação do que um romance, as crónicas de Simão de Vasconcelos, de Rocha Pita, de Pizarro, de Brito Freire, e as viagens de Mawe; e joeirava aqui e ali dentre as sensaborias do narrador, uma notícia, uma particularidade interessante.

Deste tempo conservo ainda muitas ideias graciosas, que não escrevo porque tenho medo de tirar-lhes o encanto da simplicidade; porque não me reconheço com forças de reproduzi-las como as sinto; e também porque não tenho ânimo de prosseguir um trabalho sério.

Entretanto o Sr. Magalhães, um poeta que, durante sete anos, dedicou-se exclusivamente ao seu poema; que deve ter estudado todos os cronistas e todas as tradições; que há de ter feito escavações profundas nessa *Pompeia* indígena que desapareceu sob as lavas da civilização, não achou uma só relíquia, uma só antiguidade e preciosa?

Limitou-se a mostrar o que já sabíamos de cor e salteado; copiou sem embelezar, escreveu sem criar, e acha ainda um amigo

---

[14] Beauchamp, *História do Brasil*.

tão indulgente, tão cego pela afeição, que não duvida afirmar que ele pintou a natureza brasileira, e descreveu os costumes indígenas com poesia e naturalidade!

É preciso acabar com esta questão, e dar por uma vez como ponto decidido que a cor local, como a entendem os mestres da arte, não existe n'*A Confederação dos Tamoios*.

Au revoir, meu amigo; lembre-se do que me prometeu, e deixe cada um glosar a sua maneira o meu,

12 de Agosto.

IG.

OITAVA CARTA

Poet ought himself to be a true poem — o poeta deve ser ele próprio um verdadeiro poema — dizia Milton.

E na verdade, meu amigo, é preciso que o homem que põe em acção as grandes paixões e os sentimentos elevados, saiba sentir e compreender aquilo que o seu pensamento vai exprimir.

O espírito do poeta deve ter, por assim dizer, o privilégio da ubiquidade, deve estar em todo o poema e sobretudo em cada um dos caracteres importantes da acção dramática que descreve.

E não é só isto; é preciso que ele se transforme a cada momento, e, como Prometeu, dê vida a essas estátuas criadas pela história, ou por sua imaginação, animando-as com um raio do fogo sagrado.

Quando examinei os caracteres principais d'*A Confederação dos Tamoios*, mostrei que o Sr. Magalhães os havia deixado em toda a sua nudez cronística ou histórica, e tinha feito uma tradução em verso de algumas páginas de escritores bem conhecidos.

Basta abrir os *Anais do Rio de Janeiro* de Baltasar da Silva Lisboa, para conhecer até que ponto é exacto aquele juízo; aí se acha em prosa todo o poema, com excepção de alguns pequenos episódios, cuja fonte talvcz um dia me dê ao trabalho de procurar.

Entretanto, meu amigo, desejo ainda ocupar-me de um ponto que me contestaram, e é a falta que se nota no poema da criação de uma mulher, e a nenhuma originalidade e invenção que o autor revelou nessa imagem poética, que representa uma das mais belas faces da vida humana.

Não se animaram a negar o fato, porque ele é evidente; desde o princípio até o fim do poema, a mulher, o símbolo do amor, da virgindade e da maternidade, apenas aparece personificada em uma índia que serve de amante ao herói, porque está em uso que todo o herói deve ter a sua amante.

Na impossibilidade pois de contestarem a verdade da censura, recorreram a um argumento que, na minha opinião, ainda é mais triste do que a falta que se pretende desculpar; pintaram o poeta como um homem grave, sisudo, preocupado de altos pensamentos, e dando por conseguinte pouco apreço a esses "lirismos só próprios da primeira mocidade".

A isto poderia responder que os homens graves devem ocupar-se com a filosofia e deixar as belezas poéticas para quem souber compreendê-las; mas como desejo afastar desta questão todos os visos de personalidade, prefiro discutir esse ponto unicamente pelo seu lado artístico.

Homero, o criador de uma nova literatura, o autor de uma dessas epopeias primitivas, que são os dramas da humanidade, desenhou um tipo sublime da mulher, simbolizada no carácter de esposa. Quem não se lembra do nome de Penélope, e da teia delicada, onde a virtude conjugal havia depositado todos os seus temores, todas suas mágoas, e esperanças?

Virgílio, escrevendo a origem divina da cidade rainha do mundo e os altos destinos de um grande povo, teve uma inspiração para o amor e deixou-nos uma criação, senão perfeita, ao menos bela: o episódio de Dido, embora segundo os mestres seja mal ligado à acção tem lindos traços.

Dante, o Homero italiano, criou a sua Francesca de Rimini, uma das imagens mais suaves e delicadas do amor puro e casto; como é sublime aquela frase ingénua que ela profere depois da leitura do livro que revelou a sua mútua afeição: *Quel giorno più non vi leggemmo avante.*

Shakespeare, que se considera geralmente como um grande poeta épico, tem uma galeria completa de retratos desenhados com mão de mestre, desde Julieta e Desdémona, a amante apaixonada, até Macbeth, a mulher ambiciosa; desde Cordélia do *Rei Lear*, o extremo do amor filial, até Imogenes, a expressão do amor conjugal.

Camões, cantando a descoberta de um novo caminho da Índia e os feitos ilustres de um pequeno povo de heróis, aproveitou um facto histórico para traçar um tipo de mulher, e escrever algumas páginas de poesia e sentimento que são elogiadas pelos literatos estrangeiros.

O Tasso. sem falar de Olinda e Sofrónia, criou Armida; no meio do triunfo da religião, entre os combates e os assaltos do sítio de Jerusalém, o poeta soube erguer o seu palácio encantado e desvendar-nos uma das cenas brilhantes e maravilhosas das *Mil e Uma Noites.*

Mílton descreveu-nos a mulher como ela saiu das mãos do Criador, em toda a sua formosura e esplendor; a companheira do homem, a mãe do género humano, a beleza na sua primitiva simplicidade está desenhada no retrato de Eva com toda a perfeição da arte; a cena dessa noite nupcial num berço de relva é uma das coisas mais lindas que há em poesia.

Klopstock era um espírito profundamente religioso e cheio de entusiasmo patriótico; seus hinos, diz Tastu, podem ser considerados como salmos cristãos, entretanto é este mesmo homem que, em um episódio da *Messíada*, consagrou a lembrança de sua mulher Margarida Moller, que ele havia perdido, e que celebrava nas suas poesias sob o nome de Cidli.

Macpherson, que pintou Ossian, o velho bardo cego, vibrando as cordas de sua harpa sobre um rochedo da Escócia, que cantou os guerreiros de Morven e de Lochlin, soube achar entre as brumas do céu da pátria o tipo dessa beleza ideal, suave e melancólica, como a flor pálida que nasce entre as fendas da rocha no meio dos frocos de gelo.

Chateaubriand, político e viajante, errando nas florestas do Novo Mundo ou nas ruínas da Grécia, visitando o Santo Sepulcro e a cidade sagrada, ao passo que escrevia *O Génio do Cristianismo* e revelava a influência dessa religião sublime, não desdenhava tratar com a mesma pena que ilustrava a história, a política e a filosofia, algumas dessas graciosas criaturas, filhas de sua imaginação, como Cimódoce, Veleda, Atala e Celuta.

Os *Nibelungen*, espécie de *Ilíada* germânica, cujo autor se ignora, e que têm por assunto os feitos ilustres dos borgonheses, francos e godos do século V e VI, derivam toda a sua acção do amor de dois esposos, Chriemhild, a heroína, tanto quanto se pode julgar pela descrição que fazem daquela epopéia, é um belo carácter, que foi depois desenvolvido por S. Roupack em uma tragédia alemã.

Finalmente, meu amigo, a Bíblia, a grande epopeia do cristianismo, faz um estudo completo sobre a mulher, e a retrata por todas as faces da missão sublime que ela deve representar no mundo; escuso lembrar-lhe aquela poesia rica de imagens que há no *Cântico dos Canticos*, assim como os nomes de Maria Raquel, Sara, Judite, e Madalena.

Tenho percorrido de memória, tão bem como me permitiram os meus poucos cabedais literários, a série de epopeias mais notáveis que nos oferece a história da poesia de todos os povos, desde a mais remota antiguidade até os nossos dias, desde a época mitológica até o século dos progressos materiais, e das maravilhosas descobertas do vapor e da electricidade.

Todas elas foram escritas em circunstâncias diferentes; umas são mitos ou ideias poetizadas que preludiam o nascimento de uma nova religião, de uma nova civilização, de uma nova língua, ou mesmo de uma nova literatura; neste número estão a Bíblia, a *Ilíada*, a *Divina Comédia*, os *Niebelungen* e os dramas de Shakespeare.

Outras são apenas obras de arte, criações literárias feitas sobre um facto histórico, sobre uma ficção religiosa, sobre uma ideia grande ou sobre as tradições nacionais de um povo; a este género pertencem

Os Lusíadas, a Jerusalém Libertada, O Paraíso Perdido, A Messíada, Os Mártires, e os cantos de Ossian compostos por Macpherson.

Os autores destas obras, como já mostrei de passagem, não eram poetas dados a lirismos exagerados; muitos tinham sido tocados pela desgraça, pela perda da vista, pelo desterro, e até por infelicidades domésticas; Mílton, cego, escrevia o seu tratado do *Divórcio*, grito de indignação de um amor traído. Chateaubriand perdera seu irmão guilhotinado, e seus bens, que haviam sido confiscados, a história de Tasso e de Camões é muito conhecida para que a reproduza.

Pois bem, meu amigo, em todas essas epopeias que lhe apontei, em todos esses livros filhos de impressões bem diversas, o leitor encontra sempre, lá no meio da obra, uma página íntima onde o poeta depositou a flor do sentimento com todos os seus perfumes, onde a pena grave, severa ou triste do cantor de altos assuntos transformou-se no pincel delicado do artista para criar alguma figura graciosa e feiticeira.

A natureza, o primeiro poeta do mundo, no meio de uma cena agreste e rude, entre as sáfaras e os rochedos, tem sempre desses caprichos; e lá existe um cantinho de terra onde se esmera em depositar todo o seu luxo e todos os seus tesouros; o poeta, o filho da natureza, não podia deixar de imitar as lições que Deus lhe dá todos os dias.

Não há pois motivo algum que possa justificar essa indiferença do Sr. Magalhães, quando fala no seu poema, da mulher apenas representada no frio e pálido carácter de uma amante vulgar, e a desculpa que dá o seu amigo seria ridícula, se não fosse inventada por alguém que parece ter perdido a razão à força de bater a cabeça contra os frisos, as colunas dóricas, e os capitéis de um sistema de arquitetura, que ainda está nos limbos.

O que porém mais admira é a contradição, em que estão os defensores do poema; quando respondem à censura, que se faz por carência absoluta do elemento grandioso, dizem que *A Confederação dos Tamoios* não é uma epopeia; quando se lhes faz notar a falta de imagens e de sentimentos, retrucam que isto são lirismos impróprios de uma obra grave e séria.

Podia deixá-los debaterem-se nesse círculo vicioso, nesse *simul esse et non esse* que bem mostra a pobreza e o mal traçado de um poema que o próprio autor não se animou a baptizar; mas, tendo desde o princípio considerado esta obra como pertencente ao género épico, julgo-me obrigado a provar que não fiz um castelo no ar.

Se as regras da arte e os preceitos dos mestres não são uma burla, e não se acham derrogados pela sabedoria de algum novo Aristóteles, é impossível que um estudante de retórica, que tiver a mais ligeira tintura de poesia, não classifique *A Confederação dos Tamoios* no género das epopeias.

Só conheço, meu amigo, três espécies de poemas: os líricos, os didácticos c os épicos; a primeira espécie, que Byron enriqueceu com o *Childe-Harold,* o *Corsário, O Prisioneiro dy Chilon, A Noiva de Ábidos* e outros, e a que pertence a *Jocelyn* de Lamartine, o *Jacques Rolla* de Alfredo de Musset, o Camões é a *Adosinda* de Garrett, é verdadeiramente um romance em verso; a imaginação do poeta é livre, narra e descreve conforme o capricho, e não se sujeita à menor regra; não tem invocação, ou, se a tem, e num estilo ligeiro e gracioso.

Nesta classe, pois, creio que ninguém terá a singular lembrança de compreender o poema do Sr. Magalhães, no qual segue por ordem a invocação, a exposição e a narração intermeada de máquinas poéticas, que no poema lírico seriam uma extravagância; restam-nos pois as duas espécies de poesia épica e didáctica, entre as quais poderia haver alguma hesitação em classificar os *Tamoios.*

A poesia didáctica, segundo a definição da arte, é a verdade em verso; compreende três qualidades de poemas: os poemas históricos, como a *Pharsalia* de Lucano, e as Púnicas de Silvius Italicus; os poemas filosóficos como a obra de Lucrecio, e a *Meditação* de Macedo; e os poemas instrutivos, como a Arte Poética de Horácio, e Boileau, as *Geórgicas* de Virgílio, e as *Estações* de Thompson.

Não tendo o Sr. Magalhães feito outra coisa no seu poema senão copiar os cronistas, intercalando os factos de alguns episódios sem beleza, podia-se à primeira vista considerar *A Confederação dos Tamoios* um poema histórico; mas apesar de mal traçados, esses episódios contêm o sortilégio da tagapema, e a aparição de S. Sebastião em sonho, o que dá ao poema o elemento *maravilhoso.*

Ora, este elemento é o essencial da epopeia, e não pode existir no poema histórico, que, segundo a definição dos mestres, deve ser a verdade em verso, portanto não é possível classificar ainda *A Confederação dos Tamoios* como uma produção do género didáctico.

E para que não apareçam dúvidas sobre esta minha opinião, citar-lhe-ei o juízo de Voltaire a respeito da *Pharsalia* de Lucano, que ele classificou como um poema didáctico, por não ter o elemento maravilhoso e as máquinas poéticas, que são a essência da epopeia.

Assim pois, repudiada pela poesia lírica e pela poesia didáctica, *A Confederação dos Tamoios* não tem senão o género épico a recorrer, e os amigos do poeta são obrigados a aceitá-la como tal, a menos que não prefiram confessar que o Sr. Magalhães criou o monstro informe de Horácio.

Correndo os olhos sobre o poema, encontro nele esboçados, bem que com indecisão, todos os elementos da epopeia; há uma acção heróica que é a luta entre duas raças, cujo *nó* é a vingança dos índios, e cujo desenlace é a morte do herói e o triunfo dos portugueses; revela-se nesta acção o poder da divindade por factos que não pertencem à ordem natural.

Quanto à forma, vejo uma invocação, uma proposição, e depois uma narração; esta última parte sobretudo tem o cunho épico, pois começa no meio da acção e completa-se pelo discurso de Aimbire no conselho, como a *Eneida*, pela narração de Eneias a Dido.

Não há pois a menor dúvida que o Sr. Magalhães fez uma epopeia; e, se ligou-se inteiramente à história, se foi pouco inventivo se o seu maravilhoso é mal cabido ou mal executado, são defeitos estes que já censuramos; mas que não podem servir de argumento para tirar-se ao poema a qualidade que seu autor lhe deu.

Tornei-me estudante de retórica, meu amigo, e desci a noções rudimentais da poesia, porque a isto me obrigaram aqueles que ou por cegueira da amizade ou por um mal-entendido despeito, assentaram de cumprir à risca o preceito da escritura; *oculos habent et non videbunt*.

Termino aqui este trabalho imperfeito e cheio de incorrecções; quis apenas discutir uma questão literária, e não desci à defesa de acusações pouco dignas de homens que se prezam e se respeitam.

Na primeira série de minhas cartas fui menos severo, porque dirigia-me ao poeta ausente; desde porém que apareceu um amigo e defensor tão ilustrado e tão distinto, como o escritor das *Reflexões*, entendi que podia ser franco, sem incorrer na pecha de desleal.

O papel do crítico tem sempre um laivo de odiosidade; mas espero que quem me conhecer, e souber que não fui levado por despeito e sim pelo desejo de que a imprensa assinalasse mais do que com uma simples notícia, o aparecimento de uma obra nacional, julgará de minha opinião sem envolver nela os sentimentos do homem.

Resta-me uma palavra a dizer-lhe, sei que confundiram o meu pseudónimo com muitos outros, e quiseram descobrir nele pessoas muito dignas, e que por minha causa tiveram de sofrer injúrias imerecidas.

Se não me declarei então foi pela convicção que tinha de que a reputação dos ofendidos não podia ser manchada com o fel e a bílis do ofensor.

15 de Agosto

IG.

NOTAS

Estas cartas foram escritas, como o público sabe, para a imprensa diária; as primeiras acompanhavam a leitura do poema que havia aparecido acerca de oito ou dez dias antes; as segundas eram uma resposta às reflexões feitas por um amigo do Sr. Magalhães sobre as minhas censuras.

Daí resultou que às vezes vi-me obrigado a reproduzir-me, ou antes insistir sobre um mesmo ponto, que tinha sido contestado; isto que era então desculpável e até necessário em uma polémica, tornar-se-ia agora impróprio, e inconveniente.

Despindo pois essa discussão do que poderia ter de pessoal, resolvi-me omitir nas cartas aquelas reproduções, e apontar em algumas notas somente o que fosse preciso para justificar as censuras de menos importância que ia fazendo à medida que prosseguia na leitura do poema.

Essas censuras em geral referiam-se à gramática, ao estilo e à metrificação; na minha opinião o autor d'*A Confederação dos Tamoios* peca frequentemente por este lado.

O leitor encontrará nas páginas seguintes, com mais algum desenvolvimento, aquilo que eliminei das cartas publicadas no *Diário*.

Nota 2: *Raça dos Tamoios*.

Quando publicava estes artigos, não tinha tempo de consultar os cronistas para confirmar certos factos que me lembrava haver lido; por isso é possível que em alguns deles tenha sido inexacto.

É verdade que nesses pontos sempre me exprimi na dúvida, e confiado apenas na minha memória, como se pode ver nas cartas e especialmente nessa página, em que disse que me pertencia que os tamoios pertenciam à raça tapuia.

Lendo depois a *História do Brasil* do Sr. Varnhagen vi que a sua opinião é contrária à minha; e como para verificar qual das duas é a exacta seria preciso dar-me a um estudo minucioso, preferi não alterar o que tinha escrito.

Não sendo isto uma obra de história, pode passar sem grande inconveniente uma pequena inexactidão, se é que ela existe realmente.

Esta explicação deve satisfazer ao autor das *Reflexões* que me contestou sobre este facto, e mostrar-lhe que sou o primeiro a dar-lhe razão quando ele a tem.

Nota 2ª (p. 890): *Gramática*.

Em um dos artigos mencionei a frase — o índio *desliza a vida*, como uma inovação que não julgo bem cabida por ser contra a etimologia da palavra, e por haver na língua portuguesa muitas expressões apropriadas.

Filinto Elísio inventou na tradução dos *Mártires* o seu verbo onomatopaico *ciciar* para exprimir o som do vento nas folhas dos canaviais; empregou muitos neologismos, mas não se animou a alterar completamente a significação de uma palavra consagrada pelo uso e costume.

Citei os versos do quarto canto, que no meu modo de entender não são correctos:

> Os negros olhos de chorar cansados
> Com as mãos enxuga, mas de novo estanques,
> Lágrimas brotam que lho peito aljofram.

A expressão *lágrimas estanques* combinada com o verbo brotar é defeituosa pela contradição das palavras; não se compreende como lágrimas esgotadas brotem dos olhos.

O amigo do Sr. Magalhães querendo evitar essa incorrecção faz concordar *estanques* com olhos que se acha na oração anterior; mas além dessa inteligência ser forçada, não sana o defeito.

A prevalecer aquela opinião deveríamos ler o verso por esta maneira: — "mas os negros olhos de novo estanques brotam lágrimas que lho peito aljofram."

Subsiste pois a contradição de olhos secos e enxutos que brotam lágrimas além de que lendo-se dito no verso anterior que Iguaçu *enxugara os olhos com as mãos*, não se compreende a que vem o advérbio *de novo*

Notei igualmente o verso do segundo canto (p. 40). — *Té o mais moço descendendo em anos.*

Há nesta maneira de exprimir-se uma redundância de pensamento sem a menor beleza, e o emprego de uma palavra imprópria.

Em português moderno não se emprega o verbo *descender por descer*, e sim por *derivar-se*; e bem se vê que o poeta querendo usar daquele outro termo, e sentindo que faltava-lhe uma sílaba para completar o verso, recorreu ao verbo composto.

A frase que os cantos *d'alma aos seios sobem*, (p. 106) não tem explicação, quer se leia como se acha escrita, quer se faça a transposição como quer o autor das *Reflexões*.

Cantos que sobem d'alma aos seios, ou cantos que sobem (donde?...) aos seios d'alma, será uma expressão poética, mas decerto pouco inteligível.

No primeiro canto (p. 3) a oração que começa no undécimo verso não tem verbo, e fica suspensa, terminando o período por uma ou outra oração muito diferente:

> Inúmeras pujantes catadupas
> Voz dando à solidão em cristais curvos
> De rochedos alpestres precipitam-se:
> E de horrendo estridor pejando os ermos
> De vale em vale, entre ásperas fraguras
> Onde atroam também gritos de feras
> Das serpes o sibilo e os trinados
> Dos pássaros e a voz dos roucos ventos...
> Viva orquestra parece a natureza
> Que a grandeza de Deus, sublime, exalta.

Catadupas é o sujeito do verbo precipitar-se; e da oração seguinte que fica no ar por falta de um verbo que complete o sentido.

Na p. 6. falando do Paraná, usa da expressão que um rio *devassa* as terras para significar que as percorre, o que pode ser admissível para alguns, mas não para mim que não posso concordar como já disse, que se altere o sentido de uma palavra, quando disto não resulta a menor beleza, e quando a riqueza da língua torna desnecessário.

A mesma observação se pode fazer a respeito da frase *resolver* as cordas de uma harpa em vez de tanger ou vibrar (p. 9); não é possível aplicar semelhante verbo ao movimento que se faz tocando um instrumento qualquer de cordas.

O célebre verso onomotopaico à p. 24, esse verso tão elogiado pelos admiradores do poema, é um povo atentado contra a gramática.

Deu com a cabeça de um contra outro,
Que batendo quebraram-se estalando,
Como estalam batendo as sapucaias.

O relativo que, sujeito do verbo *quebraram-se* não acha na oração antecedente uma palavra a que possa referir-se; *cabeça* é do singular, e entretanto rege um verbo plural.

Demais pela verdadeira regra, este relativo refere-se sempre à palavra anterior, e por conseguinte produz na oração que citamos uma confusão incompreensível, para quem não perceber por intuição que o poeta alude às cabeças dos dois inimigos.

À p. 239, no canto oitavo acha-se uma outra oração incidente em que existe a mesma discordância.

..................e os mortais, que obra é já tua,
Arrastas pelo egoísmo à nova perda.

O verbo — *é* — no singular, está regido por um sujeito no plural; a discordância é manifesta, e admira como em uma obra corrigida com tanto esmero escapou um erro desta natureza.

A p. 126 lê-se a seguinte frase: — *deixando boquiaberta o vulgo ignaro.*

Boquiaberta é um adjectivo composto de duas palavras, um substantivo e um adjectivo; acha-se na terminação feminina sem nome com que concorde.

O Sr. Magalhães entendeu que não devia dizer o vulgo *boquiaberto*; e que este adjectivo composto equivalia ao mesmo que se dissesse claramente frase de boca aberta.

É a primeira vez que vemos semelhante regra gramatical de concordar os adjectivos compostos com os nomes que entram na sua composição.

Um nome desde que se liga a outro, seja verbo ou adjectivo, para formar uma palavra composta, perde a sua natureza de substantivo, e não serve senão para explicar a ideia que exprime o novo termo.

O mesmo poeta no seu poema mostra não desconhecer esta regra usual que se encontra em todos os dicionários e gramáticas, quando usa no quarto canto da expressão: *virgem olhinegra.*

Há nesta palavra a mesma composição que na outro; é um substantivo ligado a um adjectivo a fim de limitar a sua significação; para ser consequente o Sr. Guimarães devia dizer a virgem *olhinegros*, à semelhança de *vulgo boquiaberta.*

Admitida uma tal sintaxe, ficaria a língua portuguesa sem regência; haveria na oração adjectivos sem nomes com que concordassem ou frases truncadas sem verdadeiro sentido gramatical.

Pode-se ainda notar como defeito, a falta de uniformidade do tempo dos verbos que existe em muitos pontos da exposição do poema; o poeta quando narra ou descreve ora fala no presente, ora no passado, ora no pretérito imperfeito.

Resulta disto, que não sendo as transições dos diversos tempos bem precisas e marcadas por um estilo adoptado a esse fim, a exposição torna-se muitas vezes confusa, e fatiga o espírito do leitor.

Não é propósito meu fazer uma análise gramatical do poema; e por isso não estenderei mais esta nota; limitei-me apenas às observações que fiz quando lia o poema como obra de arte, sem o espírito prevenido para descobrir as pequenas faltas.

Nota 4: *Metrificação*.

Em uma das cartas disse que era difícil apontar um a um todos os versos defeituosos porque isto equivaleria a copiar a maior parte do poema.

Desejo porém justificar uma proposição que emiti, e que foi tachada de injusta; vou citar alguns versos de que me lembro para que se veja que tinha razão de sobra quando avancei que o Sr. Magallhães desnaturou a língua portuguesa.

O autor das *Reflexões* entendeu que eu tinha cedido a uma prevenção, e que fora injusto fazendo uma censura imerecida ao poema.

Vou apresentar os versos de que falei, primeiramente pela maneira por que se acham escritos, e depois pela forma por que devem ser lidos a fim de poderem ter a cadência necessária, e não parecerem prosa simplesmente alinhada.

À vista deste paralelo o leitor conhecerá por si mesmo, e não confiado na minha opinião, se houve injustiça, na crítica, e se a pronúncia desses versos é a verdadeira pronúncia da língua portuguesa.

O primeiro verso que vou criar (p. 40) apesar da elipse de uma vogal não se acha metrificado:

Não, dos canhões não foi o eco estrondoso.

Para tornar-se verso seria necessário subtrair a última vogal do verbo *foi*, e ler da maneira seguinte:

Não, dos canhões não fo'o ec'estrondoso.

O mesmo se dá no verso à p. 24:

Já co'o arco esticado e a flecha no alvo.

Basta saber um pouco de metrificação, para que lendo este verso com todas as elipses naturais, se lhe note o vício; é prosa perfeita, à qual para dar a fórmula de poesia seria necessário fazer um esforço de vocalização e ler:

Já c'arco esticad'e a flecha n'alvo.

Ora ninguém ouvindo pronunciar *carco, nalvo, foo, ecestrondoso* dirá que semelhantes sons são de palavras portuguesas.

Como estes muitos versos encontramos nos quais a reunião dos monossílabos, a falta de eufonia na ligação das palavras, e as elipses forçadas, produzem uma tal combinação de sílabas que o uso repele.

Os seguintes vão dar um exemplo do que é a metrificação e a cadência do poema.

P. 45: Que banha o Piraí e o Paraibuna,

Que entre o Guandu e o Macaé s'estendem

P. 25: Disse e morreu ... E ali caí sobre ele
P. 26: E matam nossos pais, irmãos e amigos
P. 27: Em roubos, guerras, mortes e extermínios
P. 36: Quer espanto causar co'o hórrido aspecto
P. 38: Ressumbrava em seu rosto o horror do inferno
P. 51: Que tanto estrondo e horror ali causava.
P. 56: Fácil foi-me o passar pr'a diante os braços.

Estes exemplos não foram escolhidos e catados para assim dizer no poema; lendo fui notando os que me ofendiam mais fortemente o ouvido, até que chegando ao segundo canto, eram em tal número que já não me causavam impressão.

Nota 5: *Estilo*.

Uma das censuras que causou nos admiradores do poema grande clamor foi a que fiz à falta de elegância do estilo de toda essa obra.

Felizmente não é preciso grande trabalho para justificar a minha opinião, e convencer aos que não fecham os olhos à verdade.

Basta abrir o livro em qualquer parte, percorrer duas ou três páginas, para encontrar, não um nem dois, porém muitos desses vícios de linguagem que ressaltam até mesmo na prosa a mais simples e ligeira.

Nenhum escritor, mesmo jornalista, escrevendo *currente calamo*, mostraria tanto descuido e negligência, ou tanta pobreza de conhecimento da língua portuguesa, como revela o poema d'*A Confederação dos Tamoios*.

Muitas e muitas vezes encontra-se em poucos versos a mesma palavra repetida três vezes, sem que esta repetição seja daquelas que se permitem para dar mais força e vigor à ideia; é simples reprodução do mesmo termo por falta de outro que substitua.

Eis um exemplo:

E nem n'um **trono** só seu ninho tecem;
Embora o **trono** firme sobre a terra
Suporte e chuva, o sol, o vento e o raio,
Não tem membros o trono que o transportem. (p. 12):

Como estes podia eu apontar muitos outros, pois não é preciso trabalho para os encontrar.

O poeta usa também de termos antiquados, sem a menor necessidade; entre estes notei principalmente *instructa* e *bívio*.

Abusa de alguns termos empregando-os a cada momento, e para exprimir uma mesma ideia, o que torna o estilo monótono e pocuo variado.

Assim quando quer significar a acção de alguma coisa elevar-se ao céu ou a Deus, serve-se quase sempre do verbo *sublimar*; a natureza é sempre a *virgem natureza*, uma canoa é esquipada canoa, um rio é caudal rio.

Parece que a adjectivação destas palavras foi produzida por uma tal elaboração de espírito, que ficou gravada na mente do poeta, e a todo o momento lhe corria ao bico da pena.

A anteposição do reflexivo ao nome e ao verbo é ao mesmo tempo um defeito de eufonia que mesmo em prosa não se pode admitir; *que lho peito oljofra, e se ele esquecia* além de pouco sonoro, não é elegante, nem parece a verdadeira e natural composição da frase.

O verso que citei dos *mandiocais,* tem no poema muitos outros que em nada lhe cedem quanto à impropriedade do estilo de uma epopeia; todo o canto quinto ressente-se desta falta de elevação.

Nota 5ª (p. 890): *Pureza de Linguagem.*

Em uma das cartas apontei como galicismo o verbo *gostar* no sentido de beber o que na minha opinião é uma frase inteiramente francesa.

O Sr. Magalhães, diz à p. 34:

"Licores que o europeu não desdenhara gostar em taças de ouro"; traduziu pois palavra esta expressão francesa: — *boissons, que l'européen ne se dédaignait de goûter en tasses d'or.*

Ora haverá alguém por pouco entendido que seja na construção da frase portuguesa, que julgue castiça e pura esta tradução de goûter, por gostar em lugar de beber?

O latim tem, é verdade, o verbo *gustare,* donde se derivou o termo provar, mas a significação da palavra tanto latina, como portuguesa não é a mesma que lhe deu o Sr. Magalhães no lugar citado.

Em latim *gusto* exprime segundo o Calepino — *labris primoribus attingo*; e em português segundo Bluteau e Morais — exprime "provar, experimentar a primeira sensação que nos causam os corpos saborosos aplicados à ponta da língua".

É neste sentido que usa Fr. Luís de Sousa na *História de S. Domingos; gostar o vinho*; e Amador Arrais nas suas Décadas — *gostar fel e vinagre.*

Se o Sr. Magalhães tivesse dito *gostar* o licor nesta significação de provar, a frase seria portuguesa e derivada do latim; mas o sentido da palavra na oração apontada é muito diverso.

Gostar no poema foi empregado para exprimir a ideia de beber, e nem de outro modo se explicaria o pensamento do autor.

Com efeito que quer dizer não desdenhar provar? Acaso quando provarmos uma coisa, é porque ela é saborosa, ou porque desejamos conhecer se nos agrada ou não?

A ideia do poeta é que os licores fabricados pelos índios eram tão saborosos que o europeu apesar de habituado aos vinhos delicados não desdenharia tomá-los em taças de ouro.

Entendemo-nos mais sobre este ponto porque foi combatido pelo autor das *Reflexões,* talvez por culpa nossa, e por não nos termos explicado bem, dizendo claramente que o galicismo não estava na palavra, mas no sentido em que era empregada.

Nota 10: *Invocação.*

O autor das *Reflexões* em um dos seus artigos respondendo a esta carta, afirmou que Camões usa frequentemente da interjeição *oh!* nas invocações d'*Os Lusíadas*; e prometeu apresentar-me muitos exemplos da epopeia portuguesa.

Como não cumprisse a sua promessa, quis por curiosidade ver se me tinha enganado, e fiz uma nova leitura d'*Os Lusíadas,* com o único fim de examinar as diversas invocações desse poema.

Confirmei-me na minha primeira opinião; e conheci que o amigo do Sr. Magalhães tinha feito uma promessa, que não lhe seria possível realizar.

Com efeito nem uma das invocações d'*Os Lusiadas* emprega a interjeição *oh!*, à excepção de uma em que esta interjeição é precedida pelo pronome. Canto 1.º Ests. 4ª, 6ª, 7ª e 8ª. Canto 2º Ests. 1ª e 2ª.

Onde Camões usa da interjeição, assim como os outros poetas portugueses, é nas simples exclamações, o que é muito diverso.

Nota 11: *Tradução de Sófocles.*

Não devia mais tocar nesta questão, depois que o autor das *Reflexões* confessou que a tradução do verso grego que dei nesta carta é exacta.

Entretanto como alguém que não tenha acompanhado a discussão a que deu lugar essa tradução, pode, lendo os artigos do amigo do Sr. Magallhães, duvidar da tradução; reproduziremos aqui o *post scriptum* que acompanhava a carta seguinte.

P.S. "Vejo-me obrigado, meu amigo, a acrescentar à carta que lhe mandei ontem esta pequena nota.

"O *amigo* do Sr. Magalhães, no *Jornal* de hoje, dúvida da citação que fiz ao *Édipo-Rei* de Sófocles; e funda-se em uma tradução de Artaud.

"Tradutor por tradutor, eu podia apresentar ao crítico o Visconde de Chateaubriand, de quem copiei aquela versão; porém o melhor é irmos a fonte limpa.

Eis o verso de Sófocles a que aludi na minha carta antecedente; escrevo-o mesmo em caracteres itálicos para facilitar a composição, e sobretudo a leitura dos que não conhecem os caracteres gregos:

Smicra palaia soma 't' eunazei ropê.

Se o *Amigo do poeta* quiser ter a condescendência de abrir o dicionário grego de Alexandre achará nas palavras citadas o seguinte:

Smicra ropê: frase de Sófocles —influência da menor causa.
Palaios —a —on: adjectivo —decrépito, antigo.
Soma —matos: —substantivo corpo humano.
Eunazo —verbo neutro: —adormecer.

À vista disto, dir-me-á o Amigo do poeta se truquei de falso, e se a sua tradução de Artaud vale a de Chateaubriand.

Noa 12: *Descrição da floresta.*

Talvez pareça exageração o que dissemos a respeito da descrição das matas do Brasil, feita pelo Sr. Magalhães no seu poema.

Entretanto se o leitor se quiser dar no trabalho de ler o primeiro volume da *História do Brasil* de Beauchamp, achará aí uma descrição mais poética, mais original e mais linda do que a d'*A Confederação dos Tamoios*.

Para sentir quanto o poeta ficou neste ponto aquém da realidade basta ter atravessado ao meio-dia uma dessas florestas seculares, onde tudo é majestoso e grande como natureza nas suas formas primitivas.

Em vez de pintar-nos a cena, em suas vastas proporções, em vez de traçar um quadro grandioso, o Sr. Magalhães preferiu descrever os detalhes e apresentar os pirilampos a fazerem evoluções desconhecidas na história desses insectos.

Um pintor que desejando pintar uma tempestade em vez da cena majestosa da natureza, se ocupasse em pintar uns barquinhos no mar acossados pelo vento, faria um quadro defeituoso; o mesmo sucedeu ao poeta que desprezou a harmonia do todo pela minúcia dos detalhes.

Não falaremos das comparações das safiras e rubis sotopostos, que há nesta descrição; são questões de gosto em que cada um pode ter a sua opinião.

Nota 13: *Paulo e Virgíllia*.

Para melhor fazer sentir a pobreza da linguagem que o Sr. Magalhães põe na boca dos selvagens de seu poema, traduziremos aqui um trecho de Chateaubriand a respeito do romance de Bernardin de St. Pierre.

"Paulo e Virgínia não tinham nem relógios, nem livros de cronologia, de história ou de filosofia. Os períodos de sua vida se regulavam pelos da natureza.

"Conheciam as horas do dia pela sombra; a estação pelo tempo em que dão suas flores ou seus frutos; e os anos pelo número das colheitas. Essas doces imagens davam o maior encanto às suas conversações.

— É tempo de jantar, — dizia Virgínia à família, — as sombras das bananeiras estão a seus pés.

"Ou então:

— A noite se aproxima; os tamarineiros fecham as folhas.

— Quando pretendes vir ver-nos? — lhe diziam algumas amigas da vizinhança.

— No tempo das canas.

— Vossa visita será então mais doce e mais agradável.

Se lhe perguntavam a sua idade e a de Paulo, respondia:

— Meu irmão é da idade do grande coqueiro da fonte, e eu da do mais pequeno. As mangueiras já deram frutos doze vezes, e as laranjeiras já se cobriram vinte e quatro vezes de flores, depois que vim ao mundo."

Se o Sr. Magalhães se tivesse compenetrado bem dessa simplicidade graciosa da linguagem primitiva, cheia das imagens da natureza, teria achado no Brasil uma fonte inesgotável de poesia, um colorido brilhante para a descrição dos costumes selvagens.

Mas o poeta desprezou muitas vezes esta beleza; e nos poucos lugares em que a empregou nem sempre foi feliz.

Ordinariamente quando um poeta escreve um livro sobre um assunto ainda não conhecido, cria alguma coisa nova e original, que se admira, e se repete com uma cena simpatia; é um quer que seja que toca ao coração ou ao gosto do leitor.

Às vezes é um tipo, um carácter, uma descrição ou mesmo uma imagem; outras é apenas um verso, um pensamento, uma frase e até uma palavra.

Lembro como exemplo nacional e tirado desse mesmo gênero de poesia americana, aquela imagem das faces de uma virgem índia, das faces *cor de jambo*, que depois foi parodiada e repetida em milhares de versos.

Estou certo que do poema do Sr. Magalhães, apesar de haver muita coisa bonita e de merecimento não restará na memória dos seus leitores nem uma dessas inspirações felizes.

O leitor se recordará do livro, pode ser mesmo que conserve uma impressão agradável da da sua leitura, mas quando presenciar alguma circunstância análoga a uma situação do poema, não lhe acudirá ao lábio uma citação da obra do Sr. Magalhães.

A razão disso, — expliquem-na os próprios admiradores do poema, a quem estou certo que o mesmo terá acontecido.

ÍNDICE

Relendo *Iracema*, por Maria Aparecida Ribeiro	5
Iracema, lenda do Ceará	33
Prólogo (da 1.ª edição)	37
Iracema	39
Carta (da 1.ª edição)	97
Notas (da 1.ª edição)	103
Pós-escrita (da 2.ª edição)	117
Críticas a *Iracema*	136
Literatura Brasileira — José de Alencar, por Pinheiro Chagas	137
Carta III, por Franklin Távora	145
Cartas sobre "A Confederação dos Tamoios", por José de Alencar	153
Uma Palavra	155
Primeira Carta	157
Segunda Carta	163
Terceira Carta	171
Quarta Carta	179
Última Carta	187
Sexta Carta	195
Sétima Carta	205
Oitava Carta	213
Notas	219

Execução Gráfica
G. C. – Gráfica de Coimbra, Lda.
Tiragem, 2100 ex. – Outubro, 1994
Depósito Legal n.º 81312/94